Die Zettel

Zweiter Fall der Polizistin, Albertina Beiersdorff, und des Polizisten, Kevin Magner, Ibbenbüren

Klaus Offenberg

D1672529

neobooks

Impressum

Texte: © Copyright by Klaus Offenberg

Umschlag: © Copyright by Jakob Skatulla

Verlag: Dr. Klaus Offenberg,

Herrenstr. 20, D-48477 Hörstel

dr.klaus.offenberg@gmx.de

Druck: epubli, ein Service der neopubli GmbH, Berlin

1. Auflage 2022

Printed in Germany

Für Doro, Catharina und Jakob

Die Zettel

Es gibt Menschen, die glauben, dass es keine Zufälle gibt. Es gibt aber auch Menschen, die glauben, dass vieles vorherbestimmt ist. Beweisen lässt sich beides nicht. Was in der folgenden wahren Begebenheit Zufall oder gar so geplant gewesen war, ließ sich schon damals nicht klären. So ist und bleibt die Geschichte um die seltsamen Zettel auch heute mysteriös.

Zettel

„Steigen Sie nie in ein einmotoriges Flugzeug! Machen Sie nie Bungee-Jumping! Schwimmen Sie nie zu weit hinaus, besonders nicht in Meeren! Schauen Sie sich öfter um, es verfolgt Sie jemand!"

Er hatte diesen seltsamen Zettel mehr zufällig in seiner Hosentasche gefunden. Dummer-Jungen-Streich, war das Erste, was er dachte. Doch seltsam war der Druck auf dem Papier, oder war es nur ein guter Drucker an einem privaten PC? Er drehte das Blatt hin und her. Hielt dieses kleine Papierstückchen sogar ans Licht. Warum, das wusste er später nicht mehr. Und dann sah er es, so ein seltsames Wasserzeichen, ein Drache oder ein Oktopus. Genau erkannte er es nicht.

Er steckte den Zettel zurück in seine Hosentasche und vergaß das Ganze, bis seine Frau, Isabel von Meier, die Hose in die Reinigung bringen wollte. Doch vorher durchsuchte sie die Taschen, weil er dort immer ein Taschentuch vergaß, und fand den Zettel. Ein Einkaufszettel, dachte sie noch. Sie wusste aus Erfahrung, ihr Mann vergaß sofort, was sie ihm zum Einkauf aufgetragen hattc. Doch dieses war weder etwas für den privaten Einkauf noch eine Adresse einer heimlichen Geliebten.

Sie kannte seine Vorlieben. Treu war er nie, nicht vor der Ehe und jetzt schon gar nicht. Aber damit hatte sie sich abgefunden, ein unausgesprochenes Agreement. Er glaubte, dass sie es nicht bemerkte, sie wusste von jedem Seitensprung. Nur er war nett, zuvorkommend, hatte ein Vermögen erwirtschaftet und war in der Gesellschaft beliebt. Das zählte, denn bei vielen wichtigen Ereignissen war sie dabei und wurde hofiert.

Das mochte sie. Soll er sich doch mit den vielen Geliebten abrackern, dachte sie häufig. Denn wenn er abends nach Hause kam, forderte sie nochmal, nur um ihn zu ärgern. Und das war das verrückte, sie genoss es, wenn er eigentlich keine Lust mehr hatte. Sie wartete schon im knappsten String, den man sich vorstellen konnte, in der Küche.

„Hallo Liebes, wo bist du? Hab ich einen Hunger!" Kaum hatte er die Eingangstür ihres feudalen Hauses, ein Altbau aus der Zeit des Jungendstils, ins Schloss fallen lassen, da stand sie vor ihm, eben mit fast nichts an. An seinem Gesicht sah sie schon, dass er wahrscheinlich wieder mal auf seinem Schreibtisch eines der jungen Dinger vernascht hatte. Nein, es war kein lüsterner Blick oder eine sexuelle Geste, eher eine

Enttäuschung. Aber er musste ran, wenn er nicht beichten wollte. Und das wollte er nie.

Doch was war das für ein seltsamer Zettel? Lange schaute sie diesen an, las ihn mehrmals zum Schluss sogar laut vor.

„Hast du was gesagt?", seine Stimme kam aus der ersten Etage, dort wo das Schlafzimmer und das Bad lagen.

„Schau mir nur diese komische Botschaft an!", rief sie hinauf.

„Botschaft?", er kam die alte leicht gewendelte Treppe herunter.

„Hier!" Sie gab ihm den Zettel. „Was ist das?"

„Sicher keine Botschaft, eher eine Drohung. Hab ich tatsächlich vergessen. Du, Schätzchen, den hab ich vor, warte mal, drei Wochen, nein, das war als ich mit …" Jetzt fing er an zu stottern. Sie wusste warum. Da war er mit der neuen Auszubildenden zusammen gewesen. Sie hatte ein Foto in seinem Jackett gefunden, bildschön, nur dämlich.

„Ist ja egal, wann du den Zettel gefunden hast", sie wollte ihm helfen. Nach gut zehn Ehejahren wollte sie seine Verfehlungen nicht mehr en détail erfahren. Das fand sie dann doch geschmacklos.

„Ja", man merkte ihm an, dass er froh war, nicht weiter in seinem Gedächtnis zu kramen und irgendwelche falschen Erinnerungen darzulegen. „Fand diesen Zettel. Hab ihn gelesen und wieder eingesteckt, weiß nicht mal, warum ich den nicht weggeworfen habe? Naja, wirf ihn einfach weg! Hat nichts zu bedeuten. Ich denke, irgendjemand wollte mich ärgern."

„Weiß ich nicht!" Sie hatte beim Lesen so ein seltsames Unbehagen gehabt. Da stimmt was nicht, nur was nicht, das konnte sie nicht erklären. „Wir sollten ihn der Polizei zeigen, was meinst du?"

„Jetzt übertreibst du aber, Schätzchen! Ich hab den Zettel seit, … na du weißt schon. Was könnten die Bullen damit noch anfangen?"

Sie merkte sofort, dass er auf keinen Fall mit der Polizei zusammenarbeiten wollte. Denn dann müsste er seine Liebschaften offenlegen. Klar, dachte sie, umgekehrt wollte ich das auch nicht.

„Irgendwie hast du recht", antwortete sie. „Ich werf´ den Zettel weg!"

Ulrich-Hermann Gutschneider-von Meier

Ulrich-Hermann Gutschneider-von Meier hatte bei der Messe Bauen und Wohnen in der Halle

Münsterland in Münster einen Gutschein gewonnen. Mit seiner sehr attraktiven Frau, Isabel von Meier, war er durch die Hallen geschlendert, hier und da ein paar Bekannte getroffen und mit einem Kunden Small-Talk gehabt. Ulrich-Hermann war Geschäftsführer einer Firma für Veranstaltungen und Messebetrieb. Diesen Betrieb für Events in nahezu allen Bereichen hatte er nach seinem nicht abgeschlossenen BWL-Studium am Rand von Münster aufgebaut, beginnend in der Garage seines Schwiegervaters bevor der Schwiegervater wurde. Ulrich-Hermann suchte eine größere Garage und fand die im Anwesen der Familie von Meier.

Der Tüftler baute Scheinwerfer und Lautsprecher zusammen und bot diese Freunden und Bekannten für private Feiern an. Daraus auch mit Hilfe seines Schwagers entwickelte sich eine Firma für Großveranstaltungen.

Ulrich-Hermann baggerte schon als Schüler alle attraktiven Mädels an, klar dass auf dem Gelände der Familie von Meier Isabel den Komplimenten des Charmeurs sehr schnell erlegen war, nur dass Kundinnen, Praktikantinnen und Mitarbeiterinnen das auch waren.

Ulrich-Hermann war ein großer schlanker Mann mit vollen rötlich blonden Haaren. Das Gesicht war bartlos, er hasste Bärte, die Haare streng nach hinten gekämmt. Da er weitsichtig war, klemmte er die Lesebrille in den Haaransatz auf seine Stirn. Freunde von ihm fanden das affig, er stylish. Privat trug er saloppe sportliche Kleidung. Doch bei solchen Gelegenheiten wie diesen zog er den Grufti-Anzug, wie seine Frau den nannte, vor. Das waren eine helle Leinenhose und ein blaues Jackett. Ulrich-Hermann trug gern weiße Oberhemden. Und da der Sommer in Münster noch nicht eingezogen war, hatte er einen weißen Schal umgeschlungen.

Isabel war passend zu ihm in ihr Kostüm geschlüpft, eines mit sehr kurzem Rock, der ihre schlanken Beine hervorhob. Ihre tiefschwarzen Haare, sie glaubte, dass ihre Großmutter mal ein Verhältnis mit einem Italiener hatte, band sie gerne zu einem Pferdschwanz zusammen. Und wie bei ihrem Mann war eine Brille auf dem Kopf ein interessantes Accessoire, nur dass das eine große Sonnenbrille war. Wo sie auftraten, sie fielen auf, das wollten sie auch.

Das Pärchen zog an diesem Samstagmorgen von Stand zu Stand, trank im Café in der Halle 4 einen Espresso und standen endlich am eigenen

Ausstellungsstand, der werbewirksam zwischen zwei Hallen im Eingangsbereich mit farbigem Licht und lauter Musik die Kunden anlockte.

Bevor beide den hinteren abgeteilten Raum betreten konnten, stand vor Ulrich-Hermann eine Losverkäuferin. „Lose für jeweils einen Euro für die Aktion Polio-Plus. Kennen Sie sicher Herr von Meier!"

Ulrich-Hermann war verblüfft, dass die Unbekannte ihn mit Namen, wenn auch nicht mit dem richtigen Namen ansprach. Aber das mit dem von schmeichelte ihn, sodass er aus seinem Portemonnaie einen Zehn-Euro-Schein zog und der niedlichen Losverkäuferin in die Hand drückte.

„Sie müssen mir keine Lose geben! Ist schon in Ordnung so!"

„Nein, das geht nicht, sonst bekomme ich Ärger. Bitte ziehen Sie zehn Lose!"

Isabel war einfach weitergegangen, da sie von solchen Menschen nicht belästigt werden wollte. Ulrich-Hermann zog die Lose, die Verkäuferin bat ihn, diese sofort zu öffnen. Acht Nieten hatte er schon gezogen. „Lassen wir das. Ist doch gut so!", er schaute zur Losverkäuferin.

„Die beiden sind sicher Ihre Hauptgewinne. Schauen Sie nach!"

„Tatsächlich", Ulrich-Hermann strahlte. „Wer hätte das gedacht, einen Tag im Freizeitpark Hoge Veluwe in den Niederlanden. Alles frei", er schaute sich zu seiner Frau um, doch die sprach gerade mit dem jungen Mann, der den Stand betreute.

„Isabel, schau, ich hab ´nen ganzen Tag in einem Freizeitpark gewonnen und du darfst mit!"

Kindskopf, dachte sie. Freizeitpark, da fahr allein hin. Ich geh lieber Shoppen.

„Schön", rief sie zu ihm rüber.

Freizeitpark

Erst wollte Ulrich-Hermann mit seinem Porsche 911 zum Freizeitpark in die Niederlande fahren, doch da er eine neue Freundin hatte, die Fahrt daher eher unauffällig sein sollte, bat er die junge Frau ihren Kleinwagen zu nutzen. Logisch, dass die darüber nicht erfreut war. Aber Ulrich-Hermann lockte mit Spaß und nachher noch mit einem Abstecher in einem Spa-Hotel.

Recht früh waren beide in Münster gestartet. Damit Isabel nicht Lunte roch, war ihr Ehemann mit dem Porsche zum Firmengelände gefahren.

Dort holte ihn die neue Flamme, Leah, ab. Den Nachnamen der jungen Frau hatte er längst vergessen. Warum auch behalten?, fand er. Er wusste von seiner, so bezeichnen wollte er das nicht, aber es war eben seine Sexsucht. Und die konnte er nur durch neue Eroberungen befriedigen.

Das Wetter schien schön zu werden, so schön, dass er sich doch ärgerte, nicht den Porsche genommen zu haben. Denn das war ein Cabrio und das Auto von Leah hatte nicht einmal eine Klimaanlage. Doch die Vorfreude auf das Sexabenteuer ließ ihn diese Unzulänglichkeiten vergessen. Er saß neben der jungen Frau, die eine dieser kurzen Jeans anhatte. Ja, wunderschöne Beine hatte die, die er während der Fahrt hin und wieder streichelte. Dann rutschte seine Hand auch schon mal höher. Doch die Jeans war eng, zu eng, um zu testen, ob Leah rasiert war. Na, dann muss ich eben warten, was ihm noch mehr Vorfreude bereitete.

Eigentlich hätte man ja schon mal anhalten können, und man wäre hinter einen Busch oder sowas gegangen. Nur Leah fuhr stoisch weiter, als wenn sie ein festes Ziel im Auge hatte, dass auch noch zu einem bestimmten Zeitpunkt erreicht werden müsste. Doch das fiel Ulrich-Hermann Gutschneider-von Meier gar nicht auf.

Der Freizeitpark war typisch, mehr für Familien mit Kindern als für ein verliebtes Pärchen. Ulrich-Hermann hätte lieber sofort im Spa-Hotel eingecheckt, doch Leah wollte unbedingt zuerst alle Fahrgeschäfte testen. Gut, dass ihr Begleiter keine Höhenangst hatte. Das Riesenrad war schon überwältigend, da es wie in London nur an wenigen Drahtseilen hing. Und dann die Achterbahn. Leah schrie vor freudiger Angst, Ulrich-Hermann ließ alles über sich ergehen, er wartete auf seine Stunde.

Am Imbiss musste er unbedingt holländische Pommes essen, er wäre lieber in ein gutes Restaurant gegangen, so eines mit Stil. Leah aß mit beiden Händen, die Mayonnaise lief an ihren Fingern runter, was ihn bei Sex sicher erregt hätte, nur eben nicht hier.

Einen Stand nach dem anderen testeten die junge Frau und er immer hinterher. Ja, der Po war schon rattenscharf, wie er das heimlich nannte. Eigentlich konnte er sich nicht sattsehen.

Dann standen beide vor einem Kran mit ausgefahrenem Arm. In der Höhe hing ein Korb, der langsam nach unten fuhr.

„Bungee-Jumping, los Ulli. Das müssen wir machen!"

Was wenn er das jetzt ablehnte?, fragte er sich. Wär's dann aus mit scharfem Sex? „Muss das sein?", fragte er sie ganz vorsichtig.

„Angst, Höhenangst? Vorm Sex wohl nicht? Erst springen, dann bumsen, ist meine Devise."

Hat die das geplant? Er musste nachdenken, doch da stand schon der Korb, und er war mit Leah hineingestiegen. Ein Mitarbeiter des Bungee-Jumping-Teams war im Korb geblieben und erklärte bei der Auffahrt die Details des Absprungs. Ulrich-Hermann wurde ein Gurt angelegt. Als der Korb oben stoppte, schaukelte der bedingt durch die Eigenbewegung und den doch hier oben herrschenden Wind.

Oh, Scheiße, dachte er. Wie komm ich aus dieser Nummer raus? Die Vorderseite des Korbs wurde geöffnet und sein Gurt mit dem Gummiseil befestigt. Jetzt stand er an der Kante und schaute hinab. Er musste an den Sex mit Leah denken, ansonsten würde er sofort aufgeben. Hinter ihm standen die junge Frau und der Mitarbeiter.

„Denk an den Zettel!", hörte er plötzlich eine Stimme und dann flog er schon kopfüber hinab.

15

Er schrie, heulte und er meinte sein Herz blieb stehen, als er auf die Erde zuraste. Dann kam der Ruck, und das Seil spannte sich. Hält das oder nicht?

Im Norden von Münster

In Norden von Münster baute sich ein Gewitter auf. An diesem Montag im Juli 2014 war es sehr heiß und schwül gewesen. Die Münsteraner schauten gebannt zum Abendhimmel, als sich im Norden diese typische Amboss-Wolke entwickelte. Alle freuten sich auf einen kühlenden Regenschauer, der aber noch auf sich warten ließ. Zuerst einmal jagte vor dem eigentlichen Gewitter ein böiger Wind, der die Äste der Bäume stark schüttelte, wobei die Obstbäume ihre überflüssigen Früchte verloren.

„Gut so", meinte der Obstbauer, Hinterding, der mit seiner Frau, Maria, auf seine Plantage schaute. „Wüörn een paar affallen, män de kleene Duuf un de met Wüörmkes sin dän wägg, biäter för dän Baum, de häw dän mähr Niährstoff."

Seine Frau nickte ihm zu, sie war immer schon einsilbig gewesen, ganz im Gegensatz zu ihrem Mann und zur Tradition der mundfaulen Westfalen.

Der erste starke Wind legte sich und die Wolke stieg auf und wurde dabei immer gewaltiger. Von den Seiten rollten weitere Wolken zum Amboss, ein wunderschönes Schauspiel am Sommerhimmel über Münster. Jetzt zuckten die ersten Blitze in der Wolke, der Donner ließ noch etwas auf sich warten. Plötzlich riss die Wolke auf, so sah es zumindest der Bauer, und ein Blitz zuckte gen Erdboden.

„Rinn!", schrie Hinterding und schob seine Frau ins Haus. „Dat Inferno gaiht loss, is biäter in'n Huuse, dao giwt keen Dunnerkiel!"

Hinterdings Frau war neugierig und schaute sich, bevor sie die Tür schloss, nochmal um. Die Naturgewalten waren grausam schön. Blitze jagten im und vom Himmel, es war zeitweilig taghell, dann wieder dunkel wie in mondlosen Nächten.

Nicht weit vom Hof ganz in der Nähe der Apfelplantage sah sie eine Person. „Hiärm schau mal! Da läuft einer, nä, zwei auf der Straße. Sollten wir denen nicht helfen?"

„Wao?" Hermann, von seiner Frau Hiräm genannt, blickte hinaus in Richtung Straße. „Jau, wocht es. Dao mott ick hän, de küent dao nich bliewen!" Er zog sich seinen alten Kleppermantel an, setzte den Strohhut auf und stapfte in den Regen, der plötzlich wie Sturzbäche vom Himmel kam. Kaum vor dem Haus und Hiärm war klitschnass.

„Schiete!", murmelte er vor sich hin. Dabei schaute er zu den beiden Personen, die gut hundert Meter von ihm entfernt standen. „Kuemt hiär! Dao, wao he staiht, is et bannig gefäöhrlick!" Nur sein Rufen erreichte die beiden nicht. Hermann stapfte weiter immer gegen den starken Wind, der jetzt wieder aufgefrischt war.

Er zog den Strohhut tief ins Gesicht, das Wasser tropfte hindurch, sodass er die beiden immer nur kurzzeitig sah.

Plötzlich hatte Hiärm das Gefühl, das der eine den anderen schlug. Der fiel hin und war damit aus seinem Gesichtsfeld verschwunden. Hiärm lief jetzt los und rief „Hallo, wat maakt ji dao?" Doch der Wind drückte ihn von vorne, hielt ihn nahezu fest. Jetzt waren die Personen verschwunden, und als er die Straße erreichte, sah er noch einen schwarzen Wagen im Regenschleier wegfahren.

Hiärm schimpft vor sich hin, als ein Blitz in unmittelbarer Nähe einschlug. Gut, dass Wind ihn jetzt antrieb, als er sich umdrehte und zum Haus zurückrannte.

Unterführung in Münster

Zur selben Zeit fuhr ein zwölfjähriger Junge am Hauptbahnhof in Münster durch die Unterführung Richtung Osten. Die ersten Regentropfen waren schon gefallen, als er die Mitte erreichte und der Sturzbach vom Himmel fiel. Der Junge freute sich, denn hier unter der Bahnbrücke stand er sicher und trocken.

Autos rasten jetzt an ihm vorbei, fuhren durch das ansteigende Wasser und die Gischt spritzte bis über den gesamten Bürgersteig. Kaum dass der Junge einen vor dem Regen schützenden Platz gefunden hatte, war er ein paar Minuten später klitschnass. Jetzt stieg auch der Wasserstand bedrohlich schnell, so schnell, dass der Junge keine Zeit mehr hatte, weder in der einen noch anderen Richtung vor den Wassermassen zu fliehen.

Autos rasten weiter in das über ein Meter tiefe Wasser, um noch die andere Seite zu erreichen. Doch keiner der Fahrer sah den Jungen. Alle waren damit beschäftigt ihren Wagen durch die Fluten zu lenken. Weg, nur schnell nach Hause oder zum Termin. Es dauerte nicht lange und die ersten PKWs blieben schon am Anfang der Unterführung stecken. Noch blieben die Fahrer in ihren Fahrzeugen, doch das Wasser stieg unaufhaltsam, sodass der eine oder andere die Fahrertür öffnete. Das war nicht einfach, weil noch wenig Wasser ins Innere eingedrungen war. Aber schon bald hatte der Wasserspiegel die Höhe der Seitenscheiben überschritten. Jetzt schoben sich die Wellen der Wasserfront über die Kühlerhauben der Wagen und drückten an den Schreiben ins Wageninnere. Panik kam auf, viele ließen die Seitenscheiben runter, was nur ging, solange die Elektrik der Autos noch intakt war. Dann schossen wahre Sintfluten in die Autos, aber danach konnten die Fahrer die Tür öffnen und durch das hüfthohe Wasser zu den höher gelegen Teilen der Unterführung waten.

Den Jungen im Zentrum der Unterführung sah keiner, oder wollte ihn keiner sehen? Waren alle mit sich selbst und ganz besonders mit ihren wertvollen Fahrzeugen beschäftigt? Erst nachdem das nach Stunden abfließende Wasser die Unterführung wieder frei gelegt hatte, fanden Mitarbeiter der Stadtwerke den Jungen, der dort jämmerlich ertrunken war.

Ariane Vogts

„Achten Sie auf Drohnenflüge! Fahren Sie nie Motorrad! Schauen Sie sich öfter um, es verfolgt Sie jemand!"

Sie fand diesen Zettel in ihrer Handtasche, kurz nachdem sie im Discounter einkaufen war. Sie suchte wie immer nach ihrem Portemonnaie. Ihre Handtasche war groß. Sie meinte, dass sie zu groß war, aber sehr modisch und recht teuer, von Gucci. Und ihre Freundinnen, gut sie musste es sich eingestehen, Frauen, mit denen sie verkehrte, also keine richtigen Freundinnen, hatten nur teure Handtaschen. Nach ihrem Naturell hätte eine Leinentasche gereicht.

Ariane, den Vornamen liebte sie auch nicht, Vogts war bodenständig, geboren in einem kleinen Nachbarort von Rheine. Nach dem Abitur am Kopernikus Gymnasium studierte sie BWL in Freiburg. Sie wollte weg aus ihrem Nest. Und da sie intelligent war, stellte das Studium keine großen Ansprüche an ihren Geist. Eigentlich war das nur eine Nebensache. In Freiburg hatte sie ein kleines Zimmer mitten in der Altstadt, ohne Bad und Toilette. Zu größeren Reinigungen ging Ariane ins Hallenbad, im Sommer ins Freibad.

Ariane Vogt war fast zwei Meter groß, schlank und überaus attraktiv. Nur daraus machte sie sich nichts. Vielleicht war es ihre Nonchalance, ihre Unbekümmertheit, denn sie fiel auf, ganz besonders bei jungen Männern und auch Frauen. Wenn Ariane den Hörsaal betrat, das Freibad im schwarzen Bikini oder nur durch die Fußgängerzone schlenderte, man musste hinschauen.

Im Winter war es ein abgetragener alter Dufflecoat, im Sommer knappe kurze kaputte Jeans, sie fiel immer auf. Doch bis sie ihre Ausstrahlung richtig erkannte, dauerte es noch bis zum Examen. Ihr Professor vermittelte einen Job in Kopenhagen, den sie sofort antrat. Doch irgendwie wollte sie zurück ins Münsterland. Und dann nach gut zehn Jahren bot sich eine Stelle in der Lebensmittelbranche an. Bis zu diesem Zeitpunkt hatte sie viele Beziehungen, männliche und auch mal eine weibliche.

Ariane Vogts Problem war nicht ihre Intelligenz oder Attraktivität. Sie war unnahbar, vielleicht autistisch. Doch davon wollte sie nichts wissen. Sie wunderte sich eben nur, dass sie weder einen festen Partner noch feste Freunde hatte. In ihrer alten Clique, die vor dem Abi, war sie nicht unwillkommen, besonders bei den Männern, aber beliebt war sie beileibe nicht. Bei den regelmäßigen Treffen fiel es kaum auf, wenn sie fehlte. Und das war ihr bekannt.

Nur warum? Mit dieser Frage beschäftigte sie sich immer häufiger. Und dann war da noch eine alte Geschichte. Die machte ihr manchmal Kopfzerbrechen. Wer wusste davon? Das war doch zur Abizeit gewesen, oder?

Ariane Vogts suchte in der großen Handtasche weiter. Jetzt kippte sie die Tasche aus. Das Portemonnaie fiel raus, der Hauschlüssel, Wagenschlüssel und Tempotaschentücher. Mehr war nicht in der Tasche, kein Lippenstift, keine Schminkutensilien.

Der Zettel! Drohnenflug, was sollte das? Ariane hatte mit diesem Spielzeug nichts am Hut. Motorrad ja. Sie besaß einen Führerschein und war auch kurz Motorrad gefahren. War lange her, in Kopenhagen. Hatte da eine Beziehung zu einer im wahrsten Sinn heißen Braut.

Das war lange her. Nein, auf ein Motorrad setzte sie sich nicht mehr. Das war ihr klar, nachdem die Frau in Kopenhagen unter einen Laster raste und seit der Zeit querschnittsgelähmt war. Ob die?, nein, Ariane meinte sich zu erinnern, dass die gestorben war.

Der Zettel ist ´n Fake, überlegte sie sich und steckte ihn in die Geldbörse. Dann zog sie sich aus und ging duschen. Heute Abend, es war der 21. Juni, Mittsommer, hatte sie Karten für den „Fliegenden Holländer" in der Stadthalle in Rheine. Darauf freute sie sich, obwohl sie die Mittsommerabend in der freien Natur liebte. Dann eben morgen oder übermorgen den Sonnenuntergang genießen.

Auch wenn Ariane Vogts bei den meisten wichtigen Anlässen recht lässig gekleidet war, Theater, Oper, Konzert, das war anders. Sie zog ihr dunkelblaues Kostüm an, das mit dem rattenkurzen Rock. Ja, jetzt liebte sie die Blicke der Männer und Frauen, wenn sie ihren Auftritt zelebrierte. Mit ihrem Mini war sie ins Parkhaus gefahren und nicht durch den Keller in die Stadthalle gegangen. Sie nutzte den Weg draußen, dort, wo man sie sah.

Am Mittsommerabend ging die Sonne erst um 22 Uhr unter, sodass es taghell war, als Ariane aus dem Parkhaus trat. Autos von Opernbesuchern fuhren an ihr vorbei, andere gingen schon über den Platz zur Stadthalle. Ariane Vogts ging langsam, eigentlich hasste sie High-Heels, Richtung Eingang.

Irgendwie störte sie das seltsame Brummen hinter ihr. Wahrscheinlich die Lüftung der großen LKWs, die das Equipment der Schauspieltruppe gebracht hatten, überlegte sie kurz, als sie plötzlich einen unangenehm stechenden Schmerz in ihrer rechten Schulter spürte. Sie griff mit der linken Hand dahin und erfasste einen kleinen Stift. Das glaubte sie anfangs. Ariane zog daran und schrie auf. Der Schmerz durchzog den ganzen Körper, so stark, dass sie sofort in die Knie ging. Dann wurde es schwarz um sie.

Modesta von Gangesberg

Ihren Geburtsort verschwieg sie lieber, denn den kannte sowieso keiner. Und dass sie über 70 war, sollte auch keiner wissen. Nach vielen Jahren quer durch Deutschland fand sie nach ihrer Pensionierung in Ibbenbüren endlich den Ort, wo sie alt werden wollte. Warum das ausgerechnet dieser Ort im Norden von NRW wurde, verstand sie selbst nicht mehr. Hatte sie in ihrem Gedächtnis einfach gelöscht, so wie viele Dinge in ihrem Leben. Jetzt lebte sie hier in einem kleinen alten Fachwerkhaus, versteckt gelegen am Nordrand des

Teutoburger Waldes, wo sie den Lebensabend genießen wollte. Doch noch hatte Modesta von Gangesberg Pläne.

Modesta, den Vornamen hasste sie, wer von ihren Eltern konnte nur auf diesen Namen kommen, war gut eins siebzig groß, schlank und noch sehr sportlich. Schon als junges Mädchen war sie gelaufen, besser gerannt, wie sie es sich eingestand. Denn, sie lief vor allem und jedem weg. Lag an ihrer Jugend. Das bildete sie sich ständig ein. Jetzt, um die Mitte 70, war sie froh, immer Sport getrieben zu haben. Sie sah noch gut aus, eher 60, hatte eine topp Figur. Da konnten sich die jungen Frauen eine Stange von abschneiden, glaubte sie, wenn sie im Laufdress um den Aasee joggte.

Ihre ehemals schwarzen Haare, jetzt als Kurzhaarschnitt, waren jetzt schlohweiß. Ein Stirnband in Neonfarbe und eine kurze Jogginghose, das macht mich jünger, glaubte sie.

Ihre Stärke war die Esoterik. Damit hatte sie sich als Kind schon beschäftigt. Später als Lehrerin ließ sie der Hexenkult nicht mehr los. Eigentlich passte das nicht zu ihrem Auftritt, kurze Haare, Joggen und Attraktivität. Aber es gab auch schöne Hexen, schlussfolgerte sie. Wicca, das war's, was sie gesucht hatte, der Hexenkult aus dem vorletzten Jahrhundert.

Vielleicht, so hatte sie mal mit Freunden ihr Faible resümiert, lag ihre Affinität zum Hexenkult an ihren Eltern. Die lebten bis zur Vertreibung 1945 im Erzgebirge in Böhmen, in einem so kleinen Ort, der in keiner Karte aufgeführt war und heute nicht mal im Internet mit einem Eintrag gewürdigt wurde.

Patrik Klüttermann

„Steigen Sie nie in einen Heißluftballon! Schauen Sie nie über die Reling eines Kreuzfahrtschiffs! Schauen Sie sich öfter um, es verfolgt Sie jemand!"

Was soll das, dachte er, als er den Zettel in einer Drucksache auf seinem Schreibtisch fand. Ach, die Jungs seiner Clique, die kamen immer auf so blöde Ideen. In einen Heißluftballon wollte er sowieso nicht steigen, denn er hatte Höhenangst. Und Kreuzfahrten, vielleicht, aber nicht jetzt. Nein. Auf was für blöde Ideen seine Jungs schon kamen?

Seine Jungs waren seine Freunde aus den 1990er Jahren. Jetzt, als er den Zettel in der Hand hielt, fiel ihm ein, dass er immer noch von Jungs sprach, die aber alle schon über 40 waren. Wie kann ich die zur Rede stellen?, grübelte er. So einfach ließ er sich das nicht gefallen. Er wollte denen einen Denkzettel verpassen! Gute Idee, das mit der Ballonfahrt. Er wollte die einladen.

Zum Startplatz der Heißluftballone in Recke hatte Patrick Klüttermann seine fünf Freunde einbestellt. Natürlich wussten alle nicht, um was es ging, nur dass sie pünktlich um fünf Uhr morgens da sein müssten. Zu seinem 40. Geburtstag wollte er sie nachträglich noch einladen.

Patrik Klüttermann war ein stattlicher Mann, groß fast zwei Meter, schlank, sportlich. Leider kam er, wenn er neue Menschen kennen lernte, überheblich rüber. Das sahen seine Freunde anders.

Klüttermann war selbstsicher und attraktiv, was er wusste. Sein schmales Gesicht wurde von langen schwarzen Haaren eingerahmt, deren Mittelteil als Zopf hinten zusammengebunden war. Der Unternehmer hatte einen natürlichen braunen Teint. Warum er als Norddeutscher eher als Südeuropäer durchging, wollte er schon als Jugendlicher wissen. Jahre später ließ sich das leicht klären. Er bestellte bei einem Institut in den USA ein DNA-Untersuchungs-Kit. Die Firma versprach aus gut 40 verschiedenen Ethnien in der

Welt seine herauszufinden. Bei ihm kam, wie bei allen Menschen, ein Gemisch aus vielen Ethnien heraus, nämlich Mitteleuropa, Schottland und Schwarzafrika. Auch wenn Schwarzafrika mit nur wenigen Prozenten in seiner DNA nachweisbar war, jetzt wusste er, woher sein dunkler Teint kam. Nur wer von seinen Vorfahren wann mal was mit einem dunkelhäutigen Menschen gehabt hatte, das ließ sich aus seinen Familienunterlagen nicht mehr herausfinden.

Patrik Klüttermann war immer leger gekleidet, weißes T-Shirt ohne Emblem dazu dunkelblaue Stoffhose. Bei ganz wichtigen Besprechungen trug ein graues Jackett, meistens dann über dem Arm gehängt.

Verheiratet war Patrik nur einmal, ein paar Wochen, wie er gerne erzählte. Dann war ihm seine Frau abgehauen. Danach zeigte er sich mit wechselnden Damen, die aus Sicht seiner Freunde immer jünger wurden.

Mit dem Vertrieb von billigen Plastik-Waren aus China machte er schnell viel Geld. Ihn interessierte nicht, wer diese Plastikdinge produzierte, Kinder oder Frauen, ihn interessierte auch nicht, ob das Plastik giftige Substanzen enthielt, ihn interessiert nur die Marge, die am Ende übrigblieb.

Die Büroräume der Firma Chi-Plast konnten natürlich nicht in Ibbenbüren, Rheine oder noch kleinerem Ort angemietet werden. Klüttermann hatte am Prinzipalmarkt in Münster die erste Etage bezogen. Auch wenn er vor dem Haus seinen Porsche nicht parken durfte, was er doch hier und da doch tat, wichtig war die Adresse. War Besuch von Kunden oder Händlern angesagt, mietete Klüttermann lieber einen Raum im Schloss an.

Selten war der Selfmademan zuhause in Hörstel. Am Südhang des Huckbergs besaß er ein Haus, Toplage. Der Berg schütze vor den Lärmimmissionen der Autobahn A 30 und die Südlage brachte im Frühling frühzeitig Wärme. Meistens blieb Klüttermann in Münster in einem angemieteten Apartment nähe Aasee in der Offenbergstraße gelegen.

Doch jetzt dachte er nur an seine kleine Rache. Ihn wollten sie aufziehen, er, der ja Angst vor Höhen hatte, sonst vor nichts, wie Patrik Klüttermann immer wieder betonte. Aber jetzt waren sie reif, Tobias Huber, Kevin Magner, Gerd Schuhmacher, Jürgen Sprinkhof und Friedhelm Stubendorf.

Pünktlich bis auf Jürgen standen alle vor dem

Startplatz der Heißluftballon-Freunde in Recke. Jürgen war noch nie pünktlich gewesen. Wussten alle, aber akzeptiert hatten sie es nie. Wir sind doch die Blödmänner, die warten müssen! Doch eine doofe Ausrede hatte der immer. Aber Jürgen war der netteste und älteste Freund in der Clique. Fehler hat doch jeder von uns, Patrik eben die Höhenangst.

„Hier mein Geschenk an euch! Freifahrt mit dem Ballon!" Patrik grinste, nur seine Freunde waren mehr überrascht denn enttäuscht. Ja, fragte Klüttermann sich in diesem Moment, was hab ich eigentlich erwartet?

Auf der Wiese stand ein Bulli mit Hänger, mehr nicht.

„Wo ist unser Geschenk?", Kevin Magner schaute sich fragend um.

„Da auf dem Hänger!" Der Pilot grinste. „Alle müssen anpacken! Holt zuerst den Korb runter!"

Dahinter lag die große Tasche mit der Hülle, die mit vereinten Kräften kurz darauf auf der Wiese lag, gut 30 Meter lang. Der Pilot befestigte das Brennergestänge auf dem Korbrand, dann legte er das Gebilde auf die Seite. Zwei Freunde hielten die Öffnung der Hülle hoch, während ein Ventilator

31

Luft hineinblies. Nach gut zehn Minuten kletterte der Pilot in die Hülle, sortierte ein paar Bänder und kontrollierte die Außenhaut.

„Jetzt können wir den Brenner anwerfen!" Langsam hob sich die Hülle und der Korb richtete sich auf, der noch am Bulli mit einem Seil befestigt war. „Der Ballon soll ja nicht ohne uns aufsteigen!", schrie der Pilot, was wegen des Lärms des Brenners kaum zu verstehen war.

Während der Pilot alle Instrumente prüfte, durften die ersten den Korb besteigen.

„Na", sagte Tobias Huber, „dann wollen wir mal einsteigen. Du, Patrik natürlich als erster!"

„Ich, nein! Das ist mein Geschenk an Euch!"

„Entweder alle oder keiner. Und schau mal", Kevin Magner zeigte zum Parkplatz. „Jetzt ist auch Jürgen da, dann kann's ja losgehen!"

Gerd Schuhmacher hatte Patrik vor sich hergeschoben und einfach über den Korbrand in die Gondel gedrückt. Die anderen Freunde folgten direkt dahinter und der Korb hob sich langsam vom Boden ab. Das Sicherungsseil hatte der Ballonfahrer längst gekappt.

„So schnell hätte ich das nicht erwartet", meinte Friedhelm Stubendorf.

„Wieso, ihr seid doch alle da. Wenn ich richtig zählen kann, fünf plus einer. Dann mal los!" Der

Pilot öffnete das Ventil und die Flamme blies heiße Luft in den Ballon, der jetzt langsam an Höhe gewann.

Das kann nicht wahr sein? Patrik Klüttermann glaubte seinen Augen nicht, was da gerade mit ihm passierte. Er stand in dem Korb eines Heißluftballons, und der fuhr mit ihm gen Himmel. Er beugte sich vorsichtig über die Kante. Noch war die Höhe erträglich, glaubte er. Er erinnerte sich an Goethe, oder war es Schiller? Der soll seine Höhenangst besiegt haben, indem er den Turm des Straßburger Münster bestieg und nach jedem Treppenabsatz hinausgeschaut hat. Und als er oben ankam, war die Angst vorbei.

Nein, jetzt zog sich Patrik vom Korbrand zurück. Er fing an zu zittern.

„Was ist los? Du hast doch kein Problem mit der Höhe? Du hast doch die Einladung ausgesprochen und wolltest unbedingt mit!" Der Pilot war zu ihm rüber gegangen. „Trink ´nen Sekt! Ist zwar für die Taufe, aber du musst dich entspannen!"

Plötzlich wurde ihm schlecht. Patrik Klüttermann sprang auf, lehnte sich über den Korbrand und erbrach sich. Dass sich jemand hinter ihn stellte, bemerkte er nicht. Ihm war schlecht, er schaut hinunter, dorthin, wo die Reste seines Frühstücks segelten. Von hinten griff ihm jemand unter die Arme und drückte ihn langsam hoch. Nach wenigen Sekunden hatte Klüttermann sein Körpergewicht unabsichtlich so verlagert, dass er drohte, hinabzufallen.

Klüttermann schrie aus Leibeskräften.

Sabine Stratmann

„Gehen Sie nie in einen Bunker! Vermeiden Sie geschlossene Räume! Schauen Sie sich öfter um, es verfolgt Sie jemand!"

Sie fand diesen kleinen Zettel in ihrer Handy-Tasche. Sie hatte einen langen Spaziergang im Wald gemacht. Sie musste unbedingt einen klaren Kopf bekommen. Und das ging nur, wenn sie allein war, hier im Wald oder zu Hause unter der Dusche. Vielleicht noch auf der Toilette, aber im Wald, das wusste sie schon lange, war der beste Ort für so etwas. Einige fanden Wälder beängstigend, sie nicht. Der Wald war nach allen Seiten offen, was für sie wichtig war, aber eben auch geschlossen. Oben war das Blätterdach, unten der Weg und rechts und links Bäume. Dazwischen, sie grinste, als sie darüber nachdachte, Zwischenräume. Da gab es doch dieses Kindergedicht. Spätfrühling oder nennt man das Frühsommer? Sie wusste nicht einmal das Datum, Montag, 3. Juni 2019, wichtig für spätere Recherchen, aber das konnte ihr egal sein, weil sie den Tag nicht überlebte.

Aber jetzt brummte ihr Handy. Sie zog es aus ihrer Handy-Tasche und hielt diesen Zettel in der Hand. Bunker?, überdachte sie. Freiwillig würde sie nie einen Bunker betreten. Warum auch? Und geschlossene Räume? Klar, zu Hause schloss sie abends die Haustür zu. Machte doch jeder. Gerade wollte sie den Zettel wegwerfen, als ihr in den Sinn kam, nicht in den Wald! Also wieder in das Täschchen und jetzt den Anrufer annehmen.

Von sich selbst behauptet sie, sie sei keine absolute Schönheit, aber sicher doch ansprechend. Dabei war sie mehr vollschlank als schmal, klein als besonders groß. Die Kombination ihrer Kleiderauswahl, man könnte sagen, war gewagt. Denn die pinkfarbige Hose passte weder zur knallroten großen Handtasche noch zu ihrem grasgrünen Pullover. Meistens trug sie eine Mütze oder ein Barrett. Die Farben wechselten, passten aber nicht zu ihren Sachen, die sie derzeit trug. Sie fiel auf, doch das merkte sie gar nicht. Sie glaubte nämlich das Gegenteil wäre wahr.

Manchmal zog es sie zu Second-Hand-Läden, wo sie ihre überflüssigen Sachen abgab, Wochen später die eigenen wieder kaufte. Und in ihrem kleinen Haus sah es nicht besser aus. Nichts warf sie weg, alles konnte sie gebrauchen. Wer ins Haus gelassen wurde, und das waren ganz, ganz wenige, mussten sich zwischen alten Möbeln, Büchern und irgendwelchen Nippes-Sachen bewegen. Jeder Stuhl, Tisch oder auch Treppe waren belegt mit irgendwas.

„Sicher ist das seltsam", hatte mal ein Bekannter gesagt, „aber sie ist dadurch was Besonderes. Viel schlimmer sind doch die Angepassten, mit ihrem Schottergarten und Designer-Klamotten!"

Sie lebte in Hörstel, war Sozialarbeiterin kurz vor der Rente. Ihre Gesangstimme war göttlich, sodass sie in jedem Chor, eben nur nicht Männerchor, begeistert aufgenommen wurde. Leider war sie nicht zuverlässig, wechselte häufig den Chor und war nie pünktlich. Nur wenn sie Zeit hatte, war sie hilfsbereit und machte alles mit.

Jetzt nahm sie den Anruf an, blieb dabei stehen und schaute versonnen in den durch das Blätterdach schimmernden blauen Himmel.

„Oh, ja, ein Trödelmarkt! Danke für deine Info.

Fahr ich gleich hin. Bin hier im, … warte mal!" Sie schaute sich um. Das war auch eine ihrer Eigenarten. Sie fuhr mit ihrem alten Golf los, ließ ihn irgendwo stehen und ging los. Wo sie war, konnte sie dann nie sagen. Sie fand ihren Wagen immer wieder, schlafwandlerisch. Fuhr los und kam auch zurück. Nur jetzt hatte sie keinen blassen Schimmer.

„Ist ja auch egal. Danke, ich find das schon", und legte auf. Sie überlegte noch, doch die Atmosphäre des Waldes gefiel ihr so gut, dass sie das Gespräch sofort vergaß. Sie ging einfach weiter.

Das sie auf dem Teutoburger Wald in Richtung Westen lief, war ihr nicht bekannt. Sie hatte mit ihrem Golf von Ibbenbüren über den Postweg an einem der Wanderparkplätze angehalten, plötzlich, war eben einer ihrer Eingebungen, dass das Fahrzeug hinter ihr knapp die Stoßstange verfehlte. Der Fahrer hupte wütend, was sie gar nicht bemerkte. Geistig war sie schon im Wald. Daher vergas sie auch das Auto abzuschließen, nur dieser Golf war so rostig und an vielen Stellen verbeult, dass den keiner klaute.

Der Wanderweg mit dem ältesten

Wanderzeichen „H" entfernte sich langsam vom Kamm des Teutoburger Waldes verlief aber am nördlichen Hang parallel weiter. Nach dem Telefongespräch stieß sie auf eine Wegegabelung mit einem kleinen bewachsenen Hügel im Zentrum. Hier war sie noch nie gewesen, glaubte sie, aber man kann sich ja nicht alles merken, überlegte sie sich, als sie den Hügel umrundete.

Vom Norden öffnete sich der Boden mit einer kleinen Betoneinfassung.

„Oh," manchmal redete sie mit sich selbst, „ein Bunker. Der ist aber klein!", was er auch war. Neugierde war eine ihrer Schwächen und in diesem Moment auch ihr Fehler. Sie steckte den Kopf durch den Eingang, um das Innere zu inspizieren.

„Sicher liegt dieser Bunker voll mit Müll", sagte sie noch, als sie stolperte, was sie in diesem Moment glaubte. Doch dann schloss sich hinter ihr eine Metalltür und es wurde dunkel.

„Was ist denn das?" Noch hatte sie die Situation nicht erfasst. Sie glaubte an ein zufälliges Ereignis, ihr Stolpern und das Schließen der Tür. Vorsichtig drehte sie sich um und versuchte die Tür zur Seite zu schieben.

„Klemmt, verdammte Scheiße!" Da der Bunker zudem sehr niedrig war, konnte sie darin nicht stehen, was sie schmerzhaft erfuhr, als sie mit einem Ruck aufstand. „Au!" schrie sie laut, was in dem kleinen Raum einen seltsamen Hall auslöste.

Sie setzte sich und trat mit beiden Beinen gegen die Metalltür. Doch da bewegte sich nichts. Langsam kam die Angst. Bis jetzt war das mehr Ärger und Wut, doch jetzt … Sie wollte daran gar nicht denken. Ihre Urangst, ihre Klaustrophobie. Du musst logisch denken!, überlegte sie sich. Du bist hier hineingefallen, die Tür schlug zu und klemmt. Da wird schon jemand kommen und die Tür wieder öffnen. Nur wer?, fragte sie sich. Es war später Nachmittag. Wer sollte diesen Weg nehmen? Warum denn nicht? War doch der Wanderweg mit dem …? Ja, da standen weiße Buchstaben an den Bäumen, nur welche? Ist auch egal, dachte sie noch, als ihr einfiel, dass sie ihr Handy dabeihatte.

Wo war die Tasche? Der Raum war dunkel, selbst die Tür musste dicht schließen, schlussfolgerte sie und bekam den nächsten Schub Angst. Dicht, keine Luft? Ich muss hier ersticken. Vorsichtig kroch sie über den Boden, fand leere Flaschen, Papier und feuchte undefinierbare Materialien. Sie schauderte, was ist das? „Ich will es gar nicht wissen!"; sagte sie laut. „Wo ist meine Tasche?" Langsam steigerte sich die Panik. Wenn sie die Tasche gar nicht mithinein bekommen hatte, als sie in den Bunker fiel?

„Nachdenken, logisch denken! Du bist um den Hügel gegangen und hast diesen Bunker gesehen. Und dann? Bin auf den Eingang zugegangen und hingefallen, oder?"

Nein, sie gestand sich ein, dass sie die Tasche vor den Bunkereingang gestellt hatte, warum? Wenn sie das noch wüsste. Wäre auch egal. Die stand vor dem Bunker mit ihrem Handy.

„Scheiße, Scheiße, Scheiße!", schrie sie und trommelte mit ihren Füßen gegen das Metall. „Hört mich denn keiner? Ich will hier raus, muss raus. Ich hab Angst!" Und dann fing sie an zu heulen, was ihr zunächst ein wenig Linderung brachte.

Irgendwann versiegten die Tränen und sie versuchte wieder logisch zu denken. „Ist das nur ein blöder Zufall, dass ich hier in dem Bunker bin?" Da fiel ihr der Zettel ein. „Gehe nie in einen Bunker! Scheiße", rief sie wieder laut. „Und jetzt bin ich in einem Bunker."

Sie dachte weiter nach, was sollte sie auch sonst machen, außer gegen die Tür treten. „Bin ich denn wirklich gestolpert oder hat mich jemand gestoßen?" Jetzt meinte sie, dass das ein Stoß war und kein Stolpern, oder besser erst gestoßen und dann dummerweise auch noch gestolpert. Nur war das Stoßen ein Dummer-Jungen-Streich oder Absicht?

Mit wem hatte sie sich angelegt, dass sie hier eingesperrt wurde?

Bunker

„Albertina, wir sollen wieder in den Teuto kommen!" Kevin Magner von der Polizeistation in Ibbenbüren schaute seine Kollegin an, die gerade wieder ins Büro gekommen war.

„In den Teuto? Heißt das nicht auf den Teuto?"

„Was ist im oder auf dem Teuto?" Der Chef der beiden, Hans-Heiner Hasenschrodt, H-hoch-3 von den beiden genannt, stand in der Tür.

„Herr H …, Hasenschrodt, es kam gerade ein anonymer Anruf rein. In dem kleinen Bunker am Teutohang läge eine rote Handtasche und von innen höre man Klopfgeräusche."

„Wer klopft denn da, ist da etwa jemand drin?"

„Wissen wir nicht. Hab schon 'nen Streifenwagen hingeschickt. Die haben uns eben informiert, dass wir kommen sollen. Warum wissen wir auch nicht."

„Fahrn Sie los, und dann Bericht!"

Die Polizistin, Albertina Beiersdorff, hatte sich ans Steuer gesetzt. „Wo ist dieser Bunker? Führ mich hin! Das Navy hat auch keine Ahnung!"

„Zuerst zum Postweg, dann auf dem Parkplatz, wo der Hermannsweg den Postweg kreuzt und dann über diesen Wanderweg Richtung Westen. Klar?" Kevin ihr Freund und Kollege schaute auf die Kreiskarte.

„Bin ja nicht doof, schnall dich an, es geht los!"

Bis zum Parkplatz war es einfach, doch dann wurde es schwierig. Gut, dass ein Polizeibeamter dort wartete und den beiden den richtigen Waldweg beschrieb. Nach gut einem Kilometer auf einem holprigen unbefestigten Weg kamen sie an.

Die Spurensicherung war schon vor Ort und ein Notarztwagen. Nur der PKW, der große Notarztwagen-Koffer hätte wahrscheinlich den Weg bis zu diesem Punkt kaum oder nur sehr schwer erreicht.

„Hallo Doc! Auch schon wieder im Einsatz?" Aus dem kleinen Eingang des Bunkers konnten Alberta und Kevin nur die Beine sehen. Der Rest des Körpers des Rechtsmediziners lag im Dunkel.

„Ach wieder ihr!" Die Stimme war unterlegt mit einem seltsamen Hall, unheimlich, dachte noch Kevin, als der Arzt vorsichtig auf allen Vieren rückwärts aus dem Loch kroch. „Ihr liebt es wohl mich immer wieder zu erschrecken! Stellt euch mal vor, ich hätte mich aufgerichtet, dann hätte ich jetzt ´ne Gehirnerschütterung!"

„Könntest dich dann selbst krankschreiben. Wir müssen dafür immer zum Arzt."

Irgendwas brummelte Dr. Volker Schirrmeister in seinen imaginären Bart.

„Du bist schon arm dann! Hast wohl noch nicht gefrühstückt?" Kevin grinste, da er aus Erfahrung wusste, dass sich der Rechtsmediziner ungern beim Essen stören ließ, nicht einmal durch eine stark verwesende Leiche.

„Was wollt ihr wissen?" Dr. Schirrmeister schaute Albertina an. „Siehst heute gut aus, haste heute …"

„Frag nicht weiter, sag mir lieber, was du im Loch vorgefunden hast!"

„`Ne Leiche, was sonst. Ansonsten hätte ich mein Frühstück nicht verlassen. Jetzt ist der Kaffee kalt. Also gut. Da drinnen liegt eine Frau, tot, hatte ich schon gesagt. Noch nicht lange tot, vielleicht einen Tag. Etwas über 60, ehr 70, weiblich."

„Hast du schon erwähnt!"

„Wollte nur wissen, ob ihr auch aufpasst. Wie gestorben oder woran, vielleicht erstickt. Der Raum ist klein, die Metalltür schließt hermetisch ab. Aber genaues sage ich euch noch …"

„Klar, nachdem du die Dame aufgeschnitten hast."

„Wann sonst, nach dem Mittagessen oder vielleicht morgen, mal sehen, was so da in meinem Büro liegt, äh, sagen wir Labor oder Keller."

Albertina kroch vorsichtig in den Bunker. Mithilfe ihres Handys leuchtete sie den Raum aus. Vor ihr lag zusammengekrümmt die Frau. Im Hintergrund des kleinen Raums lag noch Müll. Die Polizistin machte ein paar Aufnahmen und kroch rückwärts wieder hinaus.

„Wo stand die rote Handtasche?", fragte sie Ludmilla Zarretin von der Spurensicherung.

„Da!" Sie zeigte auf eine Ecke direkt vor der Metalltür. „Ist seltsam, nicht?"

„Warum?", fragte Kevin.

„Die Tasche gehört der Dame, ja?" Albertina schaute auf Han Butterblom, der Kollege von Ludmilla Zarretin.

Der nickte.

„Na, dann kann die Tür nicht zufallen, oder?"

Albertina grinste.

Kevin lief rot an, was Albertina immer noch lustig fand. „Ja, hab ich übersehen. Wenn die Frau die Tasche mithatte und die, bevor sie im Bunker war, draußen vergessen hatte, dann konnte die Tür nicht zufallen."

„Also?"

„Und die Angeln der Metalltür sind angerostet. So eine Tür fällt niemals ohne Hilfe zu!"; ergänzte Ludmilla von der Spusi.

„Da sieht man´s wieder! Wir Frauen haben eine bessere Spürnase!" Albertina grinste und Ludmilla nickte in Richtung Kevin und Arzt.

„Was ist in der Tasche? Oder besser gefragt, ist das die Tasche der Toten?" Jetzt trumpfte Kevin auf. „Könnte doch sein, dass diese Tasche zufällig hier lag oder der Mörder diese absichtlich hier abgelegt hat."

„Gute Frage, Herr Kollege!" Ludmilla grinste Kevin an. „Daran haben wir Frauen auch schon gedacht. Und du weißt ja, Handtaschen sind Frauens Liebling!"

„Nie gehört", brummelte Dr. Schirrmeister, der sich auf einen gefällten Baumstamm gesetzt hatte und an einem Butterbrot kaute. „Und war was

Aufschlussreiches in der Tasche?"

„Aha, der Doktor ist neugierig! Ja, ein Ausweis, der auf die Tote passt, ein Schlüsselbund, eine Geldbörse und ein Papierschnipsel."

„Na, sag schon, wer ist die Tote?"

„Sabine Stratmann, wohnt wohl in Hörstel."

„Wohnte", brummte der Arzt.

„Wieso? Ach ja, ist ja tot. Hab schon 'nen Beamten von Hörstel zur Wohnung der Toten geschickt. Will sich noch melden."

„Schlüsselbund, Portemonnaie, Zettel, kein Handy? Oder habt ihr noch nicht in den Tiefen dieser unauffälligen Handtasche geschaut?"

„Was der Herr Doktor so alles weiß! Tasche leer, mehr nicht drin, alles klar?"

Der Arzt nickte und schlürfte an einem Kaffee, den er aus einer Thermoskanne in einen Becher gegossen hatte.

„Sag mal", Albertina hatte das Zwiegespräch zwischen Dr. Schirrmeister und Ludmilla Zarretin genutzt, um die Tasche genauer zu inspizieren. „Auf diesem Zettel steht etwas Seltsames, ich würde fast sagen, Magisches. Hat das noch keiner von euch gelesen?"

Alle schauten Albertina fragend an.

„Hab ich mir gedacht, wenn ich eure dummen Gesichter so betrachte", sie grinste. „Ich lese es mal vor. ›*Gehen Sie nie in einen Bunker! Vermeiden Sie geschlossene Räume! Schauen Sie sich öfter um, es verfolgt Sie jemand!*‹ "

„Hölle, hab schon einiges vom Zweiten Gesicht gehört, aber glaub nicht dran!", stammelte Han Butterblom. „Auch wenn einer meiner Vorfahren daran litt, wie man vor hundert Jahren sagte. Es gibt nur eine Lösung, der Mörder hat den Zettel hineingesteckt."

„Nicht unbedingt. Frau Stratmann hat den Zettel zufällig eingesteckt, denkt an einen Dumme-Jungen-Streich, oder…"

„… oder", Kevin nahm den Faden von Albertina auf, „Frau Stratmann hat den Zettel schon vorher bekommen und nicht weggeschmissen."

„Vielleicht finden wir Spuren auf diesem Stück Papier. Kommt alles ins Labor. Und dann sehen wir weiter, bevor ihr hier Hirngespinste habt!"

Han Butterblom hatte alles in kleine Plastiktütchen gesteckt, jetzt nahm er die rote Handtasche an sich und verpackte alles in einem Metallkoffer.

Mordgedanken

Der perfekte Mord. Sie dachte darüber nach. Und dabei fiel ihr der Film von Hitchcock ein. Wenn man jemanden ermordet, einfach nur so, ohne dass man diese Person kennt, also gar keine Beziehung hat, ja wer sollte dann auf den Mörder kommen? Aber so perfekt war der Mord doch nicht. Sie wollte Rache. Aber irgendwie dachte sie an eine gute Ablenkung, so wie bei Hitchcock. Oder war das ein anderer Film? Egal. Jetzt musste und wollte sie handeln. Vielleicht könnte man die Person komplett verwinden lassen. So was hatte sie schon mal gelesen, Auflösen in Säure oder Verfüttern an Schweine. Beides machte viel Arbeit, und was noch unangenehmer war, Zerteilen der Leiche. Nein das konnte und wollte sie nicht. Es muss noch was anderes geben. Jemanden über Bord werfen! Gute Idee, nur wie bekam man die Person auf ein Schiff?

Hiärm Hinterding

Klitschnass trat Hiärm in die Hofküche. Das Wasser tropfte vom Strohhut, vom Kleppermantel der bedingt durch das Alter undicht geworden war und damit den alten zerschlissenen Pullover und seiner Breeches Hose total durchnässt hatte.

Hermann nahm den Hut ab, zog den Mantel aus und schüttelte sich, sodass sich das Regenwasser auf dem Fußboden der Küche verteilte.

„Hätt´s dich draußen ausziehen sollen!", brummte seine Frau Maria. „Ist jetzt auch egal. Geh duschen!"

Hermann Hinterding sagte nichts, zog alles aus, ließ es auf den Küchenboden fallen und ging ins Bad.

"Kääls, ick had `ne Frau hieraoden müeten!", doch das hörte Hermann nicht mehr, weil das Wasser der Dusche schon lief.

Unter der Dusche konnte der Hofinhaber immer noch am besten nachdenken. Andere, so hatte er das mal gehört, sängen unter dem warmen Wasserstrahl. Was hatte er eben gesehen? Zwei Personen hatten ein Problem miteinander. Eine hätte eine Frau sein können.

Er glaubte einen Schlag gesehen zu haben, der von der weiblichen Person ausging.

Das war kein Unfall, vielleicht Mord. Hiärm hatte eine blühende Fantasie, wie seine Frau Maria immer sagte. Und das wusste er auch. War wohl nur so ein Streit. Oder doch nicht? Die beiden hätten ihn doch hören können, nein. Der Sturm war zu laut, aber sehen. Auch nicht, der Regen hätte das verhindern können.

Das wars! Klar, der Mörder, ach Quatsch, die Mörderin, Hiärms Fantasie ging mit ihm durch, hatte das Wetter genutzt, um den Mord zu begehen. Mit der Wettervorhersage war das ganz einfach. Die Mörderin lockte das Mordopfer ins Auto und fuhr damit zu einer unauffälligen Stelle. Nur, dass er das gesehen hatte, dass konnte die nicht ahnen. Ich muss die Polizei informieren, dachte Hiärm und stellte den Wasserstrahl ab.

Hiärm trocknete sich ab, zog seine alten immer noch total nasse Breeches Hose mit dem karierten Hemd wieder an und rief die 110 an.

„Ick will ´nen Moord mellen.“

„Bitte, ich hab Sie nicht verstanden. Wer ist dort, was wollen Sie melden?“

„Hier ist Hinterdings Hiärm, äh Hermann Hinterding aus Münster. Ich will einen Mord melden.“

„Gut, bitte, was ist passiert?“, fragte die freundliche Polizistin am anderen Ende der Telefonleitung.

„Jau, sau vüör `ne Stunne, ick häb, Tschuldigung verfalle immer wieder ins Plattdeutsche. Also ich hab bis gerade geduscht und vorher hab ich was gesehen.“

Oh Gott, dachte die Polizistin, das kann was dauern. Nur bei Mord war nicht zu spaßen. Sie musste erst einmal die Beschreibung zum Mord hören. „Wissen Sie was Herr Hinterding, fangen Sie mit dem Mord an, ja?"

„Dao häbt se rächt. Also, der Regen eben, der mit dem Sturm und dem Gewitter, da bin ich mit Mia ins Haus gegangen."

Wer ist Mia?, fragte sich die Polizistin, beließ es aber dabei und fragte: „Und was haben Sie gesehen?"

„Genau, da standen am Ende unserer Auffahrt zwei Personen und ein Auto, mitten im Gewitter. Da sag ich noch zu Mia, Mia, sägg ick, wat maakt de dao, bi dat Wiär. Un dao sägg Mia, laot de män, wi sin in'n drüügen. Un dao sägg ick, dao kiek es, de kloppt sick. Un dao bin ick loss."

„Ich frag nochmal nach! Zwei Personen haben sich im Regen vor Ihrer Haustür geschlagen?"

„Jau, sägg ick män. Un dann, und dann sah ich, wie die eine Person, vielleicht nen Mann, zusammenbrach."

„Das eine war also ´ne Frau?"

„Genau, „Jüst, un dat ännere `nen Kääl. Un de Frau häw schlaon. Kann aber auch umgekehrt sein." Letzteren Satz brummelte er so vor sich hin.

„Und der ist tot?"

„Dat weet ick män nich!"

„Ich denke, Sie wollten einen Mord melden?"

„Jau, dat häw ick mi dacht. Denn ich bin los in den Regen. Wüör faorts natt, bes up de Knuoken."

Das kann dauern, dachte die Polizistin, ich hätte den ausreden lassen. Wäre wahrscheinlich schneller gegangen. „Haben Sie die beiden angesprochen?"

"Nee, wüörn wägg, äs ick an de Stiär kamm."

„Und der Mord?"

„Sägg ick män. De Frau häw dän Kääl in't Audo schliepen, aor ännersüm. Dat weet ick nich mähr. Un dän föehrt de wägg."

„Haben Sie gesehen, dass die Frau, äh der Mann tot war?"

„Nä, dat häw ick mi män dacht."

„Oh", stöhnte die Polizistin auf. „Okay, wir kümmern uns darum. Können Sie zum Auto was sagen, Kennzeichen, Farbe und so?"

„Schwatt wüör dat, Kennteken häw ick nich saihn."

„Gut, Herr Hinterding, ich schreib mir Ihre Telefonnummer auf, und wir melden uns. Nur zurzeit haben die Kollegen so viel zu tun, Sie wissen ja, überall Überschwemmungen in

Münster. Straßensperren, Feuerwehr. Ich denke, es meldet sich jemand bei Ihnen. Und Danke für Ihre Beobachtung!"

„De häw eenfack upläggt!", brummelte Hiärm, als er in die große Küche trat, wo seine Frau gerade die Wäsche zusammenfaltete.

Modesta von Gangesberg

Im Juni 1945 wurde die Familie von Gangesberg aus Böhmen vertrieben. Modesta war gerade geboren. Ihr Vater Baron Gangesberg war schon 1939 als Leutnant einer Panzereinheit eingezogen worden. Mit der 14. Armee unter Generaloberst Wilhelm List überfiel er aus der Slowakei kommend Polen. Schwer verwundet kam von Gangesberg schon nach der ersten Schlacht nach Hause. Sein Führungspanzer war von polnischen Reitertruppen angegriffen worden und in Brand geraten. Mit schweren Verbrennungen im Gesicht und an den Händen kam er zurück, wo er kurz vor der Niederlage 1945 starb. Die Geburt seiner Tochter erlebte er nicht mehr.

Das Baby, die Großmutter und Mutter verließen

im Juni 1945 fluchtartig das Herrenhaus in Hengstererben, heute Hrebeciná, als die Tschechen marodierend und brandschatzend die Deutschen verjagten. Der Ort im nördlichen Teil des tschechischen Erzgebirges lag unweit der Ostdeutschen Grenze. So kamen die beiden Frauen nachts mit einem Handwagen bepackt mit Kleidung und dem Baby auf Schleichwegen in Johann Georgenstadt an.

Doch hier waren schon Wochen vorher Böhmen-Deutsche eingetroffen, sodass alle ankommenden Flüchtlinge einfach weitergeleitet wurden. Gut, dass die beider Frauen Lebensmittel mit unter die Wäsche gepackt hatten. Nach Tagen, Wochen und vielen Umwegen blieben sie in Lichtenstein/Erzgebirge hängen. Bedingt durch das Trauma der Vertreibung starben zuerst die Großmutter und dann die Mutter.

Modesta kam in ein Waisenhaus, wo sie dort bis zum 18. Lebensjahr wohnte. Das anfangs schüchterne kleine Mädchen entwickelte sich recht schnell zu einer Alpha-Person. Sie übernahm die Führung in ihrem Schlafsaal und war Wortführerin für fast alle Waisenkinder. Damit machte sie sich im Waisenhaus und besonderes im entstehenden kommunistischen Staat der DDR unbeliebt.

Kaum aus dem Waisenhaus entlassen, floh sie in den Westen, wo sie über das Grenzdurchgangslager Friedland nach Jahrzehnten in Ibbenbüren landet.

Wie konnte man sich im Waisenhaus ablenken?, fragte sich schon die kleine Modesta. Eine Bettnachbarin war eine begnadete Erzählerin, der alle Kinder gerne zuhörten, besonders wenn die Lichter im Schlafsaal ausgingen. Noch von ihren Eltern hatte die Bettnachbarin Sagen und Geistergeschichten gehört und verinnerlicht. Diese schmückte sie aus, besonders mit schrecklichen Figuren. Dabei kamen Hexen vor, die von der Kleinen immer als böse hingestellt wurden. Diese einseitige Darstellung störte Modesta gewaltig, und sie hinterfragte das Erzählte. Doch keiner wollte das hören, sodass sie sich langsam ein eigenes Bild vom Hexenwesen machte. Hier wurde die Saat gesät, die später die erwachsene Modesta zum Wicca-Klub brachte.

Mordgedanken

Rache, sicher, aber auch eine gewisse Genugtuung, wenn diese Person ausgeschaltet ist.

An Mord mochte er nicht denken, nur diese Person musste weg, weg aus seinem und aus dessen Leben. Die hatte ihm so viel angetan, dass er täglich, manchmal sogar stündlich daran dachte. Nur wie und wann und natürlich so, dass er die Rache genießen konnte, aber dafür nicht ins Gefängnis kam. Davor hatte er noch mehr Angst als vor dem Mord. Aber er müsste das Töten doch nicht selbst machen. Man könnte einen, nein fiel ihm ein, er kannte keinen Auftragsmörder. Und im Internet standen die bestimmt nicht, nicht mal im Telefonbuch, überlegte er und lachte. Ja, wie? Vielleicht baute er Kontakt zu der Person auf, die er umbringen wollte. Ja, das war wichtig, weil er sonst nie dieses Rachegefühl entwickeln könnte. Denn wenn die Person starb, dann müsste die in diesem Moment auch wissen, warum und wer das inszeniert hatte, also er.

Manchmal hilft der Zufall, auch wenn er nie daran geglaubt hatte. Er glaubte mehr an Karma oder Vorsehung. Egal wie das genannt wurde, er meinte alles wäre vorherbestimmt, eben auch der Mord an dem Widersacher.

Heißluftballon

Patrik Klüttermann schrie aus Leibeskräften. Er war im Zentrum des Korbs zusammengesunken. Kevin Magner beugte sich über ihn und versuchte ihn zu beruhigen.

„Patrik, alles klar? Du brauchst keine Angst zu haben. Der Korb ist sicher. Warum hast du dich so vorgebeugt? Wir dachten schon, du wolltest dich hinabstürzen. Gut, dass Gerd dich noch festgehalten hat."

„Festgehalten?", schrie Klüttermann, „einer von euch wollte mich runterschubsen!"

„Nein, das ist nicht war. Mensch Patrik, ich als Bulle kann das wohl beurteilen. Kann natürlich sein, dass du subjektiv das Gefühl gehabt hast, dass das so war."

Mit Tobias Huber, Gerd Schlossmacher, Jürgen Sprinkhof und Friedhelm Stubendorf hatten Kevin und Patrik vor wenigen Minuten den Heißluftballon bestiegen. Alle waren gut gelaunt in den Korb gestiegen. Doch Kevin erinnerte sich, dass der Gastgeber mehr oder weniger überredet werden musste.

„Warum bist du denn mit in den Korb gestiegen, wenn du so eine Angst hast?", fragte Tobias Huber, der vorsichtig an Patrik herangetreten war.

„War doch Eure Idee! Ich wollte doch gar nicht mit. Und dann hat mich wer auch immer in diesen Korb gedrängt."

Gerd Schlossmacher genoss trotz Stress seines Kumpels die Fahrt. Er schaute hinaus in die Weite, als er den Vorwurf von Patrik hörte. „Unsere Idee? Wie kommst du darauf? Du hast uns eingeladen. Stell dich nicht so an und genieße den Flug!"

„Fahrt, wir fahren, nicht fliegen! Das müsstest du schon gelernt haben!", mischte sich der Pilot ein. „Und noch was! Zurück geht es jetzt nicht mehr! Die Fahrt dauert ein paar Stunden und euer Patrik muss das leider aushalten!"

„Haste gehört? Nützt nichts, wenn du weiter Angst hast, bleib in der Mitte sitzen. Ich für meinen Teil genieße den … äh die Fahrt. Und das solltet ihr auch tun. Unser Pilot kann nichts dafür, dass sich Patrik in die Hose macht. Gab´s das schon mal?" Friedhelm Stubendorf schaute den Chef des Ballons an.

„Selten, kommt schon mal vor. Dann sollte sich die Person im Zentrum des Korbs aufhalten!"

„Du Patrik", Jürgen Sprinkhof hatte sich bis jetzt nicht an den Gesprächen beteiligt, „was meintest du mit *War doch eure Idee!*? Du hast uns eingeladen, nicht wir dich!"

„Einer von euch hat mir den Zettel mit diesen verrückten Drohungen zugesteckt. Hab nicht mal gemerkt wann. Da stand was von bloß nicht in einen Heißluftballon steigen und nicht umdrehen und weiter so'n Blödsinn. Und da ihr von meiner Höhenangst wisst, hab ich gedacht, einer von euch war das."

„Und mit der Einladung wolltest du dich rächen!", meinte Tobias, der vor Patrik stand.

„So ungefähr, Rache ist schon was anderes. Aber einfach euch mit eigenen Waffen schlagen."

„Zettel?", Kevin kniete immer noch neben Patrik. „Du sag mal, hast du den noch?"

„Na klar. Wollte euch bei der Landung damit konfrontieren. Ist ja jetzt hinfällig. Kann den Zettel wegwerfen."

„Stopp!" Kevin hielt die Hand von Patrik fest, als der das zerknüllte Papier über den Korbrand werfen wollte.

„Was willst du damit?"; fragte Patrik verwundert, der sich durch die Gespräche mit seinen Freunden etwas gefangen hatte.

„Zeig her, dann sag ich's dir!"

Kevin nahm ihm den Zettel ab, faltete ihn vorsichtig auseinander und las laut vor: „*Steigen*

Sie nie in einen Heißluftballon! Schauen Sie nie über die Reling eines Kreuzfahrtschiffs! Schauen Sie sich öfter um, es verfolgt Sie jemand!"

„Komischer Text. Hat den jemand von euch geschrieben?", fragte Gerd Schlossmacher. „Ich nämlich nicht. Käme nie auf die Idee so'n Schwachsinn zu schreiben."

Alle schüttelten den Kopf. Der Pilot auch, obwohl der gar nicht angesprochen war.

Kevin hatte eine Plastiktüte aus seiner Jacke gezogen und steckte vorsichtig den Zettel hinein.

„Jetzt wird's mir langsam unheimlich", brummte Patrik vom Boden des Korbs.

„Uns auch. Kevin, warum machst du das? Sieht wie eine polizeiliche Maßnahme aus."

„Ist das auch. Stellt euch vor, einen ähnlichen Zettel fanden wir vor ein paar Tagen bei einer Person, die im kleinen Bunker im Wald erstickt ist."

„Zufall, kennst du doch. Und Zettel ist Zettel. Was hat Patrik mit der Tante im Bunker zu tun?"

„Wenn wir das wüssten, könnten wir den Fall aufklären", meinte Kevin.

„Darfst du uns sagen, was auf dem anderen Zettel stand?" Auch wenn der Pilot die Frage gestellt hatte, neugierig waren jetzt alle.

„Sagen wir mal so! Der dritte Satz ist identisch

mit dem auf Patriks Zettel. Was viel schlimmer ist, der erste Satz auf dem Zettel der Toten bestand aus einer Warnung, niemals in einen Bunker zu gehen."

„Ach du Oberkacke!", platzte Tobias heraus.

„Wieso?", Gerd war etwas langsam im Denken.

„Mensch Gerd, die Tante wurde vor Bunkern gewarnt, dort starb sie, Patrik wird vor Heißluftballons gewarnt!"

Gerd und der am Boden hockende Patrik stöhnten auf.

Mordgedanken

Jahrzehntelang hatte sie auf diesen Moment gewartet. Endlich konnte sie wieder schlafen, ohne dass sie an das Erlebnis vor über 60 Jahren erinnert wurde. Die Albträume waren weg. Sie ging ins Bett, wusste dass jetzt alles vorbei war. Und damit kam ein ruhiger erholsamer Schlaf. Nur, blieb das so? Irgendwie war sie sich nicht sicher. Sie hatte Jahrzehnte unruhig geschlafen. Sie ging ins Bett, schlief schnell ein und schon waren diese Erinnerungen da, eben als Alpträume, die sie nicht beeinflussen konnte. Ihr hatte mal ein Freund erzählt, dass er seine Träume steuern konnte. Das versuchte sie jede Nacht. Nur da war nichts zu steuern. Immer dasselbe Erlebnis mit Folter, Missbrauch und Tod. Die Verantwortliche konnte sie deutlich sehen, ihre Stimme hören. Nur seltsam war, dass die alterte, genauso wie sie. Damals war die Frau gut 18, vielleicht 20, heute 75 Jahre alt.

Jetzt war diese Person tot, ihr Alptraum hatte ein Ende. Doch war es richtig, diese Person nach Jahren noch zu richten? Hier und da kamen doch Gewissensbisse. Damit hatte sie nicht gerechnet. Sie könnte sich stellen, hatte sie mal gedacht. Nur warum? Und dann flögen alle anderen auch auf. Gemeinsam war das schon spannend. Spannend, sie grinste, als sie darüber nachdachte. Ja, es war eine spannende Zeit. Jahre passierte nichts, dann traf sie zufällig die Frauen und den Herrn. Komisch, sie hätte nie gedacht, dass daraus ein Komplott entstand. Befriedigend für alle. Nein, sie wollte es belassen, einfach wegducken und den Rest ihres Lebens genießen. Nur, warum erwachten dann immer wieder diese Erinnerungen an die Tat?

Séance

Wofür Werbung machen? Modesta von Gangesberg war weit und breit als besonders gute Spiritistin bekannt. Natürlich stand das nicht in den örtlichen Zeitungen, wie IVZ, NOZ und MV. Bei ihrer Klientel hatte sie sich seit Jahrzehnten einen Namen gemacht. Dabei half auch ihre Zugehörigkeit beim Hexen-Club Wicca.

Als Modesta nach Ibbenbüren zog, dauerte es nur ein paar Tage, und die ersten fragten an, einige kamen direkt auf sie zu. Sie waren mit dem Auto gekommen. Woher die ihre neue Adresse kannten, war ihr nicht bekannt. Nein, fragen durfte sie nicht, denn alle glaubten an Übersinnliches, so eben auch, dass Modesta wusste, wie ihre Klientel an die neue Adresse kam.

Noch besuchten alte Bekannte ihre Séancen. Die erwarteten nichts Neues, oder vielleicht doch. Denn jeder wollte Kontakt aufnehmen zu seinen Verwandten, meistens verstorbene Kinder oder Ehepartner.

Modesta wusste vor jeder spiritistischen Sitzung, wer was fragen wollte, mit wem die Person in Kontakt treten wollte. Denn ohne Anmeldung ging gar nichts. Das wäre nur für die

Vorbereitung der Sitzordnung und die Anzahl der Beteiligten, hatte sie bei seltenen Rückfragen immer geantwortet. So fiel den Teilnehmern nie auf, dass sich das Medium entsprechend vorbereitete.

Dann kam noch die Anonymität dazu. Die Sitzung verlegte Modesta immer in den ersten dunklen Nachtstunden. Das wäre die beste Zeit, behauptete sie. Denn die Geister schlafen nie und im Dunkeln haben sie weniger Scheu vor den Lebenden.

Da alle Mitglieder ihres Clubs, wie sie diese Gruppe der Mitglieder benannte, in der Regel mit dem Auto angereist kamen, konnte kaum Kontakt untereinander entstehen. Das wollte sie unbedingt vermeiden. Daher bestand Maskenpflicht, eine Halbmaske zum Verdecken der Augen, das oberste Gebot. Spätestens beim Eintreffen vor ihrem Haus mussten die Masken getragen werden, denn es sollte und wollte keiner erkannt werden, da die Teilnahme an einer Séance peinlich sein konnte. Sie wusste aus Erfahrung, dass nur Skeptiker neugierig waren, und sich eventuell Autokennzeichen der anderen aufschrieben.

Modesta hatte einen Zeitplan für jede Sitzung entworfen, sodass möglich nicht alle gleichzeitig erschienen. Und ein Auto im Dunkeln ist schwer zu erkennen. Selbst für die Abreise war ein Zeitplan hinterlegt.

Modesta von Gangesberg war das perfekte Medium. Dabei hatte sie wie sonst bei ihren Mitbewerbern keinen Assistenten im Nebenraum. Sie entwickelte eine Atmosphäre, wie keine andere. Die nächtliche Dunkelheit war ein wichtiges Accessoire. Der kleine Raum im ersten Stock des Fachwerkhauses war nur durch eine Kerze auf dem runden Tisch schemenhaft beleuchtet. An den Wänden des Raumes hingen alte schwere Teppiche mit erotischen Motiven. Ein Fenster war von den Teilnehmern nicht auszumachen, obwohl es gleich zwei gab. Diese nutzte Modesta für plötzliche Erscheinungen. Dann schlug eines der Fenster auf, und ein Windhauch ließ die nackten Personen auf den Teppichen gleichsam schweben.

Der runde Tisch konnte von unten mithilfe eines kleinen Elektromotors angehoben werden. Dann musste das Medium besonders laut reden, stammeln oder stöhnen, gerade wie es zur Szene passte. Denn der Motor wäre zu hören gewesen, wenn auch nur sehr leise.

Gekonnt fiel Modesta immer wieder in Trance,

sie zuckte, fiel mit dem Kopf nach vorne auf den Tisch, wobei die Flamme der Kerze langsam erlosch. Dann flogen Bücher aus einem kleinen Regal, eines landete auf dem Tisch, zufällig mit einer aufgeschlagenen Seite. Jedes Mal erwachte dann Modesta, nahm das Buch und las den Text vor. Der bezog sich immer auf einen der Teilnehmer. Modesta wusste, dass sie eine Expertin in ihrem Metier war.

Auch wenn zu den Séancen nur Eingeweihte eingeladen wurden, der eine oder andere schwärmte von der Begegnung mit seinen Verwandten im Jenseits. Nach einigen Jahren kamen neue Mitglieder hinzu. Modesta zeigte sich erfreut darüber, denn einerseits wurden die Mitglieder ihres Clubs älter, und andererseits begrüßte sie das zusätzliche Einkommen. Ja, sie fand sogar Gefallen an neuen Sitzungen. Sie fühlte sich dann wie eine begnadete Schauspielerin.

Natürlich gab es auch Neider, aus dem Berufsfeld, wenn man es so nennen wollte. Doch die waren ihr nie gefährlich geworden, eher unbefriedigte Gäste. Es gab sogar mal einen, der sie verklagen wollte. Aber auch das hatte sie überstanden. Daran wollte sie nie wieder erinnert werden.

Vier Neue hatten sich bei Modesta gemeldet,

drei Frauen und ein Mann. Mit den alten Clubmitgliedern konnte und wollte sie diese nicht mischen. Denn man wusste nie, ob nicht einer von denen ein Skeptiker war, einer der nur die Séance nutzte, um sie lächerlich zu machen. Also lud sie alle vier zu einer späten Séance im Herbst 2019 ein. Beginn Null Uhr, die vier sollten vorher ab 23.30 Uhr nacheinander das alte Fachwerkaus erreichen und den Raum dann betreten.

Albertina und Kevin

Der Tag im Heißluftballon war anstrengend gewesen. Kevin und seine Freunde mussten während der ganzen Fahrt Patrik Klüttermann beruhigen. Am späten Nachmittag kam der Dümmer See in Sicht.

„Da", schrie der Pilot, der ab und zu noch mal den Brenner betätigte, um heiße Luft in die Ballonhülle zu geben, „seht ihr den Bulli? Da landen wir." Daneben stand der Wagen von Albertina, Kevins Freundin. Noch hatte der Korb den Boden nicht berührt. Alle außer Klütermann, trugen jetzt Handschuhe. Sie hielten sich an den Schlaufen des Korbs fest. Ein letzter Feuerstoß

Richtung Hülle und der Korb landet mehr oder weniger sanft auf der Wiese.

Wäre nicht Patrik so apathisch gewesen, der Tag wäre so schön verlaufen. Aber jetzt wollten alle nur noch weg. Außer Patrik, der fast aus dem Korb fiel und sich sofort im Gras niederließ, halfen alle beim Zusammenlegen des Ballons.

Der Bulli mit dem Hänger fuhr auf der Wiese, während Albertina das Baby aus dem Kindersitz holte. Kevin freute sich, dass seine Freundin Lisa mitgebracht hatte. Er winkte beiden zu.

„Danke, dass ihr mich abholt!"

„Keine Ursache", meinte Albertina. „Lisa wollte das so!"

„Danke Lisa, gut dass du immer an mich denkst!" Er lachte sie an, das Baby gluckste. Auch wenn Lisa nicht sein Kind war, Kevin war total vernarrt in die Kleine. Fast wäre Albertina schon eifersüchtig geworden.

„Sag mal, du erinnerst dich doch an die Dame im Bunker, die da erstickt ist!"

„Ja, warum, weiter gekommen sind wir noch nicht, das weißt du doch!" Albertina hatte Lisa auf dem Rücksitz in den Kindersitz festgeschnallt, was die Kleine mit wütendem Geschrei kommentierte. Die Mutter ließ sich davon nicht irritieren, setzte sich ans Steuer und fuhr los. Kevin drehte sich zu dem Kind um, und machte Faxen.

„Verwöhn mir die Kleine nicht, sonst werde ich eifersüchtig!"

„Ich kann dich nachher auch verwöhnen, hier im Auto ist das etwas schwierig. Was hältst du von …"

„Okay, nachher zuhause. Was war jetzt mit unserem Fall? Eigentlich haben wir Wochenende und keinen Dienst?"

„Nur eine Frage und dann bin ich privat. Was stand auf dem Zettel, der in der Tasche der Toten lag?"

„Den genauen Wortlaut hab ich nicht im Kopf, sowas wie nicht in einen Bunker gehen, nicht nach hinten schauen und, ich glaube, nicht in geschlossene Räume gehen, oder sowas."

„Ungefähr richtig. Ich lese dir mal vor, was ich bei unserem Gastgeber in der Jackentasche gefunden hab: *Steigen Sie nie in einen Heißluftballon! Schauen Sie nie über die Reling eines Kreuzfahrtschiffs! Schauen Sie sich öfter um, es verfolgt Sie jemand!*"

„Wau, das ist kein Zufall, oder?"

„Kann ich mir kaum vorstellen. Und dann wäre unser Gastgeber, Patrik, noch beinahe über Bord gegangen."

Kevin hatte sich wieder nach vorne gebeugt und schaute jetzt zu seiner Freundin rüber. „War schon recht seltsam da oben im Ballon. Er lädt uns ein, steigt in den Korb und ist, kaum dass wir den Boden verlassen haben, völlig aufgelöst."

„Der hat Höhenangst. So eine Phobie ist doch nichts Ungewöhnliches! Stell dir vor, Nicole Kidman hat eine Schmetterlings-phobie."

Kevin fing laut an zu lachen, so laut, dass das Baby mit gluckste.

„Warum lachst du?"

Kevin musste sich erst zusammennehmen, bis er wieder vernünftig reden konnte. „Stell dir vor, der Tobias hätte die Schmetterlingsphobie, dann …", Kevin fing wieder an zu lachen.

„Ja, was ist denn da so komisch dran, dass du dich kaputtlachen kannst?"

„Seine Freundin hat auf der linken Pobacke ein Tattoo mit einem Schmetterling."

„Und?", Albertine stellte sich dumm.

„Dann würde der doch keinen hoch kriegen!"

„Typisch Mann, an so was würden wir Frauen nie denken!"

„Lüg nicht!", rutschte ihm raus.

„Komm du mal nach Hause!", sie grinste. „Aber zurück zum Patrik. Erzähl mal, was war da im Ballon?"

Nachdem Kevin sich endlich beruhigt, mit Lisa nochmal geschäkert hatte, berichtete er beginnend vom Einstieg bis zur Landung alles haarklein. Als Albertina den Wagen vor der Wohnung in Ibbenbüren abstellte, hatte Kevin erst die Szene beschrieben, als Patrik über den Korbrand kotzte.

Bungee-Jumping

Ulrich-Hermann Gutschneider-von Meier schrie laut auf. Er fiel ins Nichts, seine Angst steigerte sich, er war kurz vor einem Herzinfarkt. Die Erde kam rasend auf ihn zu. Gleich würde sein Kopf aufschlagen. Mehr Zeit hatte er nicht, da wurde sein Körper mit einer unbändigen Kraft festgehalten, sodass der kurz vor dem Boden noch stoppte. Doch dann zog ihn eine neue Kraft wieder nach oben. „Nein!", schrie er, „ich will nicht mehr!" Nur das Gummipendel, an dem er hing, schwang noch ein paar Mal auf und ab. Endlich hing er kopfüber in gut fünf Meter über dem Boden.

Ulrich-Hermann schloss die Augen und stöhnte. Er war schweißgebadet und zitterte am ganzen Körper. Ihm war plötzlich alles egal, als er merkte, dass ihn jemand anfasste.

„Was ist los? Bin ich tot?"

„Komm, Ulli, wir hängen dich jetzt ab." Ein Mitarbeiter hatte ein Seil angebracht und zog ihn hinab. Zwei weitere Mitarbeiter lösten vorsichtig den Gurt und stellten den völlig fertigen Mann auf die Beine. „Setz dich erstmal hin, trink ´nen Kaffee. Dann geht das wieder!"

Vorsichtig schaute Gutschneider-von Meier nach oben, wo seine neue Flamme noch stand. Wie kommt die runter fragte er sich, springt die etwa auch? Das Gummiseil wurde nach oben gezogen, Ulrich-Hermann sah oben Figuren stehen, die sich auf dem Absatz bewegten.

„Ulli, du musst hier weg! Der nächste wird gleich springen."

Ulrich-Hermann stand auf und ging mit schwankendem Gang Richtung Kiosk. Die Kleine wird mich wohl finden, dachte er. Muss erstmal wieder Mensch werden. Er glaubte nicht, dass das heute noch was mit der Kleinen werden würde. Wie hieß die noch? Das war peinlich, er hatte ihren Namen vergessen. Hoffentlich war der Rest im Kopf geblieben. Nie wieder, nicht mal für ein super Sexabenteuer. Das schwor er sich.

Er stand am Kiosk und bestellte einen

doppelten Espresso, dabei grübelte er, warum bin ich da raufgefahren und dann noch gesprungen? Hatte ihn Leah, aha, der Name fiel ihm wieder ein, überredet. Hatte das was mit diesem blöden Zettel zu tun? Jetzt kamen alle Erinnerungen zurück. Er stöhnte auf.

„Geht's dir gut?", fragte der Kioskbesitzer. Typisch Holland, dachte Ulrich-Hermann, alle duzen einen.

„Ja, ja, mir war nur was eingefallen, was ich verdrängt hatte. Danke!"

Er griff zum Espresso, als er einen spitzen Schrei hörte. Und dann erkannte er die Kleine, die wie er kurz vorher am Gummi rauf und runter hüpfte.

„Super, das mach ich nochmal!" Sie stand vor ihm, strahlte und gab ihm einen Kuss. „Jetzt bin ich scharf. Wo ist das Hotel? Komm, lass uns was ganz Verrücktes machen. Hätte nie gedacht, dass so ein Kick die Sexualhormone in Wallung bringt."

Ich auch nicht, dachte Ulrich-Hermann. Bei mir hat dieser Kick das Gegenteil bewirkt. Leah nahm ihn am Arm und zog ihn in Richtung Ausgang. Was wollte er machen, er war sowieso völlig fertig. Ein Hotelbett wäre genau das Richtige, aber ohne die mit Hormonen vollgepumpte Kleine.

Ach ja, der Zettel. Als beide das Hotel betraten, erinnerte er sich wieder. Da stand so eine seltsame Warnung darauf. Irgendwas mit Bungee-Jumping. Der Schreiber warnte ihn vor so einem blöden Sprung, wie den, den er gerade absolviert hatte. Er wollte mal mit seinem Rechtsanwalt sprechen. Das war ein Freund von ihm, und der kannte seine Leidenschaft. Jetzt musste er grinsen, Leidenschaft. Das wird heute mehr Leiden als - schaft, überlegte er, als Leah und er das riesige Hotelzimmer betraten.

Séance

Bevor Modesta von Gangesberg neue Gäste zu sich bestellte, nutze sie die Zeit um Informationen im Netz zu recherchieren. Die meisten Gäste hatte sich per Telefon gemeldet. Nur wenige schickten einen Brief. Aber keiner durfte bei ihr unangemeldet anklopfen. Öffentliche Werbung brauchte sie nicht. Zufriedene Mitglieder waren die beste Werbung. Altmitglieder durften nach Absprache mit Modesta deren Handynummer weitergeben.

Im Vorfeld hatte sie sich Name, Alter, Familienstand und Beruf geben lassen.

Unauffällig, das war ihr gegeben, befragte sie dann den neuen Gast. Bei dem Gespräch warf sie hier und da ihre im Voraus recherchierten Lebenssituationen ein.

„Sie lieben Ihren Beruf als Angestellter bei der Firma …" Den Rest ließ sie unbeantwortet. Sie wusste, dass der Anrufer sofort den Satz ergänzte. Und dann kam auch schon die Frage, woher sie das wusste. Das waren wichtige Eingangsfelder, die sie immer gut bestellt hatte.

Modesta wusste, dass an diesem Abend drei Frauen und ein Mann kamen, eine Frau war um die 70, vielleicht auch 75, die drei anderen Personen um die 40. Zuerst sollte die älteste Person eintreffen.

Die Dame war pünktlich um 23.30 Uhr auf den Hof gefahren. Sie stieg aus und setzte die Halbmaske auf. Diese Vorgehensweise hatte Modesta schon vor Jahren beobachtet und irgendwann ein Nachtsichtgerät gekauft. Sie wollte das Gesicht der Person sehen, ganz wichtig bei Séancen, wie sie aus Erfahrung wusste. Vor Jahren war mal eine Frau zu einer Séance gekommen, deren linke Gesichtshälfte durch einen Brand stark vernarbt war. Unter der Maske war das nicht zu sehen. Doch Modesta konnte dieses Wissen nutzen, wenn der Geist der Verstorbenen von einem Brand sprach.

Nach der älteren Dame erreichte der Mann das Haus, fünf Minuten später die jüngere Frau und gut zehn Minuten danach die letzte. Jetzt saßen alle in dem recht dunklen Raum, in dem nur eine Kerze auf dem runden Tisch flackerte. Auch das war wichtig, die Kerze musste flackern. Modesta trat immer nach gut 15 Minuten ein. Auch wenn die Neuen sich nicht kannten, so kam es doch häufig zu spontanen leisen Gesprächen untereinander, die sie unbedingt hören musste und somit für ihre Séance nutzen konnte.

Wer Modesta kannte, hier erkannte er sie nicht. Ihr Kurzhaarschnitt war mittels einer Perücke zu einem Berg von wilden Locken aufgebauscht, ihr Gesicht war schwarz-tiefblau geschminkt. Dadurch traten die Augen besonders stark hervor. Sie trug einen schwarzen Seidenmantel mit goldenen Sternen bestickt. Die Ärmel des Mantels waren weit, nur ihre feingliedrigen Hände schauten heraus. Sie trug einen goldenen Ring mit einem roten Robin. Das beides nur Tand war, sah keiner. Die Teilnehmer konzentrierten sich auf die Séance und nicht auf Nebensächlichkeiten, die aus Sicht des Mediums aber wichtig waren.

Bevor die Geister gerufen wurden, fassten sich alle an. Es wurde der rituelle Kreis gebildet, der auch niemals vor dem Ende geöffnet werden durfte. Mit ein paar Beschwörungsformeln eröffnete Modesta die Séance. Sie redete in seltsamen Sprachen, die keiner verstehen konnte. Dabei erinnerte sich Modesta an ihre Kindheit, wo ihre Freundinnen und sie sich mit Fantasiewörtern ansprachen. Dann fiel sie in eine Art Koma, stöhnte, zog an der einen Hand, dann an der anderen Hand. Jetzt bewegte sich der Tisch, ein Wind kam auf und ein Fenster sprang auf. Sofort verlosch die Kerze und es wurde merklich kühl und stockfinster.

Modesta brabbelte etwas Unverständliches. Danach kam der schwierigste Teil, die Teilnehmer so zu manipulieren, dass die ihre eigenen Fragen selbst beantworteten.

„Ich sehen einen älteren Herrn!" Das war immer ein guter Einstieg, denn alle hatten einen Vater, einen Großvater oder einen Onkel. Modesta wartete, meistens wenige Sekunden und der erste stöhnte auf.

„Ja, Papa, bist du das?"

Das Schauspiel hatte begonnen. Der Rest lief

von allein, denn jetzt wollte jeder mit irgendeiner Person in Verbindung treten. Nur an diesem Abend lief es anders, so dass Modesta danach nicht wusste, wie sie damit umgehen sollte.

Ariane Vogts

Es ging ihr nicht gut. Ihr ganzer Körper schmerzte. Und dann diese Kopfschmerzen. Noch nie hatte sie Kopfschmerzen gehabt. Sie konnte Alkohol in großen Mengen vertragen, sie war am nächsten Morgen vielleicht etwas müde, mehr nicht. Das war neu, der Körperschmerz mit den Kopfschmerzen.

Ariane Vogts wollte sich aufrichten. Es ging nicht. Sie öffnete die Augen, es war dunkel, pickedüster, hätte ihre Oma gesagt. Was war los? Ariane war eine taffe Person, Angst kannte sie nicht. Es muss eine logische Erklärung dafür geben. Zuerst reden, laut reden. Mal sehen, hören, was dann passiert.

„Hallo, wo bin ich?" Ja, das war schon gut, sie hörte ihre eigene Stimme. Es hallte ein bisschen. Ariane wurde mutiger. „Was ist hier los? Macht mal Licht!"

Nichts, keine Reaktion, es blieb dunkel. Gut, dachte Ariane, dann versuch ich mal mich zu bewegen. Zuerst die Arme, ging nicht, dann die Beine, ging auch nicht. Was war hier los? Sicher ein blöder Traum.

„Wach auf!", schrie sie jetzt. Doch nur so ein seltsamer Hall erfüllte den Raum, wenn es ein Raum ist, dachte sie.

Jetzt versuchte sie den Körper zu bewegen. Müsste doch gehen. Sie war ja durchtrainiert, also rechtsrum. Ging nicht, linksrum, ging auch nicht. Sie lag auf dem Rücken und ihr ganzer Körper war wie festgeklebt, nein gebunden.

„Ich bin festgebunden!" Noch reagierte sie ohne Angst. „Welcher Idiot hat mich hier angebunden?" Ariane wurde laut. „Macht mich sofort los oder ich hole die Polizei!"

Bin ich blöd, sie grinste. Ist aber auch egal, der Blödmann versteht das sicher auch nicht.

„Also, wo bist du? Mach mich los! Ich muss mal und mir tun alle Knochen weh!"

Nichts passierte. Scheiße, kann doch nicht sein, dachte sie. „Haaallooo, ist da wer?" Jetzt schrie sie so laut sie konnte, aber es tat sich nichts. Ist vielleicht Nacht. Sie beruhigte sich wieder. Dann schlafen alle und keiner hört mich. Aber warum hat mich jemand festgebunden und so liegen gelassen?

Fragen über Fragen. Jetzt wurde Ariane doch nervös, nein keine Angst. Angst ist ein schlechter Ratgeber, hatte ihre Oma mal gesagt. Sie war in den Keller gegangen und das Licht ging aus. Sie schrie laut auf, die Großmutter kam, machte Licht und dann kam der Spruch.

Fang bei null an! Auch so ein Spruch ihrer Oma. An was kann ich mich erinnern, bevor ich hier wach wurde? Zuerst deine persönlichen Daten aufzählen, überlegte sie sich. Name, Alter, Beruf, ja sie erinnert sich an alles. Das letzte war der Besuch beim, ja, beim was? Ich wollte zu einem Theaterstück oder Kinofilm, nein zu einer Oper gehen, fahren.

„Ich hab´s! Der fliegende Holländer. Klar, die romantische Oper von Wagner. Ich bin von zuhause losgefahren, hab den Wagen ins Parkhaus gefahren und bin dann in die Stadthalle gegangen." Sie stoppte. „Nein, den Holländer hab ich gar nicht gesehen. Da war vorher was, nur was?"

Der Kopf, nein es war der Nacken. Da war ein fürchterlicher Schmerz und dann … ja, dann ist die Erinnerung weg. Bin vielleicht im Krankenhaus, dachte sie. Ist Nacht und keiner hört mich. Könnte sein, nur warum fing sie an zu zittern.

„Keine Decke und hier ist es kühl." Mit ihren

Händen konnte sie den Stoff des Kleids fühlen. „Das ist ja noch mein Kostüm. Oh Gott, viel hab ich nicht an. Eine Strumpfhose, einen", sie schluckte, „Minislip. Hoffentlich hole ich mir keine Blasenentzündung!" Da fiel ihr wieder die Oma ein, die damit häufig Last gehabt hatte.

Mit dem Zittern kam jetzt die Angst. Das eine verstärkte das andere. Ariane fing an zu weinen. „Warum, was hab ich getan? Bitte holt mich hier raus!" Doch nichts tat sich.

Hans-Heiner Hasenschrodt

„Verrückte Geschichte, die mit diesen beiden Zetteln. Dieselbe Schrift, Inhalt ähnlich."

„Wieso dieselbe Schrift? Ist doch auf einem PC geschrieben und dann ausgedruckt worden?" Kevins Gedanken brauchten immer etwas mehr Zeit.

„Klar, nur diese Schrift wird nicht häufig benutzt, ‚Bahnschrift'. Wer kommt auf so eine Schrift? Und dann auf beiden Zetteln. Entweder war der Schreiber dumm, oder er will es so."

„Will das so, warum, Albertina?"

„Weil er auf seine Taten aufmerksam machen

81

will."

„Wer will auf seine Taten aufmerksam machen?" In der Bürotür stand der Vorgesetzte der beiden, Hans-Heiner Hasenschrodt.

„Guten Morgen Chef!", beide hatten ihn gleichzeitig begrüßt.

„Äh, ja, war in Gedanken. Guten Morgen Frau äh … und Herr äh." Er hatte die Namen seiner Kollegen wieder vergessen, aber das war den beiden schon bekannt. Albertina hatte ihm vor ein paar Wochen sogar eine Eselsbrücke gebaut. *Schauen Sie vorher auf das Namensschild an den Büros.'* Hatte er sicher wieder vergessen.

„Chef, das ist 'ne verrückte Geschichte!" Albertina hub gerade an, als das Telefon klingelte. „Tschuldigung!"

„Gut, Herr äh …, berichten Sie weiter!"

„Wir haben zwei in etwa gleichlautende Zettel mit Drohungen. Die eine Person, Sabine Stratmann, ist in dem kleinen Bunker im Teuto erstickt, haben wir Ihnen ja berichtet."

H-hoch-3 nickte. Er nahm seinen Zeigefinger und legte ihn auf den Mund. Bitte nicht, dachte Kevin, denn bei dieser Geste, das wussten die beiden Polizeibeamten, resümierte der Vorgesetzte mit langen Abhandlungen, in der Regel beginnend mit seinem Berufsanfang.

„Und den anderen Zettel", Kevin sprach schnell weiter, „hab ich bei einem Kumpel in der Tasche gefunden."

Hasenschrodt nahm den Zeigefinger vom Mund. „Da müssen Sie mir auf die Sprünge helfen! Von dem Zettel weiß ich nichts. Und irgendwie ist Ihr Bericht verworren. Also!"

Kevin atmete auf. Mit wenigen Worten erzählte er von der Ballonfahrt und seinem Freund, Patrik Klüttermann, der trotz Höhenangst in den Ballon stieg und sich die Seele aus dem Leib gekotzt hatte.

„Zeigen Sie mal die Zettel! Ja", Hasenschrodt hielt beide hoch, „stimmt, gleiche Schrift, ähnlicher Inhalt."

Albertina hatte das Telefongespräch beendet. Beinahe hätte sie dieselbe Schrift gesagt. Doch als sie ihren Freund und Kollegen ansah, der grinste, nickte sie nur.

„Wie gehen Sie jetzt vor?"

„Sind uns noch im Unklaren. Kann auch ein Zufall sein, denn was hat der Herr Klüttermann mit der Frau Stratmann zu tun? Waren gerade beim Brain-Storming."

„Okay, melden Sie mir, wenn Sie was Neues

wissen." Hasenschrodt drehte sich um und ging.

„Kevin, du kennst deinen Freund doch recht gut. Da setz du mal an! Ich recherchiere über diese Frau Stratmann."

Ulrich-Hermann Gutschneider-von Meier

Ulrich-Hermann Gutschneider-von Meier lag tot im Bett des Hotels. Auf einem Sessel saß Leah Rosenqvist und heulte Rotz und Wasser. Ihr Chef lag ausgestreckt auf der Matratze, den Kopf auf dem Kopfkissen. Eigentlich sah er ganz entspannt aus, nur das Herz hatte wohl aufgehört zu schlagen. Ein Notarzt stellte den Tod fest, wahrscheinlich Herzinfarkt, und war gegangen. Neben der völlig zusammengebrochenen jungen Frau saß ein Rettungssanitäter und hielt ihre Hand.

„Was soll ich jetzt machen?" Leah ließ sich nicht beruhigen. „Warum ist der denn tot? Wir hatten doch einen tollen Tag. Und jetzt, was soll ich machen?"

Der Sanitäter stand auf. „Wird schon alles gut. Gleich kommt die Polizei. Soll ich Ihnen eine Beruhigungsspritze geben?"

„Nein, nein, aber Polizei, warum?"

„Ist ein normales Verfahren. Keine Angst, die Polizisten sind hier in Holland sehr nett."

Der Rettungssanitäter hatte recht, zwei junge Polizistinnen kamen herein. Während die eine den Toten inspizierte und fotografierte, befragte die andere Leah. Sie solle alles erzählen, von der Fahrt ab Münster bis zum Zeitpunkt, als ihr Chef sich nicht mehr bewegte.

„Ich war ins Bad gegangen, wollte mich frisch machen. Wir wollten doch noch einkaufen und dann essen gehen", beendete Leah ihre Erinnerungen an den Tag. „Bin aber in die Bar gegangen, hab was getrunken. Danach wollte ich mit ihm essen gehen. Bin hoch ins Hotelzimmer, noch schnell ins Bad und danach … Ja, Ulli, Herr Gutschneider-von Meier, rührt sich nicht. Ich sag noch Ulli, bist du eingeschlafen? War etwas zu viel für dich? Ich wusste ja nicht, dass er so ein schwaches Herz hatte. Dann wäre ich mit ihm sicher nicht gesprungen."

„Sie müssen sich keine Vorwürfe machen. Wissen Sie, ob ihr Chef Tabletten nimmt?"

„Ich meine, er müsste Insulin spritzen, aber auch das weiß ich nicht. Wissen Sie", Leah senkte den Kopf, „ich kenne ihn doch erst seit ein paar Wochen." Sie wusste, dass das gelogen war, sie kannte ihn erst seit ein paar Tagen, aber das wollten die Polizistinnen sicher nicht so genau wissen. Denn das war Leah sehr peinlich, grade in der Firma und schon mit dem Chef ins Bett.

Das Protokoll wurde aufgenommen, und Leah konnte das direkt auf dem Tablet der Polizistin unterschreiben.

„Darf ich nach Haus?", fragte sie vorsichtig.

„Natürlich. Ich gehe davon aus, dass die Formalitäten, also Transport der Leiche, die Familie organisiert. Fahren Sie zurück, oder wollen Sie noch länger bleiben? Wir haben Ihre Adresse und das Protokoll."

„Nein, das kann ich nicht. Ich muss hier weg!"

Die beiden Polizistinnen zeigten Verständnis und verabschiedeten sich. Leah nahm den kleinen Weekender, den sie für die Nacht gepackt hatte und steckte ihre privaten Utensilien ein. Noch einmal schaute sie auf ihren toten Chef, dann schloss sie die Tür. An der Rezeption gab sie die Zimmerkarte ab, drehte sich um und verließ das Hotel. Nur nicht nach der Rechnung fragen, dachte sie. Denn sie hatte weder Geld noch Kreditkarte dabei.

Toter Junge

Der Regen hatte aufgehört. Gott Dank klarte es endlich auf. Ganz Münster stand unter Wasser. Bis dass das Wasser abgeflossen war, dauerte es Tage. Die Gullys in der Innenstadt waren mit Laub verstopft und die Kanalisation überfordert. Jetzt begann das große Aufräumen. Während die Straßenreinigung von den Stadtwerken übernommen wurde, mussten die Privatleute ihre verdreckten Keller selbst reinigen.

Unter der Bahnunterführung fanden Mitarbeiter der Stadtwerke den toten Jungen. Nach der Obduktion war klar, er war ertrunken. Die Eltern waren untröstlich, er hatte eine etwas ältere Schwester, die sich tagelang in ihr Zimmer zurückzog und auch von den Eltern nicht getröstet werden konnte.

Außerhalb der Stadt fand ein Radfahrer eine leblose Person in einem Graben. Der herbeigerufene Notarzt konnte nur noch den Tod feststellen, die Polizei diagnostizierte einen Unfall.

„Ersoffen im Graben, bei dem Regen, kann immer passieren!" Der ältere Polizist war ein Freund von schnellen Ergebnissen mit möglichst wenig Aufwand. Trotzdem musste diese Leiche, es war ein Mann mittleren Alters, obduziert werden.

Séance

Bevor Modesta von Gangesberg mit ihrer Séance begann, ließ sie wie immer noch etwas Zeit verstreichen. Sie stand dann im Nachbarraum und hörte gebannt zu, ob die neuen Gäste miteinander reden würden. Wie sie aus Erfahrung wusste, nach einer gewissen Zeit wird einer der Gäste reden. Anfangs Belangloses, Wetter, Weg und sowas. Nur irgendwann versuchte einer dann das Gespräch auf diese Situation zu bringen.

„Haben Sie auch das Bedürfnis zu hinterfragen, ob es noch mehr gibt, als unsere Weisheit uns vorgaukelt?" Die meisten fingen mit Hamlet an. Und häufig kannte einer das vollständige Zitat: *„Es gibt mehr Ding' im Himmel und auf Erden als Eure Schulweisheit sich träumt."*

Jetzt war der Bann gebrochen, jetzt musste Modesta genau hinhören. Wer sagte was? Wer fragte was?

„Ja, ja", eine Frauenstimme. „Hab etwas Schlimmes erlebt und weiß nicht, wie ich damit umgehen kann."

„Sie auch?", eine Männerstimme. „Wie rächt man sich an einer Person, die einem das Liebste genommen hat? Naja, Rache ist eher zweitrangig, aber heute könnte ich ja die Beweggründe des Mörders erfahren."

„Mhm", wieder eine Frauenstimme, wirkt aber schon älter, muss die alte Dame sein, dachte Modesta. „Hab sowas in der damaligen DDR erlebt. Woll´n mal hoffen, dass nicht nur Sie, sondern auch ich Klarheit bekommen. Rache", sie stockte, „weiß ich nicht. Hilft das?"

Jetzt meldete sich die vierte Person, auch eine Frau. „Rache, ja, könnte dieser Person sofort was antun. Sie alle nicht?"

Jetzt redeten alle durcheinander. Modesta musste jetzt rein und mit der Séance anfangen.

Theatralisch trat sie zwischen zwei dicken Samtvorhängen in den Raum. Hinter ihr fielen die Vorhänge zu, sie blieb stehen, schaute zur Decke und brummte ein paar unverständliche Worte. Dass sie Kunstwörter aus ihrer Kindheit in diesem Schauspiel verwendete, konnte keiner ahnen, hätte auch keiner wissen noch glauben wollen. Wer es bis hierhergeschafft hatte, war sowieso fest davon überzeugt, dass Modesta mit Toten in Verbindung treten konnte.

Modesta ging einen Schritt weiter auf den runden Tisch zu, dabei stöhnte sie laut auf. „Mord, Unrecht!" schrie sie. Dann stand sie am Tisch und zog den großen Sessel zu sich heran. Langsam nahm sie Platz, wobei sie ihren Umhang nach hinten über den Sessel warf.

„Wollen wir beginnen. Als ich den Raum betrat, bemerkte ich Ihr Karma sofort. Ihre Aura hat den ganzen Raum eingenommen. Sie leiden, alle leiden, nur Sie besonders."

Modesta legte ihre Arme auf den Tisch, schaute nach rechts und links und nahm die Hände der Nachbarin fest in ihre Hände. „Bitte, fassen Sie sich an. Wir müssen den Kreis schießen. Und nicht mehr loslassen, denn sonst kann es für uns alle gefährlich werden. Bei meinen Séancen treten nicht nur gute Geister auf. Der Böse lauert überall, er kommt und geht, wie er will. Da habe ich leider keinen Einfluss drauf!"

Plötzlich fiel von oben ein leichter Nebel, die Kerze flackerte und erlosch. Jetzt war es erst völlig dunkel, bis hinter den Vorhängen ein grünliches Licht den Raum in eine unwirkliche Landschaft verwandelte. Das Licht wanderte. Das war aber nur so ein Gefühl. Jeder schaute über oder neben seinem Gegenüber auf die Bilder, die sich auf den Stoffen manifestierten. Bis zu diesem Zeitpunkt hatte Modesta unbekannte Wörter mit einem seltsamen Timbre vor sich hingesprochen, manchmal gesungen und zum Schluss geschrien, sodass die Teilnehmer erschrocken zusammenzuckten.

Jetzt schaukelte Modesta hin und her. Krampfhaft hielt sie die Hände der Nachbarinnen fest, als sie unverhofft in sich zusammenfiel. Sie stöhnte auf, hob den Kopf und redete in einer seltsamen Sprache. Die Teilnehmer hatten das Gefühl, dass es ganze Sätze waren. Dann hielt Modesta inne, schaute sich fragend um. „Wo bin ich?" Und schon verlosch das grüne Licht und die Kerze brannte wieder.

„Oh, es tut mir leid, aber ich war weit weg. Ich habe Ihre Peiniger gesehen, vielleicht kommt der eine oder andere heute noch in diesen Raum." Niemals durften mehr als zwei Geister erscheinen, denn sie wollte ihre Kundschaft behalten, möglichst lange. Bei der nächsten Séance könnten dann sich zwei andere manifestieren.

Jetzt wackelte der Tisch und schien zu schweben. Dabei knackte das Holz und der Fußboden knarrte. „Da", schrie Modesta, „sehn Sie, da hinter Ihnen, nicht bewegen. Er ist es!" Sie schaute auf die alte Dame, die spontan reagierte.

„Du bist das! Warum hast du mir das angetan?"

Die anderen Teilnehmer schauten erschrocken auf die Sprecherin.

„War im Gefängnis, nur weil du mich verraten hast!"

„Oh", Modesta mimte wieder ihre Bewusstseinsveränderung. „Warum, warum fragst du immer nach dem warum? Ich war jung. War verliebt …"

„Warst du nie!", jetzt brach es aus der alten Dame heraus. „Du hast mir alles genommen, meinen Freund, meine Freiheit und mein Leben." Sie schluchzte, vergrub ihr Gesicht in den Händen. Sie konnte nicht mehr, auch wenn sie die Vereinigung damit gelöst hatte.

Jetzt musste Modesta sofort handeln. „Oh, was ist hier los? Warum hast du den Kreis geöffnet. Schnell, schnell wieder schließen, der Böse lauert schon hinter dem Vorhang!"

Und tatsächlich, da bewegte sich etwas, schemenhaft nur vom flackernden Licht der Kerze beleuchtet. Modesta war wieder in Trance gefallen und übernahm den Part des Bösen. Ihre Stimme war eine Oktav tiefer, männlicher.

„Wer hat mich gerufen?" Gleichzeitig wölbte sich der Vorhang, und wer viel Fantasie hatte, so wie alle Teilnehmerinnen und der Teilnehmer, sahen ein kopfähnliches Gebilde mit Hörnern.

Modesta änderte ihre Stimme, kam zu ihrer normalen Stimmlage zurück. „Verschwinde du

Unhold! Keiner hat dich gerufen!"

Das Gebilde im Vorhang zog sich zurück und eine seltsame verzerrte Stimme kam von der Decke. „Dich hat man richtig verletzt!" Die Stimme machte eine Kunstpause, hoffend, dass sich einer der Teilnehmer meldete. „Rache ist ein gutes Gefühl, aber …"

„Warum nicht?", die Jüngste der Teilnehmer meldete sich spontan.

„Ja, warum nicht?", kam es fragend aus dem Off.

„Wer bist du? Kannst du mir helfen? Du weißt doch alles, wenn du meine Mama bist!"

Auf das Stichwort hatte Modesta gewartet. Die Mutter der jungen Frau musste verstorben sein. Jetzt hieß es sofort eingreifen. „Oh", Modesta stöhnte auf. Damit schaffte sie es, dass sich die Teilnehmer wieder auf sie konzentrierten. „Ich musste dich schon früh verlassen, aber ich war immer bei dir. Hast du das nicht gefühlt?"

Die junge Frau nickte, es flossen Tränen. Gut so, so will ich sie haben, sie glaubt an meine Séance.

„Ich will dir helfen. Denk nach! Mach einen Plan, ich bin bei dir, beim Planen und beim Akt!"

Ein Windhauch zog durch den Raum und die Kerze verlosch wieder. Das grünliche Licht beleuchte gespenstisch die Teilnehmer. Noch war die spiritistische Sitzung nicht zu Ende. Modesta musste aus den beiden anderen Teilnehmer noch etwas herauskitzeln.

„Ich sehe ein Kind!"

Mit dieser Reaktion hatte Modesta nicht gerechnet.

„Ja, genau, du hast es ertrinken lassen! Bist einfach vorbei gerast. Dein Beruf war dir wichtiger! Warum hast du nicht angehalten?"

„Ich sehe das Kind"; Modesta musste umschalten, denn die Frau meinte, dass der Peiniger erschienen wäre. „Und ich sehe den Fahrer."

„Onkel Max, bist du das? Du hast mir immer beigestanden, schon als Kind als Papa …", sie stoppte.

„Ja, dein alter Onkel. Beschützt dich immer noch. Ja, dass mit Papa war schon schlimm und mit deinem …"

„Bruder!"

„… Bruder war noch schlimmer. Ich helfe dir. Suche deinen Peiniger und stelle ihn zur Rede!"

Sie nickte. „Ja, das mach ich."

„Ich sehe noch einen jungen Mann in unserer

Runde, dem das Liebste genommen wurde!" Modesta nahm wieder die tiefe Altstimme an.

Alle Augen richteten sich jetzt auf den einzigen männlichen Teilnehmer. Der hatte den Kopf gesenkt und stöhnte auf. „Ja, meinen Bruder!", entfuhr es ihm.

„Es war Liebe …"

„… auf den ersten Blick. Die beiden passten zusammen, besser ging es nicht."

„Ja, die auch in dich verliebt war."

„Nein, denn ich war zu jung für die."

Das war ein Fehlschuss, die Spiritistin musste einen unauffälligen Ausweg suchen. „Aber sicher, denn du wolltest deinem Bruder nicht im Weg stehen."

„Genau. Aber sie liebte meinen Bruder auch nicht. Aber von Trennung wollte die nichts hören. Und dann hat sie meinen Bruder ge …", er stockte und Tränen rannen über seine Wangen.

„Ich weiß, ich bin doch dein Freund. Sie hat ihn getötet. Erzähl es uns." Modesta musste jetzt improvisieren. Sie hoffte, richtig zu liegen.

„Danke, dass du da bist. Ich wird dich ewig lieben. Warum hat sie ihn getötet?"

Modesta atmete auf, richtig gefolgert. „Geh zu

Ihr!"

Die Kerze flammte auf, das grüne Licht verschwand und Modesta hob den Kopf. „Was ist passiert?", fragte sie in die Runde. „Ach, ja, wir hatten eine Séance. Haben Sie was vernommen? Ich muss wohl eingenickt sein. Ja, ich kann Ihnen nicht helfen, ich hoffe Ihnen wurde geholfen. Danke, dass Sie da waren. Vielleicht hätten Sie Lust in der nächsten Woche an einer weiteren Séance teilzunehmen?"

Alle nickten. „Gut, also nächste Woche, selber Wochentag und selbe Uhrzeit. Sie kennen sich ja aus. Bitte gehen Sie so, wie Sie gekommen sind, nacheinander, also bitte einzeln."

Unschlüssig blieb die ältere Dame noch vor dem Haus stehen. Es war jetzt zwei Uhr nachts, sie war aufgewühlt und wollte reden. Durfte sie das mit den anderen Teilnehmern? Sie wartet an ihrem Auto, als die nächste Frau das Haus verließ. Auch diese war unschlüssig, stand noch einige Zeit an der Haustür und ging dann langsam zum Wagen.

„Hallo, darf ich Sie was fragen?"

Erschrocken drehte sich die Frau um, gleichzeitig kam der Mann aus dem Haus und ging auf die beiden Damen zu.

„Ich könnte jetzt nicht schlafen. Vielleicht sollten wir uns noch kurz unterhalten", meinte der

Mann, „aber ich finde nicht hier. Warum, sage ich Ihnen dann. Am besten treffen wir uns auf dem Parkplatz vor McDonalds! Ich fahr schon vor, bitte informieren Sie die junge Frau!" Er stieg in sein Auto und fuhr vom Hof.

Ariane Vogts

Das Haus im Zentrum von Bevergern wurde abgerissen. Ursprünglich eine Kneipe, war es jahrelang nicht mehr benutzt worden. Ein Investor hatte das Ensemble von drei Häusern gekauft, um dort ein Wohnhaus zu errichten. Bevor die Abrissbagger eintrafen, ging der neue Eigentümer nochmal durch das Haus. Gab es noch Wertgegenstände, alte Bilder oder Möbel oder war das Haus leer? Nachdem er den Dachboden inspiziert hatte, zog es ihn hinaus, raus aus dem Haus. Er hatte das Gefühl, irgendwie sei das Haus belastete. Er wusste nicht, warum, vielleicht weil damit ein Teil von Altbevergern verschwand? Als er im Hof der drei Häuser stand, fiel ihm der Keller ein. Eigentlich wollte er da nicht mehr runter, doch er war ein genauer recht pingeliger Mensch, der das, was er vorhatte, auch durchzog.

Unter der Last seines korpulenten Körpers knarrte die alte Holztreppe. Der Strom in den Häusern war schon seit Wochen abgestellt worden, daher nutze er beim Hinabsteigen eine neue LED-Taschenlampe. Der Kellereingang wurde im Erdgeschoss durch eine alte Holztür versperrt, unten am Treppenaufgang musste eine zweite geöffnet werden. Diese Tür war mit einem Riegel verschlossen, den er mit einem kräftigen Ruck aufzog. Die Tür schlug auf und ein bestialischer Gestank schlug ihm entgegen. Gleichzeitig überraschte ihn ein Schwarm Fliegen. Er schlug mit den Händen danach, bis die meisten Fliegen den Kellerraum über den Ausgang nach oben verlassen hatten. Nur der Gestank blieb, verstärkte sich noch. Er leuchtete mit der Taschenlampe hinein und erschrak. Im Zentrum des Kellers lag eine Person auf einem Holzgestell.

Der herbeigerufene Notarzt war überflüssig, was der Eigentümer auch erkannte. Nur in seiner Not rief er alle Stellen an, die ihm einfielen, Polizei, Feuerwehr und damit auch den Notarzt. Die Ortspolizisten riegelten das Grundstück mit den Häusern ab, dann trafen Kevin und Albertina mit der Spusi aus Ibbenbüren ein.

Kevin hatte schon immer mehr Probleme mit verwesenden Leichen, ganz besonders mit dem ekligen Gestank. Daher ließ er seiner Kollegin den Vortritt. Es stank fürchterlich, sodass auch Albertina ein Taschentuch vor Mund und Nase drückte. Mit der Taschenlampe leuchtete sie den Keller aus. Der war leer bis auf das Holzgestell mit der Leiche. Wie zur Schau gestellt stand das Gestell im Zentrum des Kellers. Die Person war gefesselt und lag auf dem Rücken. Sie war bekleidet mit einem Kostüm, die High-Heels lagen vor dem Holzgestell zu den Füßen. Leichter Kalkstaub hatte sich über Leiche und Fußboden gelegt, sodass die beiden Polizisten Fußabdrücke hinterließen.

„Ist blöd", meinte Albertina, als sie das bemerkte. „Kann man nicht ändern, müssen erstmal die Leiche ansehen."

Kevin stand hinter ihr und versuchte krampfhaft den Brechreiz zu unterdrücken.

„Wenn du´s nicht aushalten kannst, geh raus. Kotz mir nicht auf die Leiche!"

Kevin brummte hinter seinem Taschentuch irgendwas, was nicht einmal er selbst verstehen konnte. Albertina beleuchtete mit der Taschenlampe die Leiche. Es war eine Frau, zirka 35 Jahre alt, elegant gekleidet. Sie trug ein dunkelblaues Kostüm mit sehr kurzem Rock, Strumpfhose und einen Minislip.

Die Person war rücklings mit Tape-Band so an das Holzgestell gefesselt, dass die weder Arme, Beine noch Oberkörper bewegen konnte. Die muss verdurstet sein, dachte Albertina. Scheiß Tod hier im Keller eines Abbruchhauses. Warum, das musste sie mit Kevin aufklären.

Albertina leuchtete noch mal die Leiche ab, dann die Wände dahinter. Als sie das Knarren der Holztreppe hörte, drehte sie sich um, dachte Kevin wäre hinausgegangen. Am Treppenabsatz erschienen Mitarbeiter der Spusi, ausgerüstet mit Leuchtstrahlern und den obligatorischen Koffern.

„Ihr schon wieder!", Han Butterblom und Ludmilla Zarretin von der Spusi hatten den Keller betreten. Ihnen folgte der Rechtsmediziner, Dr. Volker Schirrmeister, wie immer ein Butterbrot kauend. „Habt wieder alles zertreten. Wie sollen wir da noch Spuren finden?"

„Alle raus hier! Nur der Doc darf bleiben."

Kevin war froh, den Keller zu verlassen, ganz besonders, als er den Rechtsmediziner ein Butterbrot kauen sah. Auf dem Hof atmeten die beiden Polizisten erst einmal durch.

„Wer tut sowas?", fragte Kevin, der noch dabei war, den Würgereiz zu unterdrücken.

„Finden wir heraus, Kevin. Dafür sind wir da. Haben wir im letzten Fall doch auch geschafft."

„Was haben wir bis jetzt?"

„Weibliche Leiche, attraktiv?" Kevin schaute Albertina an.

„Soso, das hast du also gesehen, obwohl dir kotzübel war, Männer!"

Kevin grinste. „Und? Ist ein wichtiger Hinweis. Weiter, Alter um 35, Bekleidung Kostüm, kurzer Rock, Strumpfhose, Slip, noch was?"

„Habt ihr den Zettel schon gesehen?" Han Butterblom stand an der hinteren Eingangstür.

Beide schüttelten den Kopf. Der Spezialist hielt einen kleinen Zettel in einem Plastikbeutel hoch. „Hier steht, ich zitiere: *Achten Sie auf Drohnenflüge! Fahren Sie nie Motorrad! Schauen Sie sich öfter um, es verfolgt Sie jemand!*"

„Wo hast du den gefunden?" Albertina wurde hektisch.

„Ruhe Mädel! Hier schau ihn dir an, nichts Besonderes. Muss nicht zur Leiche gehören. War an der Wand links neben der Leiche mit einer Heftzwecke befestigt."

Kevin war dazugekommen. „Mensch Han, dass ist die zweite Leiche mit so einem verrückten

Zettel. Eine Warnung? Die erste Leiche, du erinnerst dich doch auf dem Teuto, die im Bunker. Die hatte auch so einen Zettel dabei. Hast du das vergessen?"

„Stimmt, ich wird´ verrückt."

„Brauchst du nicht, bist du schon!", grinste Albertina.

„Danke!", er stockte, dann redete er weiter. „Ein Serienmörder? Zwei Frauen, eine im Bunker erstickt und diese wahrscheinlich im Keller verdurstet!"

„Möglich, ein Trittbrettfahrer kann es nicht sein, weil nur wenige vom Zettel wissen, du, deine Kollegen und wir. Ich hoffe nur, dass das dann nicht so weiter geht. Aber bei Serienmördern …" Albertina beendete ihren Gedanken nicht.

„Oder Mörderin!"

„Ja, Danke, Kevin. Genderkonform. Du hast ja recht. Könnte auch eine Mörderin sein und oder beides."

„Beides, da träumst du von!" Han Butterblom grinste.

„Kevin, was ist mit deinem Ballonfreund?"

„Was soll mit dem denn sein? Wird sich wohl wieder erholt haben."

„Und?", Albertina schaute ihn fragend an.

„Was und? Ach du große Kacke! Ich muss den

warnen!" Kevin zog sein Handy raus, stellte sich abseits der Gruppe und suchte die Telefonnummer.

„Was hat der denn jetzt?", fragte Han Butterblom.

„Sein Freund hat auch einen Zettel bekommen. Und der wäre fast aus einem Ballon gefallen."

„Was hat der Zettel mit einem Ballon zu tun?"

„Auf dem Zettel stand die Warnung, bloß nicht in einen Heißluftballon zu steigen.

Der Spezialist von der Spusi macht ein betroffenes Gesicht. „Verstehe, hoffe der Freund steigt nicht mehr in einen Ballon."

„Glaub ich nicht, hat nämlich von oben gekotzt."

„So wie Kevin?" Butterblom grinste.

„Nein, Kevin hat nicht gekotzt!" Kevin hatte das Telefongespräch beendet. „Mir war nur übel da unten im Keller mit der Leiche."

„Hast du deinen Freund erreicht?"

„Nein, der ist auf 'ner Geschäftsreise. Kommt heute Abend zurück. Dann werd´ ich mit ihm reden."

Patrik Klüttermann

Die Geschäftsreise nach China war für Patrik Klüttermann ein voller Erfolg gewesen. Die chinesischen Geschäftsleute hatten ihm die Fabriken für Plastikteile und die Fertigungshallen gezeigt. Wie in Deutschland wurden die Teile von modernen Maschinen gepresst, wenig männliche Arbeiter bedienten diese. Und in den Hallen, wo die Einzelteile zu Spielzeugen zusammengesetzt wurden, sah er nur Frauen. Sicher, die sahen alle recht jung aus, aber seine Ansprechpartner bestätigten, dass chinesischen Frauen immer jünger aussahen, als sie waren. Das mache auch den Reiz aus. Hatte einer in perfektem Deutsch gesagt.

Jetzt saß Patrik Klüttermann in einer Maschine der australischen Airline, natürlich in der Ersten Klasse. Beim Abendessen ließ er das gute Geschäft Revue passieren und rechnete schon seinen Gewinn aus. Morgen früh landete die Maschine in Frankfurt, dort stand auch sein Porsche. Jetzt ließ er sich von den attraktiven Stewardessen den Sitz als Liege runterfahren, um noch ein paar Stunden zu schlafen.

Der silbergraue Porsche stand auf dem Kurzzeit-Parkplatz. Nur keine langen Wege! Das Geld dafür war gut angelegt, dachte Klüttermann, als ins Auto einstieg. Bis nach Münster schaffte er die Strecke mühelos in zwei Stunden. Sein Navi gab ihm zwar gut drei Stunden für die 280 km an. Doch die Zeitangabe unterschritt er regelmäßig.

Er kam auch vor der Zeit an, hatte sich fast immer an alle Geschwindigkeitsbeschränkungen gehalten. Vor seinem Büro parkte er den Porsche. Seine Mitarbeiterin, eine junge Frau, begrüßte ihn und legte die wichtigste Post auf seinen Schreibtisch.

„Was Wichtiges, Marie?"

„Nein, alles Weitere in der Post. Heute Morgen kam ein Bote, der mir diesen Umschlag gab. Müsste ich Ihnen persönlich übergeben."

Klüttermann war mit seinen Gedanken schon bei der Post. Den letzten Satz seiner Sekretärin hatte er nur unvollständig aufgenommen. „Was sagten Sie? Diesen Umschlag? Okay, mach ich den zuerst auf!"

Die Sekretärin hielt ihm einen Brieföffner hin, weil sie wusste, dass er den immer suchte. Klüttermann zog einen Zettel aus einem DIN A3 Umschlag. „Was, so ein kleiner Zettel in so einem Umschlag?" In Kleinigkeiten war er sehr sparsam, und das mit dem Umschlag störte ihn gewaltig.

„Kommt mir bekannt vor!", brummte er. „Was da steht, müsste ich schon kennen. Nein", er stutzte, „eine neue Variante. Hier Marie, lesen Sie mal vor!"

„Gehen Sie nie in einen geheizten Raum! Schauen Sie nie über die Reling eines Kreuzfahrtschiffs! Schauen Sie sich öfter um, es verfolgt Sie jemand! Was soll das, Herr Klüttermann?"

„Wenn ich das wüsste? Das ist jetzt Zettel Nummer zwei. Auf dem ersten stand, dass ich nicht in einen Ballon steigen soll."

„Haben Sie doch!"

„Eben, werfen Sie den Zettel weg. Wahrscheinlich ein blöder Scherz, von meinen Jungs." Er grinste. Nein, jetzt würde er das Ganze ignorieren. Die sollten ihn mal. Und was sollte das mit geheiztem Raum? Jetzt war Sommer, wer sollte da heizen?

Patrik Klüttermann

Am Abend saß Kevin bei seiner Freundin und Kollegin Albertina auf dem Sofa. Das Baby schlief, Kevin hatte natürlich noch ein Schlaflied gesungen, bevor er es sich bequem gemacht hatte. Er liebte diese Abende vor dem Fernseher. Vor ihm auf einem kleinen Couchtisch stand eine Flasche Altbier, neben ihm saß Albertina. Während das Fernsehprogramm lief, konnte es passieren, dass er die linke Hand auf Albertinas Schenkel legte.

„Krimi oder Liebesfilm?", fragte Kevin regelmäßig. Dabei wusste er aus Erfahrung, dass Albertina für Fortbildung war, Krimi.

„Krimi! Aber du wolltest doch noch deinen Freund anrufen!"

Hatte er natürlich vergessen. Auch wenn beide noch nach Dienst über ihre gemeinsame Arbeit redeten, beim Fernsehen, am Wochenende oder im Urlaub waren diese Themen nach gut einer Stunde tabu.

Kevin stand auf und ging mit seinem Handy in den Flur. Verständnislos schaute ihn Albertina an. „Darf ich nicht mithören?"

Er grinste. „Will dich beim Krimi nicht stören!"

Nach ein paar Minuten kam Kevin zurück. „Erreiche ihn nicht, weder im Büro …"

„Logisch!"

„… noch im Apartment oder zuhause, noch am Handy."

„Ist vielleicht in China hängen geblieben!"

Kevin nickte und setzte sich wieder zu

Albertina.

Pünktlich um zehn Uhr am folgenden Tag, Kevin und Albertina saßen im Büro der Kripo in Ibbenbüren, öffnete ihr Chef die Tür und steckte den Kopf hinein.

„Was Neues?" Das war, wie beide wussten, eine rhetorische Frage. Hans-Heiner Hasenschrodt hatte ein festes Ritual. Darauf konnten sich alle verlassen. Ab zehn Uhr begrüßte er alle Kolleginnen und Kollegen im Haus.

„Nein, sind noch bei dem Tod der Damen im Bunker und im Keller."

„Melden Sie mir, wenn Sie was Neues erfahren haben!", und raus war er.

Kevin schaute zu Albertina rüber. „Ich hab noch nichts von Patrik gehört. Wir sollten mal nachschauen, ob der zuhause ist, was meinst du?"

„Fahr hin, das kannst du auch alleine. Ich recherchiere noch über die Dame aus dem Keller. Wir haben jetzt einen Namen Ariane Vogts, wohnhaft in Rheine, arbeitet bei einer Lebensmittelfirma."

Kevin fuhr nach Bevergern. Nach der Überquerung des Mittellandkanals lag vor ihm der Huckberg, der letzte nordwestliche Ausläufer des Teutoburger Waldes. Am Südhang lag das moderne großflächig verglaste Haus seines

Freundes Patrik. Hier hatte er mit Freunden schon oft gefeiert. Nicht nur, dass sein Freund großzügig war, die Lage des Hauses war prädestiniert für Feiern. Hinter dem Haus lag ein kleiner Rasenplatz, danach stieg das bewaldete Gelände steil an. Ein optimaler Schallschutz.

Kevin fuhr über eine separate Auffahrt zum Carport. Da stand der Porsche, Patrik müsste da sein. Er stieg aus und ging zum Haus. Von allen Seiten konnte man in die Räume hineinsehen, nur nicht ins Obergeschoss. Kevin kannte sich aus, er ging um das Haus herum, warum klingeln?, überlegte er. In einem der Räume würde wohl sein Freund sein.

Im Garten an den Hang gelehnt hatte sich Patrik Klüttermann eine Sauna mit kleinem Wohnbereich bauen lassen. Rechts neben diesem Holzhaus stand die Dusche. Hierher lockte sein Freund gerne neue Eroberungen. Denn, so vermutete der Polizist, so nach ein, zwei Saunagängen würde Patrik dann zum eigentlichen Thema übergehen.

Das Haus war leer, wenigstens das Erdgeschoss. Kevin hatte schon den Weg zum Eingang eingeschlagen, als er im Blickwinkel etwas Merkwürdiges am Saunahaus bemerkte.

Warum war die Tür zum Eingang mit einem Balken versperrt? Kevin drehte sich um und ging zielstrebig zur Sauna.

Die Tür zum Saunabereich hatte im Zentrum ein kleines Fenster. Kevin schaute hinein und erschrak. Am Boden lag sein Freund. Kevin ergriff den Balken und warf ihn zur Seite. Dann riss er die Tür auf.

„Patrik", rief er und stürzte hinein. Der Raum war heiß, sehr heiß, was Kevin sofort auffiel. Denn er hatte das Gefühl keine Luft zu bekommen. „Patrik, was ist los?" Sein Freund lag gekrümmt auf dem Boden, seine Haut war krebsrot. Er war tot.

Tage später, als Kevin über diese Minuten bis zur Entdeckung seines Freundes nachdachte, erinnerte er sich an den ersten Gedanken. „Heißluftballon, heiße Luft in der Sauna."

Patrik war am Abend vorher aus China zurückgekommen, das hatte auch die Fluggesellschaft bestätigt. Der Kaufmann war dann mit seinem Porsche nach Münster gefahren. In seinem Büro hatte Klüttermann die Post bearbeitet und war nachmittags weggefahren. Wohin wusste seine Mitarbeiterin nicht.

„Was Herr Klüttermann außer Haus macht, weiß ich nicht immer. Manchmal informiert er mich, an dem Nachmittag nicht", erfuhr Albertina von der Sekretärin.

Was ist hier los?, fragte sich Kevin, als er zurück nach Ibbenbüren fuhr. Seltsame Mordanschläge hielten ihn und Albertina auf Trapp. Zwei Frauenmorde waren aufzuklären, jetzt noch der an seinen Freund. Dass der ermordet wurde, daran hegte er keinen Zweifel. Die Saunatür war versperrt, von außen, Patrik war, ja, fragte er sich, wie nannte man das? Verbrüht? Sicher nicht.

Sein Freund Patrik war sicher nicht der Freund, mit dem man durch dick und dünn ging. Aber er war ein guter Kumpel. Und das belastete den Polizisten mehr, als er sich eingestehen wollte.

Bevor er aus dem Dienstwagen stieg, musste er sich erst einmal fangen. Ihm fehlte ein Taschentuch, denn er fing doch noch an zu weinen. Warum?, fragte er sich schon die ganze Zeit.

Kevin stieg aus und ging hinauf ins Büro, wo schon H-Hoch3 wartete.

Sabine Stratmann

Noch war keiner auf die Idee gekommen, das Haus der toten Sabine Stratmann zu inspizieren. Kevin war zu seinem Freund, Patrik gefahren, während die Polizistin im Internet einiges zu der Toten herausgefunden hatte. Jetzt wollte sie sich das Haus ansehen. Vieles könnte man an der Wohnungs-einrichtung über einen Menschen herausfinden. Lebte die Person allein, hatte sie Kontakt zu anderen Menschen oder war sie ein Messi?

Das Zweifamilienhaus, in dem Sabine Stratmann wohnte, lag im Norden von Hörstel in einer Siedlung entstanden in den 70er Jahren. Während der Vorgarten von der Toten irgendwie ohne Struktur war, das Unkraut hatte bis auf einen gepflasterten Weg zum Eingang alles überwuchert, bevorzugten die Nachbarn naturfeindliche Kiesbeete. Auffälliger ging es gar nicht mehr, fand Albertina. Unschlüssig stand sie vor der Eingangstür, als im angrenzenden Haus die Tür aufging.

„Suchen Sie jemand?" Eine Mitsechzigerin stand in der Tür. Hervorstechend waren die blond gefärbten kurzen Haare, die die Person jünger erscheinen ließ. Sie trug eine für ihr Alter zu kurze mit farbigen Stickereien besetzte Jeans, darüber ein weißes mit einem Emblem bedruckten T-Shirt. Was anderes hätte ich auch nicht erwartet, dachte die Polizistin, die sich die tote Frau Stratmann dabei ins Gedächtnis rief.

„Nein, ich bin von der Polizei, Sie wissen …"

„Ja, die Olle ist tot. Schau'n Sie sich mal den Vorgarten an! Drinnen soll es genau so aussehen. Hoffe nur, dass die Nachmieter besser sind."

„Darf ich Sie was fragen?", Albertina war zum Haus der Nachbarin gegangen.

„Natürlich, kommen Sie doch rein!"

Die Frau stellte sich als Henriette Slabik vor. Sie bot der Polizistin einen Platz im Wohnzimmer an, typisch Gelsenkirchener Barock. Auf dem Sideboard lag ein Spitzendeckchen, darauf saß eine Puppe mit einem auffälligen Babygesicht. Daneben standen die typischen Familienfotos von Hochzeiten und Geburtstagen.

„Schauen Sie sich um, alles pikobello sauber. Ich und mein Mann, wir mögen das nicht."

Das sieht man, dachte Albertina. „Können Sie was zu Ihrer Nachbarin sagen, Kontakte oder sowas?"

Da hatte sie die Dame richtig angesprochen.

Denn jetzt monologisierte Frau Slabik über Sauberkeit, Nachbarn und im Besonderen über Frau Vogt. „Seit gut zehn Jahren lebt die neben uns. Meinen Sie, die hätte uns mal eingeladen? Wenn wir hier ein Straßenfest veranstalteten, hatte sie nie Zeit. Ich weiß gar nicht, was die gemacht hat? Keine Freunde, keine Familie. Die lebte nur. Morgens zur Arbeit, Sozialarbeiterin!" Frau Slabik schaute zum Himmel. „Was das wohl für eine Arbeit war? Kann doch jeder. Hätte angeblich dafür studiert. Hat sie mal beiläufig fallen lassen, als Hans sie angesprochen hat. Gut, dass Hans kein Freund von fetten Frauen ist." Sie zog an ihrem T-Shirt, unbewusst. Aber Albertina verstand diese Übersprungshandlung.

„Also vom Privatleben Ihrer Nachbarin wissen Sie nichts?" Die Polizistin merkte schon, da kam nichts wirklich Wichtiges. Sie musste den Absprung finden. „Ja dann, ich muss noch das Haus inspizieren."

„Oh, können Sie mir dann sagen, wie es da aussieht?"

Albertina fand das schon impertinent, aber sie nickte nur und stand auf.

Die Nachbarin hatte recht. Frau Stratmann war ein Messi. Schon der Eingangsflur stand voll mit Gerümpel. Wie sollte man da was finden, was

Aufschluss über den gewaltsamen Tod der Frau gab? Albertina schaute sich zuerst alle Räume an. Alle waren vollgestellt, zum Teil geordnet, wie im Wohnzimmer, andere wie im Flur, im Gästezimmer und Bad chaotisch durcheinander. Selbst die Treppe zum ersten Stock war vollgestellt mit Zeitschriften, Büchern und Kartons mit irgendwelchen Dingen. Hier war kaum noch ein Durchkommen. Unbrauchbare Möbel zum Teil auseinander gebaut standen in allen Räumen.

Die Polizistin versuchte ein Fenster zu öffnen, was ihr nicht gelang. Seitdem die Ermordete hier eingezogen war, waren die Fenster wohl nicht mehr geöffnet worden. Es musste ein Schlachtplan her, reflektierte sie. Alles Durchsuchen würde Wochen, vielleicht sogar Monate dauern. Da würde H-Hoch-3 sicher einen Riegel vorschieben.

Das weitere Vorgehen musste sie mit Kevin besprechen. Sie war in den ersten Stock gegangen. Auch hier schaute sie sich alle Zimmer an, machte Fotos. Da fiel ihr die Bodenluke auf. Noch so eine Rumpelkammer, dachte sie. In einer Ecke fand sie den Stab zum Öffnen der Lüke. Nach den ersten vergeblichen Versuchen klappte die Luke auf, und eine Treppe rauschte hinab, beinahe auf ihre Füße.

Vorsichtig kletterte sie hinauf und war erstaunt über den aufgeräumten Dachboden. Durch einen kleinen Glasziegel wurde der Raum spärlich beleuchtet. Staub wirbelte auf, deutlich zu erkennen in den Lichtstrahlen des Dachfensters.

Albertina betrat den Dachboden und schaute sich um. In der hinteren Ecke stand eine Runddeckeltruhe, rechts gegenüber einem Regal mit Ordnern. Das war alles. Die Polizistin wurde neugierig, Ordner ähnlich den Leitzordnern im Polizeirevier, nur etwas, ja sie schätzte ein, billiger aufgemacht. Was Albertina nicht erwartet hätte, die Ordner waren geordnet, nach Jahren.

Sie zog den ersten Ordner heraus. Es staubte fürchterlich und Albertina musste nießen. Auf dem Deckel stand das Jahr 1975. Nach einem Deckblatt, wieder mit Jahreszahl säuberlich beschriftet, schlug Albertina eine Liste auf; eine laufende Nummer, ein kurzer Inhalt und ein Datum. Extrem säuberlich in einer gut lesbaren Handschrift.

Die nächsten Seiten präsentierten der Polizistin Teile einer Vita von Sabine Stratmann sauber geordnet, zuerst ein Lebenslauf, dann kamen Schulabschlüsse, ein Studium und Schreiben von Behörden. Die letzten Seiten wollte sie überfliegen, blieb dann aber doch hängen. Das was sie da las, war zu explosiv. Die Akten muss ich mitnehmen, überlegte sich Albertina. Sie rief ihren Kollegen an.

„Ich brauch deine Hilfe!" Sie erklärte die Sachlage.

„Patrik ist tot, auch ermordet. Ich glaub, du solltest erstmal zurückkommen. Vielleicht bringst du ein paar der Ordner mit, die wichtigste, die du tragen kannst!"

Drei Tote

„Er ist tot!"

Albertina konnte kaum die drei Ordner ablegen. Kevin war einfach fertig. Das erkannte auch sie. Albertina ließ ihn einfach reden.

„Stell dir vor! Der Mörder …", sie wollte ihn unterbrechen und Mörderin sagen, ließ ihn doch ausreden. „… hat ihn in der Saune verbrennen lassen. Grausamer geht es nicht!" Auch das sah Albertina anders.

Kevin war aufgestanden und lief hin und her. „Hätte ich doch bloß auf diesen Zettel reagiert! Dann könnte er noch leben!"

„Kevin, beruhige dich! Dich trifft keine Schuld. Die Drohung war ja mit der Fahrt eines Heißluftballons verbunden und nicht mit einer Sauna!"

„Ja, aber bedenke mal, heiß und heiß! Beides hat was mit Hitze zu tun."

„Wie, kapier ich nicht? Klär mich auf!"

„Heißluft und heiße Sauna!"

„Naja, finde ich weit hergeholt!" Hatte die Polizistin etwas kleinlaut geantwortet, doch Kevin hatte den Seitenhieb verstanden.

„Ich nicht!" Wütend setzte er sich hin, als H-Hoch-3 in der Tür stand. „Äh, Frau, äh, Herr … wie weit sind Sie mit dem Fall?"

„Fälle, Herr Hasenschrodt! Es sind jetzt drei!""

„Wieso drei? Ich dachte zwei Frauen sind tot!"

„Und mein Freund!" Kevin war laut geworden.

„Wie, natürlicher Tod, das tut mir leid. Hatte der eine schlimme …"

„Nein Chef!" Albertina unterbrach ihn. „Auch ermordet, in seiner Sauna!"

„Oh, tut mir leid!" Hasenschrodt wiederholte sich, was er aber nicht bemerkte. „Ist unangenehm, in der Sauna zu sterben. Wie hat der Mörder das gemacht? Herr … äh, wissen Sie schon, wie?"

„Angestellt und den Eingang versperrt. Patrik konnte nicht wieder raus."

H-Hoch-3 war verwirrt. Er nahm seinen Zeigefinger und hielt ihn an den Mund.

Bitte nicht, dachten beide. Kein Referat über sein Leben. Nicht jetzt, das wäre der falsche Zeitpunkt. Albertina hatte die Gemütsverfassung ihres Freundes bemerkt. Wenn H-Hoch-3 jetzt was Falsches sagt, explodiert der.

„Herr Hasenschrodt", vorsichtig versuchte die Polizistin das Thema in eine andere Richtung zu lenken, „es könnten Verbindungen bestehen zwischen dem Tod von Kevins Freund und dem Tod der Damen."

„Richtig, das wollte ich auch grade sagen. Herr … äh, vorrangig wird der Fall Ihres Freundes behandelt. Kann ja nicht sein", Hasenschrodt hatte das Büro schon verlassen, „dass die Freunde unserer Kollegen getötet werden. Das muss unterbunden werden!"

„Schwätzer!", rutsche es Albertina raus. „Du Kevin, guck mal, was ich gefunden habe! Sabine Stratmann war schon Anfang der 70er Jahre bei der Stasi."

Kevin saß vor seinem Monitor und reagierte gar nicht.

„Hallo Kevin, hörst du mir überhaupt zu?"

„Wie, was, hast du was gesagt?"

„Ja, hör doch mal zu, was mir so durch den Kopf gegangen ist! Diese drei Personen haben alle einen ähnlich lautenden Zettel mit persönlichen Drohungen bekommen, richtig?"

Kevin schaute auf und nickte.

„Bis jetzt haben wir das Gefühl, dass keine der Personen miteinander was zu tun hat, eine junge, eine alte Frau und ein Mann in den …"

„Besten Jahren! Du weißt doch, dass wir fast gleichaltrig sind."

„Wollte ich sagen, in den besten Jahren. So, zurück zu meinen Überlegungen. Wir müssen ein Motiv finden, dann finden wir auch die Verbindung, klar?

Der Polizist nickte.

„Sabine Stratmann, die Alte, damit du weißt, von wem ich rede? Die war seit den 70er Jahren bei der Stasi."

„Hast du schon gesagt!"

„Du hörst ja doch zu! Wenn sich jemand rächen will, für Ungerechtigkeiten damals in der DDR, was meinst du?"

„Mhm, und die anderen? Mein Freund hat mit der DDR nichts zu tun. Der ist, war grade mal 40. Die DDR brach vor 30 Jahren zusammen. Da war der ein Kind. Und Ariane Vogts ist noch jünger!"

„Ja, da ist der Haken an meiner These!"

Ariane Vogts

Kevin sollte auf andere Gedanken kommen, wie Albertina meinte. Daher schickte sie ihn zur Wohnung von der verstorbenen Ariane Vogts. Sie selbst wollte weiter im Netz suchen, insbesondere die Verbindung von Frau Stratmann zur Stasi.

Die Wohnung war im eigentlichen Sinn ein Apartment in Rheine im Zentrum der Altstadt. Die Ermordete hatte diese vor ein paar Wochen gekauft. Der Vertrag war noch nicht ganz trocken, wie Kevin vom Eigentümer des Mehrfamilienhauses gehört hatte.

Das Haus war modern, Beton und Glas, im Apartment ging eine Stahltreppe in einen Raum über den eigentlichen Wohnraum. Kevin war enttäuscht, die Wohnung war extrem minimalistisch eingerichtet. Er musste sich eingestehen, nichts für ihn. Wenige Möbel standen in der Wohnung, ein sehr stylischer Sessel, ein großer Fernsehbildschirm und eine Kommode. Letztere schien fehl am Platz. War auch aus dem letzten Jahrhundert, schätzte Kevin.

Eine Küchenzeile, die anscheinend nie benutzt worden war, vervollständigte den Küchen-Wohnraum. Zum Flur gab es keine Tür, nur zum Toilettenbereich mit Dusche. Nichts Besonders, fiel dem Polizisten auf, Makeup und Zahnbürste, Duschgel und Handtücher.

Er ging die Stahltreppe hinauf, die bei jedem seiner Schritte leicht vibrierte und dabei ein metallenes Geräusch machte. Geht nur, wenn man allein hier wohnt, überlegte sich Kevin. Jeder Schritt auf der Treppe wird im ganzen Apartment gehört. Er stellte sich vor, er läge im Bett und schlief. Und dann käme Albertina die Treppe hoch. „Oh, Gott, bloß nicht!", überlegte er laut.

Der obere Teil des Apartments bestand nur aus einem Raum. Recht ungewöhnlich, da Bad und Schlafraum nicht getrennt waren. Naja, Frau Vogts lebte allein, überlegte sich Kevin. Warum auch Bad und Bett trennen. „Ist bei uns nicht möglich", er redete wieder laut vor sich hin. Er wusste, dass ihn das beruhigte. „Mit Lisa geht das gar nicht."

Kevin war enttäuscht. Nichts Persönliches lag herum. Gab es keinen PC, Handy, Handtaschen? Wo hatte die Tote ihre Klamotten? Jetzt stand er neben dem Doppelbett, was ihn verwirrte. Ariane Vogts lebte doch allein. „Warum kein Doppelbett, die könnte ja mal Besuch haben." Er grinste und malte sich das aus.

Dann sah er die Tür, eine unauffällige Tür in der Wand. Er ging hin und öffnete die. „Aha, Kleiderschrank." Unten waren Schubladen eingelassen, darüber hingen Kleiderstangen, die beim Öffnen der Tür langsam herausschwenkten. „Tolle Idee, sollten wir auch haben."

Links von den Kleidern war ein Tresor in der Wand eingelassen, darunter offene Regale. „Da bewahrst du deine persönlichen Unterlagen auf." Neben Leitzordnern standen tatsächlich ein paar Bücher. „Etwas Persönliches hattest du doch."

Im ersten Leitzordner fand Kevin vom Lebenslauf über Zeugnisse alles was einen Menschen ausmachte. Im Folgenden waren Rechnungen und Kontoauszüge abgeheftet gefolgt von Steuererklärungen und Versicherungsunterlagen. „Muss ich leider mitnehmen", sagte er laut, weil er ungern Akten schleppte. Das erinnerte ihn auch an seine eigene schlechte Buchführung.

Der Polizist blätterte die drei Bücher durch. Manchmal fand man Zettel oder sowas, die Dinge verrieten, die außer dem Besitzer sonst keiner wusste. Nein, die Bücher waren unverfänglich und leer, seltsamerweise Liebesromane. Er hatte gedacht, dass die Dame wohl sowas wie Feuchtgebiete gelesen hätte.

Für den Tresor gab es keinen Schlüssel. Den müsste ein Fachmann öffnen.

Kevin wollte die Atmosphäre des Apartments noch sich wirken lassen, bevor er wieder ins Büro fuhr. Er setzte sich in den stylischen Sessel und blätterte die Leitzordner durch. Abiturzeugnis, Bachelor- und Masterexamen, Zertifikat aus Kopenhagen. Langweilig, auch wenn die Noten super waren. Kevin wollte und konnte sich damit nicht messen. Ein Zeitungsausschnitt zum Abi fiel aus dem Ordner, nein es waren mehrere. Das übliche Foto von der Zeugnisübergabe im Kopernikus Gymnasium mit Text legte er zur Seite, denn die beiden anderen Artikel ließen ihn aufhorchen.

„*Schrecklicher Abschluss einer Abifete*" stand in der Überschrift. Was war da passiert und warum hat die Tote diesen Artikel, nein es waren zwei, aufbewahrt? Kevin fing an den Text laut vorzulesen.

„*Es hätte alles so gut enden können. Kein Schüler ist beim Abitur durchgefallen. Doch dann musste einer sterben! Warum, das fragen sich Staatsanwaltschaft, Lehrer, Eltern und viele*

Schüler. Irgendwas muss in dieser Nacht passiert sein, nur was? Die beteiligten Abiturientinnen und Abiturienten schweigen, sei es aus Vorsicht, sei es aus Scham oder weil viele zu stark alkoholisiert waren. Es soll auch Rauschgift im Spiel gewesen sein.

Die Abifete fand an der Emswiese nahe Elte statt. Der Sohn des Grundstückseigentümers gehört zu den Abiturienten. In der späten Samstagnacht muss das Fest so ausgelassen gewesen sein, dass sogar weit entfernte Nachbarn der Wiese den Lärm, das Singen, eher das Grölen gehört haben. Als die Sonne aufging, lagen die meisten Partygäste irgendwo, allein, zu zweit, manche auch in kleinen Gruppen am Rand der Wiese und schliefen. Langsam kam wieder Leben in die stark berauschten jungen Leute. Alle trafen sich so um die Mittagszeit. Man verabredete sich am Abend wieder zu kommen, um die letzten Getränke zu verzehren und aufzuräumen.

Um 18 Uhr trafen die ersten ein, sammelten den Müll ein und verstauten das wenige Mobiliar, Stehtische und Bierbänke, auf einen Anhänger. Dabei muss einer am Ufer der Ems den Toten gefunden haben. "

Seltsame Geschichte, wer war der Tote, was war damals passiert? Kevin schaute auf das Datum, 8. Mai 2000. Im neuen Jahrtausend, reflektierte er. Hat damit natürlich nichts zu tun, an was man so alles denkt? Kevin nahm sich den nächsten Zeitungsausschnitt vom 10. Mai vor.

„Toter junger Mann identifiziert. Der Tote ist einer der Abiturienten des Kopernikus Gymnasiums. Er war, wie die Zeugen bestätigen, bei der Abifete an der Ems dabei. Die Todesursache ist noch nicht geklärt. Zwei der dabei gewesenen, haben wir befragt. Die junge Dame, A. V., (Name der Redaktion bekannt) erinnert sich nur schwach an den Abend beziehungsweise an die Nacht. ‚Wir haben viel getrunken, alles durcheinander. Whisky mit Cola, Longdrinks, eben alles mit viel Alkohol. Dann haben wir getanzt und geflirtet.' Ist da mehr passiert?, haben wir gefragt. ‚Dazu möchte ich mich nicht äußern.' Was haben Sie am nächsten Morgen gemacht? ‚Ich weiß nur, dass ich mit einem fürchterlichen Schädel aufgewacht bin. Hab mich fürchterlich übergeben!' Und Sie K. M., wie haben Sie das Fest erlebt? ‚Genauso wie A. Filmriss. Klar, wir haben auch geflirtet. Ob ich mit jemandem geschlafen habe? Ich seh Ihnen das an, dass Sie das fragen wollen. Weiß ich nicht. Könnte sein,

könnte auch nicht sein.' Haben Sie Ihren Klassenkameraden denn nicht vermisst? Beide antworteten übereinstimmend. Nein, wie auch? Wir waren fast alle da, gut 100 Personen. Wir waren in Gruppen oder Cliquen zusammen. Hier und da haben wir uns auch zu den anderen gestellt, getanzt, ja und eben geflirtet.' Nach unbestätigten Informationen soll der junge Mann ertrunken sein."

Warum hat Ariane Vogts diese Artikel aufbewahrt?, überlegte sich Kevin. Es könnte sein, dass sie damals etwas mitbekommen hat und vielleicht deswegen ermordet wurde. Kevin stand auf, Mensch, dachte er, der Sessel ist nicht nur stylisch, der ist auch saubequem.

Zettel

„Ich seh´ es dir an, du denkst immer noch an deinen Freund!" Albertina hatte in der Küche einen Brokkoli-Auflauf auf den Tisch gestellt. Lisa lag in einer kleinen Wippe vor dem Tisch und gluckste. Kevin hatte gar nicht hingehört. Er schäkerte mit dem Baby.

„Du hast schon wieder nicht zugehört!"

127

„Ja, aber ich rede doch gerade mit Lisa. Männer können nur eine Sache, weißt du doch."

Sie grinste. „Wir aber schon!"

„Nein, wissenschaftlich bewiesen. Kann keiner. Aber jetzt hör ich dir zu." Er kitzelte Lisa noch auf den Bauch, was die mit Lachen quittierte.

„Heute, als du noch in der Wohnung von der Vogts warst, kam ein Anruf von der Sekretärin deines Freundes. Es ging um einen Zettel."

„Zettel, hatte der doch schon. Etwa ein neuer?"

„Genau."

„Ist nicht wahr! Was stand drin? Spann mich nicht auf die Folter!"

„Ich hab´s notiert. Pass auf: *Gehen Sie nie in einen heißen Raum! Schauen Sie nie über die Reling eines Kreuzfahrtschiffs! Schauen Sie sich öfter um, es verfolgt Sie jemand!*

Kommt uns bekannt vor, oder?"

„Verdammt!", rutschte es ihm raus. „Gut, dass Lisa das noch nicht versteht."

„Ja, dann musst du deine Ausdrucksweise ändern!" Beide lachten.

„Komm, lass uns erst essen. Mein Auflauf wird kalt. Und macht die drei Ermordeten nicht wieder lebendig."

Nach dem Abendessen in der Küche brachte Albertina das Baby ins Bett. Danach verzogen sich beide ins Wohnzimmer. Gedankenversunken saßen sie auf dem Sofa.

Plötzlich sprang Kevin auf. „Ich hab´s doch gesagt, Heißluftballon und heißer Raum. Nur Patrik hat die Warnung zweimal nicht verstanden."

„Warum auch?", überlegte sich Albertina. „Würdest du auf so einen Zettel reagieren, denken dass du umgebracht wirst, selbst wenn du Dreck am Stecken hast?"

Kevin schüttelte den Kopf.

„Eben. Die Frage ist nur, warum wurden die umgebracht, und warum erhielten alle vorher eine Warnung? Ich glaub, dass das irgendwie mit Rache zu tun hat. Wir müssen die Mörderin …"

„… oder den Mörder!"

„… Okay, finden."

Isabel von Meier

Isabel von Meier war eine weit entfernte Cousine des Chefs der Kripo in Ibbenbüren. Doch das war Hans-Heiner Hasenschrodt nicht bekannt. Einen großen Familiensinn hatte er nie besessen, er kannte gerade mal seine engsten Vettern und Cousinen. Und da er sich Namen nie merken konnte, war der Kontakt zu denen auch längst abgebrochen.

Hasenschrodt hatte sich wie jeden Morgen in sein Büro begeben, die Post auf seinem Schreibtisch studiert und die Aktentasche, in der sein Pausenbrot steckte, auf das einzige Regal im Raum gelegt. Doch vorher entnahm er das Butterbrot und legte es neben den PC. Das zweite Frühstück, zuhause trank er nur einen starken Mokka, nahm er exakt um 9.45 Uhr ein. Danach ging er zu den Kolleginnen und Kollegen, um diese zu begrüßen.

„Eine Frau von Meier möchte Sie sprechen, Chef!" Die Dame an der Pforte hatte ihn kurz nach neun Uhr angerufen.

„Was will die? Kenn ich nicht!" Er wollte noch fragen, wie die aussieht, verkniff sich das dann.

„Sie wären eine nahe Verwandte", hörte er aus dem Lautsprecher und im Hintergrund die Stimme einer fremden Frau. „Sagen Sie ihm, ich bin seine Cousine Isabel von Meier. Unsere Großväter waren Brüder."

„Sagt mir nichts", brummte er. „Schicken Sie die Dame rauf!" Wer könnte das sein?, überlegte er. Hoffentlich nicht so'ne Schnepfe, hässlich, alt und verschroben.

Es klopfte und herein kam die angekündigte

Cousine.

Hasenschrodt war sichtlich begeistert, auch wenn Isabel nicht mehr taufrisch war, wie er überlegte. Er stand auf und fing an zu stottern. Er hatte den Namen längst vergessen. „Äh, … liebe Cousine. Bitte, nimm Platz!“

„Danke, Hans-Heiner! Ich glaub, wir haben uns beim letzten Familienfest in Münster gesehen. Du erinnerst dich vor zwei Jahren? Im Sommer, im Restaurant an der Werse. Fürchterlich warm. Ich hatte einen blauen Rock an. Naja, der ist recht kurz und ich meine, du hast rüber geschaut.“

Sie lächelte so liebreizend, dass Hasenschrodt sofort wegschwamm. Es war ihm in diesem Moment egal, ob das seine Cousine war oder nicht. Selbst, wenn sie eine Schwindlerin wäre, er hätte sie willkommen geheißen. Nur seltsam, an das Familienfest erinnerte er sich überhaupt nicht. Nur jetzt musste er etwas erwidern.

„Na, dann kann ich dich ja nicht vergessen haben.“ Er wurde rot, was ihm seit Jahren nicht mehr passiert war.

„Vielleicht doch?“, fragte sie charmant.

„Nein, nein, so eine …“, er stotterte, „attraktive Cousine kann man nicht vergessen! Aber mal ehrlich, warum willst du mich sprechen und dann noch in meiner Dienststelle?"

„Ich glaub, mein Mann ist ermordet worden!"

Also was Dienstliches, überlegte er und dachte schade. Irgendwie hatte es diese Cousine ihm angetan. Ein völlig neues Gefühl, aber schön. „Erzähl mal, ich helfe dir gerne den Mörder zu finden, und wenn es …"

„Danke, Hans-Heiner. Deswegen bin ich bei dir und nicht in Münster."

Der Bericht von Isabel von Meier dauerte lange. Hasenschrodt hätte eine andere Person längst weiter gereicht an die Kollegen. Doch er merkte gar nicht, dass es Mittag war, als die entfernte Cousine endete.

„Kannst du mir den Zettel zeigen oder hast du ihn tatsächlich weggeworfen, wie du deinem Mann gesagt hast?"

„Nein, irgendwie hatte ich einen Bammel davor. Hier", sie rechte ihm den Zettel.

Hasenschrodt zog eine Plastiktüte aus einer Schublade und steckte den Zettel hinein. Dann schaute er sich das Stück Papier an und las den Text laut vor.

„Steigen Sie nie in ein einmotoriges Flugzeug! Machen Sie nie Bungee-Jumping! Schwimmen Sie nie zu weit hinaus, besonders nicht in Meeren!

Schauen Sie sich öfter um, es verfolgt Sie jemand!"

Kommt mir bekannt vor, wo hab ich das schon mal gehört?"

Es klopfte an der Tür, und der Kollege Kevin schaute hinein. „Oh Chef, Sie haben Besuch. Sie wollten doch einen Zwischenbericht hören. Heute Nachmittag?"

„Ja, Danke Herr … Das ist einer meiner besten Mitarbeiter." Hasenschrodt schaute wieder zu Isabel.

„Oh, stopp Herr …" Hasenschrodt war aufgesprungen und zur Tür gesprintet. Leider hatte Kevin das Stopp noch gehört und öffnete die Tür, die Hasenschrodt prompt an den Kopf bekam. Frau von Meier fing an zu lachen, sie empfand das als reinsten Slapstick. Die beiden Herren standen sich gegenüber, der eine fasst sich an den Kopf, der andere hielt noch die Tür fest.

„Tschuldigung H-Hoch-3! Oh, Entschuldigung Herr Hasenschrodt!"

„Wie nennen Sie Ihren Chef?" Isabel von Meier lachte laut auf.

Kevin stand bedröppelt an der Tür. Scheiße, dachte er. Nicht nur, dass der Chef die Tür an den Kopf bekam, jetzt hatte er durch seine Dummheit auch den Spitznamen ausgeplaudert. Und zuallerletzt lachte auch noch die Dame.

„Hätten ja anklopfen können Herr … Äh", Hasenschrodt fasste sich wieder an den Kopf, „das ist eine Zeugin, Frau, äh, ach meine Cousine."

„Isabel von Meier", sie war aufgestanden und grinste den Kommissar an. „Und Sie?"

„Polizeimeister Kevin Magner."

„Sie sind mit dem Tod meines Manners vertraut?" Frau von Meier wurde jetzt sehr ernst. „Ulrich-Hermann Gutschneider-von Meier, mein Mann wurde ermordet. Ich habe einen Beweis, nicht war, Hans-Heiner?"

Der Chef nickte, immer noch die Hand an die Stirn gelegt.

Der Polizist Magner schaute beide fragend an. „Nein, mit dem Fall haben wir hier noch nichts zu tun gehabt. Frau von Meier, vielleicht helfen Sie mir auf die Sprünge!"

„Gute Idee, Herr … Frau, äh von äh, also meine Cousine erklärt ihnen alles, am besten in Ihrem Büro. Liebe Verwandte, ich hab noch zu tun, das verstehst du doch?"

Isabel von Meier

Albertina und Kevin wurden nach dem ausführlichen Bericht von Isabel von Meier ganz hektisch. Der auch einen Zettel vor seinem Tod? Doch nach Auskunft der holländischen Behörden war das kein Mord, sondern ein Herzinfarkt.

Kevin hielt das Beweisstück in der Hand. „Selbe Art und Weise wie bei unseren Toten. Das ist derselbe, beziehungsweise dieselbe Mörderin."

Frau von Meier stimmte den beiden zu, obwohl sie nur wenige Details der anderen Fälle erfahren hatte.

„Sie müssen noch wissen, dass mein Mann nicht treu war, und das schon kurz nach unserer Hochzeit", ergänzte Isabel von Meier ihren Bericht. „Aber das konnten Sie sich sicher denken, als ich ihnen die Situation im Centerpark geschildert habe. Nur, damit kein falscher Eindruck entsteht. Er hat mich mit allen jungen Frauen betrogen, die er kriegen konnte. Manchmal glaubte ich, er wusste nicht, dass ich von seinen Seitensprüngen wusste. Sie müssen wissen, dass es mich verletzte, aber ermordet hätte ich ihn nie. Neben seinen vielen Qualitäten zählte auch die Leitung der Firma dazu. Ich hätte keinen besseren

135

Geschäftsführer finden können."

Isabel stockte. Sie nahm ein Tempotaschentuch aus ihrer Tasche und wischte sich eine Träne ab.

Show oder ist sie wirklich betroffen?, überlegte Albertina. Sie glaubte nicht, dass sie diese Untreue Kevin durchgehen lassen würde. Sie hätte ihn längst rausgeschmissen, Qualitäten und Geld hin oder her.

Die Polizisten erwägten, ob Frau von Meier das mit dem Zettel nicht selbst eingefädelt hatte. Nachahmer, gab es häufiger, aber auch Personen, die die Polizei auf eine falsche Fährte locken wollten.

„Sagen Sie mal, Frau von Meier, warum glauben Sie, dass ihr Mann ermordet wurde? Nach solch einem psychologischen Stress, Bungee-Jumping, kann ich mir einen Herzstillstand gut vorstellen. Ich wäre tot gewesen, bevor ich unten angekommen wäre."

„Ich sicher auch. Aber Ulrich-Hermann hatte keine Höhenangst, vielleicht etwas Bammel, wie man salopp sagen würde. Denken Sie mal an das junge Ding, das mit dabei war. Die beiden waren nicht zum Bungee-Jumping nach Holland gefahren, die wollten bum …, Tschuldigung miteinander schlafen. Na, Herr Magner, Sie als Mann, können sich das sicher gut vorstellen!"

Kevin lief rot an. Albertina grinste. Hab ich mir doch gedacht. Komm du mal nach Hause!

„Sie können das Beurteilen, ich sehe es Ihnen an!" meinte Frau von Meier.

Kevin fing an zu stottern. „Ja, … äh … nein!"

„Ach komm, Kevin. Sei ehrlich. Bei dem jungen Ding wärst du auch gesprungen!"

Jetzt musste der Polizist husten. „Ich glaub, ihr wollt mir was anhängen!"

„Wer will Ihnen was anhängen?" H-Hoch-3 stand in der Tür. „I …, liebe Cousine, kommen meine Kollegen klar oder muss ich helfen?"

„Danke, Hans-Heiner! Du hast ein super Team! Und das mit dem Anhängen war nur ein Vergleich, nicht wahr, Herr Magner?"

Kevin war perplex, er konnte nur nicken.

„Na, dann mal los! Kriegen Sie den Mörder!" Und der Chef verschwand.

Hiarm Hinterding

Wer war diese Person? Ein junger Mann, vielleicht 25, knapp 30, keine Papiere. Er wurde in einem Vorfluter gefunden, der Tage vorher noch die starken Regengüsse aufgenommen hatte, die plötzlich über Münster hereingebrochen waren. Als der Radfahrer an dem Wirtschaftsweg vorbeikam, floss nur noch ein kleines Rinnsal Richtung Ems. Der Radler hatte mehr zufällig in den Graben geschaut, später meinte er sich zu erinnern, dass er eine Gruppe von schwarzen Vögeln aufgescheucht hatte. Die Art der Vögel konnte er nicht bestimmen. Damit hatte und wollte er sich auch nicht befassen.

„Die waren schwarz und viele!" Das stand so in seiner Zeugenaussage.

Der Tote kam, wie die meisten ungeklärten Todesfälle, in die Rechtsmedizin, wo der obduzierende Arzt feststellte, dass der nicht ertrunken war, wie der aufnehmende Polizist am Fundort noch überschnell diagnostiziert hatte.

Neben der Todesursache, hier stellte der Spezialist eine Verletzung am Hinterkopf fest, wurde der Todeszeitpunkt ermittelt. Da der junge Mann einige Tage im Graben gelegen hatte, schätzte man den Todestag auf den Tag der starken Regenfälle, doch wer er war, blieb noch im Dunkeln. Dazu sollten DNA- und Zahn-Abgleich weiterhelfen.

Bei der Kripo in Münster lag der Fall auf dem Schreibtisch eines jungen Beamten. Wer könnte der Tote sein?, überlegte der Polizist und suchte in

Fahndungslisten und Suchanzeigen. Nichts deutete auf diesen jungen Mann hin. Er hoffte auf Daten der Forensik, als eine Kollegin in sein Büro kam. „Kann ich helfen? Kennen wir uns?

„Beides nein!"

„Dann frage ich mal direkt! Woll´st du mich kennen lernen?"

„Da sag ich weder ja noch nein. Aber ich wollte dir helfen, wenn du mich schon duzt."

„Schieß los!"

„Hab eben mitbekommen, dass ihr einen Todesfall habt, draußen vor Münsters Toren. Und ich hab doch hier und da schon mal Telefonnotdienst gemacht."

Der Kripobeamte wollte schon eingreifen, wenn die bei Adam und Eva anfängt, sitze ich morgen hier immer noch.

„Und da fiel mir ein Anruf von einem plattdeutsch sprechenden Zeugen ein. Der hätte angeblich einen Mord gesehen. Was meinste, passt das in etwa zu deinem Toten?"

„Da müsstest du ein bisschen mehr erzählen. Denn was du gerade gesagt hast, passt auf 90 Prozent aller Morde."

„Stimmt, pass auf!"

Nach gut fünf Minuten rief der Polizist Hermann Hinterding an. Nach Terminabsprache fuhr er am späten Nachmittag zum Hof des Bauern. Hinterding zeigte dem Beamten den Ort, wo er die beiden Personen gesehen hatte.

„Hiär mott dat wäst sein."

„Bitte?", der Polizist schaute ihn fragend an.

„Se kuemt nich van hiär?"

„Sie meinen, ich komme nicht von hier? Doch, nur Ihre Sprache ist mir fremd."

Gediegen Kääl, dacht Hiärm, kümp uut't Mönsterland un vöstaiht nich usse Spraoke. „Also, das ist plattdeutsch, auch westfälischer Dialekt. So sprach man noch bis nach dem Zweiten Weltkrieg hier. Sollten mal 'ne Fortbildung machen. Noch geht das, und wie Sie feststellen, einige meiner Berufskollegen reden immer noch so."

Der Polizist nickte, fand den Hinweis überflüssig. Nur er war jetzt hier, und vielleicht konnte der Bauer helfen. „Hier standen die beiden Personen? Und von Ihrem Haus da sahen Sie die?" Er zeigte zum Hof, der gut hundert Meter abseits von dem Verbindungsweg lag.

„Jau, ja. Hab die von dort gesehen, mich gewundert, dass die hier in dem fürchterlichen Regen standen und dann noch aufeinander losgingen."

Der Beamte schaute auf das Pflaster, ging Richtung Wegrain, schaute auch hier nach und kam dann zum Hofbesitzer zurück. „Nein, nichts zu sehen. Wie auch? Sind Tage vergangen und der Regen hat auch noch alles weggespült."

„Bin ja noch aus dem Haus und hierher gelaufen. Aber da waren die in einen dunklen Wagen gestiegen und fuhren weg. Dachte noch, war wohl nicht so schlimm. Erst unter der Dusche hab ich mir überlegt, die Polizei zu informieren."

„Das war gut! Danke. Nur schade, dass Sie nicht viel mehr dazu sagen können. Denn der Tote lag ja nur ein paar Schritte von hier entfernt."

Der Bauer nickte. Er schien betroffen zu sein, dass er weder weitere Informationen noch den Toten gefunden hatte. „Jau, dao häbt se rächt. Aower sägg es, wel wüör dän de Daude?"

„Wissen wir noch nicht! Ist schon eine mysteriöse Geschichte. Wenn Ihnen noch was einfällt, rufen Sie mich an. Bin für jeden Hinweis dankbar."

Wohnwagen

Verrat zählt zu den schlimmsten persönlichen Ungerechtigkeiten, den man kaum vergeben kann. Selbst in der Liebe ist der Verrat unverzeihlich. Aber was lässt sich nicht alles verraten, Heimlichkeiten, Bestechungen, Untreue oder eben auch Tricks, die in besonderen Lebenslagen sehr hilfreich sein könnten.

Hier ging es um den Verrat von Tricks. Noch war der Verrat nicht ausgeführt, aber der junge Mann hatte es nicht nur vor, er drohte erstmal damit. Vielleicht, so hoffte er, fließt ja Geld, was er gut gebrauchen konnte. Denn nach vielen beruflichen Misserfolgen, hoffte er auf einen größeren Geldfluss aus eben dieser Erpressung, was er aber nur als Drohung ansah.

Eine Kontaktaufnahme gestaltet sich nicht ganz einfach. Er lebte in der Nähe von Münster, die zu erpressende Person in Ibbenbüren. Er kannte sie von vielen gemeinsamen Treffen. Auch wenn er anfangs unerkannt bleiben wollte, irgendwann hatte er vor, sich zu erkennen zu geben. Aber das hatte Zeit, obwohl ihm die Zeit finanziell davonlief.

Er lebte seit ein paar Jahren in einem alten Wohnwagen, den er illegalerweise in einem kleinen Waldstück abgestellt hatte. Der

Waldbesitzer, ein Zahnarzt aus Ulm, hatte davon nichts mitbekommen. Der hatte den Wald von seinen Eltern geerbt, er war nach dem Studium seiner Freundin nach Ulm gefolgt. Die Eltern waren vor ein paar Jahren verstorben, der Zahnarzt war seit dieser Zeit nicht mehr ins Münsterland zurückgekehrt.

Jetzt hatte ihn der zuständige Förster informiert. Er müsse den Wohnwagen entfernen, da das Abstellen eines nicht fahrbreiten Fahrzeugs im Wald einer ungenehmigten Umwandlung gleichkäme. Der Zahnarzt verstand weder den Wortlaut noch den Inhalt des Schreibens. Der Wohnwagen gehöre ihm nicht. Also beauftragte er das Ordnungsamt, dass die Sachlage dann erläuterte. Mit Hilfe des Försters wurde auch der Verursacher gefunden, nämlich im Wohnwagen. Der Forstbeamte übermittelte die Forderung des Waldbesitzers die sofortige Entfernung des Wohnwagens.

Zeit ist relativ, nur nicht, wenn man keine hat. Der junge Mann musste handeln! Er rief an und drohte mit Veröffentlichungen der Tricks, falls nicht Geld fließen würde.

Auch wenn die Person zuerst geschockt war, sie

erkannte sofort den Anrufer, versuchte ihn hinzuhalten.

„Pass mal auf, soviel Geld hab ich nicht. Einigen wir uns auf die Hälfte. Das geht aber erst in drei Tagen. Sie glauben doch nicht, dass ich so viel Bargeld beschaffen kann? Und dann rufen Sie mich wieder an!"

Der junge Mann war perplex. Damit hatte er nicht gerechnet, weder dass das Gespräch so einfach war noch dass so schnell Geld fließen könnte. Dass es nur die Hälfe sein sollte, hatte er erst später registriert. Er rief noch mal an, nur sein Gesprächspartner ging nicht mehr ran. Auch egal, dachte er, die Hälfte ist besser als gar nichts.

Die couragierte Person ließ sich nicht so einfach erpressen. Sie hatte Zeit gewonnen, die sie nutzen wollte, was sie auch tat. Weitere Anrufe vom Erpresser nahm sie gar nicht erst an, erst nachdem die Frist abgelaufen war.

„Hab das Geld. Wir sollten uns treffen, am besten unauffällig. Dann übergebe ich ihnen das Geld."

Der Erpresser schlug einen Ort außerhalb Münsters vor, ganz in der Nähe des Wohnwagens. Der Termin war für den nächsten Montag, den 28. Juli 2014, ausgemacht. Keiner der beiden konnte ahnen, dass an dem Tag 292 mm Regen auf einem

Quadratmeter in kürzester Zeit vom Himmel fielen.

Eigentlich war das Wetter ein Segen für das Erpresseropfer. Eine Tötung war nicht beabsichtigt, aber eine Warnung. Denn für die Tricks, die nicht mal strafbar waren, musste man sich weder schämen noch vor einem Gericht verteidigen. Nur Kundschaft und natürlich Renommee würden eingebüßt.

Von zuhause hatte sie sich einen Knüppel mitgebracht. Man weiß ja nie!, sicher ist sicher.

Als die Person den Wagen am vereinbarten Ort abstellte, goss es wie aus Kübeln. Vorsorglich hatte sie einen Regenmantel mit Kapuze auf den Rücksitz gelegt. Jetzt wartete die Person auf den Erpresser. Der kam zu Fuß, was sie leicht befremdete. Wohnt der hier?, wunderte sie sich. Er musste es sein, denn bei dem Starkregen war die Person kaum auszumachen und zu erkennen sowieso nicht.

Es nütze nichts, die Person musste aus ihrem Wagen raus und im strömenden Regen den Mantel anziehen. Das stresste sie, denn kaum aus dem Auto gestiegen, und sie war klitsch nass.

„Scheiße!", schrie sie laut, doch der

peitschende Regen verschluckte alle Geräusche.

Der junge Mann kam direkt auf sie zu. Ja, das musste der sein, denn wer sollte bei diesem Sauwetter hier draußen freiwillig herumlaufen?

„Haben Sie das Geld dabei?" Der Mann stand so nah vor der erpressten Person, dass diese seinen Atem riechen konnte. Er roch nach Alkohol, mehr, er stank gleichzeitig aus allen Poren.

„Nein!", schrie die Person. „Du kriegst nichts! Hau ab oder ich ruf die Polizei!"

„Erst das Geld!", er schwankte auf sie zu.

Sie drehte sich zur Seite und ließ ihn ins Leere laufen. Dabei half ihr das Wetter. Er rutsche aus und fiel auf die Knie. Was er sagte, verstand sie nicht, es musste wohl ein Fluch sein.

Mit Mühe kam er wieder auf die Beine. „Du Arschloch. Her mit dem Geld oder …" Der Rest seiner Verwünschungen wurde im Regen verschluckt.

Die erpresste Person hatte sich vorsichtig rückwärts bewegt, denn der Wiesenrain war noch glitschiger als der Asphalt. Langsam zog sie den Knüppel hinter ihrem Rücken hervor. „Hau ab! Von mir kriegst du nichts, höchstens Schläge!"

„Du drohst mir?", lallte er und ging auf sie zu. Dann rutschte er aus, machte eine Pirouette und lag auf dem nassen Boden mit dem Gesicht im

Matsch.

Wütend ging sie auf ihn zu und schlug einmal kräftig auf seinen Hinterkopf. Er zuckte zusammen und blieb unbeweglich liegen. Scheiße, dachte sie, der muss hier weg.

Gut, dass der in der Nähe des Vorfluters lag. Sie nahm seine Füße, drehte den Körper um die eigene Achse und zog ihn in Richtung Graben. Beim letzten Meter half der Regen, der das Grabenufer glatt wie Schmierseife machte. Dabei fiel sie selbst lang hin, den leblosen Körper drückte sie in den Graben.

Klitschnass robbte sie raus aus dem stark strömenden Wasser des Vorfluters. Da bemerkte sie eine Bewegung, die ihr vorher nicht aufgefallen war. Sie duckte sich, schaute vorsichtig über die Grabenkante. Da stand einer gut hundert Meter entfernt im Regen und rief irgendwas. Nur nicht bewegen, überlegte sie sich. Sie wollte den jungen Mann nicht umbringen, aber sie glaubte, dass er tot war. Sie hatte in Notwehr gehandelt, redete sie sich ein. Aber ob der Kerl da oben auf dem Weg das auch so sah, glaubte sie nicht.

Jetzt überkam sie einen Adrenalinschub hervorgerufen durch Wut und kaltes Wasser. Ihr ganzer Körper fing an zu zittern. Hoffentlich verschwindet der Kerl bald, hoffte sie. Sie musste weg und raus aus den Klamotten, dringend eine heiße Dusche nehmen.

Ein paar Minuten lag sie im nassen Gras, ihre Füße noch im Wasser, als der Mann endlich verschwand.

Wohnwagen

Nicht immer man kann davon ausgehen, dass alle Aufnahmen und Daten eines Unfalls oder eines ungeklärten Todes in einer Polizeistation gesammelt werden. Manchmal passiert es eben auch, dass eine Behörde einen Untersuchungsbericht einer anderen Behörde nicht kennt, und manchmal finden sie nie zusammen. Denn warum sollen Daten aufgenommen von einer Autobahnpolizei automatisch einer Kripo übermittelt werden? Sicher, Rechner können problemlos Milliarden von Daten aufnehmen, aber könnten das auch Menschen? Zumindest im beschränkten Umfang. Sind diese Daten auch immer abgreifbar, wenn genau die gebraucht werden? Wir alle sind vergesslich, und nicht immer wird im Gehirn die Seite aufgeschlagen, die gerade gebraucht wird. Es ist daher nicht verwunderlich, wenn notwendige Kommunikationen zwischen Behörden unterbleiben.

Westlich Münster stand trotz Aufforderung immer noch der im Wald illegal abgestellte Wohnwagen. Mitarbeiter des Ordnungsamt Münster fanden nach längerer Suche einen verlassenen total verdreckten Wohnwagen mitten in einem Eichenaltbestand. Nach telefonischer Rücksprache beauftragte der Waldbesitzer aus Ulm ein Autoverwertungsfirma mit Abtransport und Entsorgung des Wohnwagens. Die wenigen Habseligkeiten, die auf den letzten Besitzer des Wohnwagens hätten hindeuten können, landeten in einer Schrottpresse.

Damit war die letzte Verbindung zwischen Leben und Tod eines jungen Mannes abgerissen. Der Tote wurde weder vermisst noch fanden sich Angehörige. Damit standen die Mitarbeiter der Kripo in Münster vor einem ungelösten Rätsel. Selbst ein Foto in der örtlichen Presse brachte keine weiteren Erkenntnisse.

Der Tote wurde nach dem großen Regenereignis 2014 in einem Vorfluter gefunden. Selbst eine Verbindung zwischen Wohnwagen und

Toten fanden die Spezialisten erst, als der Wohnwagen schon in der Schrottpresse gelandet war.

Bei dem jungen Mann fanden die Spezialisten außer der durchnässten Kleidung nur einen kleinen Zettel in der Brusttasche seines karierten Hemdes. Nach vorsichtiger Trocknung entzifferte die Spusi einen seltsamen Text, der auch nicht weiterhalf.

„Leg dich niemals mit deinen Vorfahren an! Schau dich öfter um, sie verfolgen dich bis zu deinem Tod!"

Der Zettel kam in die Asservatenkammer, der Tote wurde verbrannt, die Akten wanderten in den Keller der Kripo.

Hans-Heiner Hasenschrodt

„Was haben Sie bis jetzt herausgefunden?" Hans-Heiner Hasenschrodt stand wie üblich bei seinem morgendlichen Begrüßungsrundgang in der Tür. „Frau, … äh … Wer ist ermordet worden, wer zählt zu den Verdächtigen? Welche Erkenntnisse haben Sie?"

„Chef", Albertina war aufgestanden, was sie in Gegenwart des Chefs ungern tat, da er viel kleiner war. „Schauen Sie! Hier an der Tafel haben Kevin und ich versucht Verbindungen zwischen Personen und Daten herzustellen."

„Gute Idee", brummelte H-Hoch-3. „Haben Sie bei meinem letzten Vortrag mitgenommen!"

Kevin wollte sich äußern, denn der Chef hatte zwar eine Fortbildung angeboten, hingegangen waren nur wenige Kollegen. Und Albertina und er hatten sich unabkömmlich geoutet.

Doch bevor Kevin einschritt, hatte Albertina das Gespräch wieder an sich gerissen. „Hier, Herr Hasenschrodt. Sehn Sie, Ariane Vogts, im Keller in Bevergern verdurstet, Sabine Stratmann im Bunker auf dem Teuto erstickt, Patrik Klüttermann in der Sauna zu heiß gebadet."

„Albertina, das finde ich geschmacklos!" Kevin war jetzt auch aufgestanden und an die Tafel getreten.

„Ja, Tschuldigung. Also der Freund von meinem Freu …", sie stockte.

„Machen sie weiter! Wissen sowieso alle hier!"

„Okay, Patrik Klüttermann ist in der Sauna sowas wie verbrannt. Und der Mann Ihrer Cousine, Ulrich-Hermann Gutschneider-von Meier hat einen Herzinfarkt bekommen."

H-Hoch-3 nahm seinen Zeigefinger und legte ihn an den Mund. Oh, Gott, dachten die beiden, wenn der jetzt nicht mit seinen Erfahrungen anfängt.

„Die Verbindung zu allen sind diese seltsamen Zettel, richtig?"

Glück gehabt, er ist noch im Fall und nicht bei seinem Lebenslauf, dachten beide.

„Ja", Kevin zeigte auf die Fotos mit den Zetteln, die unter den Portraits der Getöteten geheftet waren.

„Seltsam, seltsam", sinnierte der Chef. „Haben Sie Verbindungen zwischen den vieren herausarbeiten können?"

„Zwei Männer, etwa gleich alt, eine junge sehr attraktive und eine ältere, ich will mal sagen, verschrobene Frau. Was haben die miteinander zu tun? Der eine Mann lebte in Münster, der andere in Hörstel, die eine Frau in Rheine, die andere hier in Ibbenbüren. Nichts gemein, keine Verwandtschaft, Beruf, Lebensweise. Wir stehen vor einem Rätsel."

„Das zu lösen es gilt!" H-Hoch-3 drehte sich um und verließ das Büro.

„Der kann gut reden. Wie sollen wir vorgehen, Albertina?"

„Du magst doch attraktive Frauen!"

„Eben, darum liebe ich dich doch!"

„Schleimer, aber danke. Versuch mehr von

dieser Vogts herauszufinden. Die Sache mit der Abifete, was meinst du?"

Kevin stand noch unschlüssig am Bord, dann nickte er.

„Gut, und ich hab mich ja schon in die Unterlagen der verschrobenen Alten eingearbeitet."

Kopernikus Gymnasium

Kevin rief beim Kopernikus Gymnasium an. Die Abiturzeitung vom Jahrgang 2000 könnte er einsehen, meinte die nette Sekretärin, aber eine Liste der Abiturienten nicht. Werden wir sehen, überlegte sich Kevin, als er zum Kopernikus Gymnasium nach Rheine fuhr.

Die Sekretärin, eine aus Sicht des Polizisten ältere Jungfrau, hatte schon die Abiturzeitung rausgesucht. „Da finden Sie auch alle Namen. Hab mir gedacht, dass Sie die brauchen. War damals eine fürchterliche Geschichte!"

„Waren Sie damals schon hier?" Kevin wurde neugierig.

„Aber sicher doch. Geh im Herbst in Rente. Wird auch Zeit, obwohl ich das Gewusel der

Schüler vermissen werde."

Die Sekretärin wurde ihm immer sympathischer. Hätte er nicht gedacht, als er das Sekretariat betreten hatte. So täuscht man sich, überlegte er noch, als die Dame weiterredete.

„Ja, damals vor gut 20 Jahren, das war schon ein trauriges Abitur! Sonst kamen meine Schüler, ach ich sollte ja auch noch Schülerinnen sagen. Wissen Sie, ich habe noch erlebt, als die ersten Mädchen hier Abitur gemacht haben!"

Gott, muss die alt sein. „War sicher in der Steinzeit!", rutschte es Kevin heraus.

„Sie sind mir einer!", die Sekretärin lachte. „Kommen Sie auch noch hin. Und dann rate ich Ihnen, auch zu lachen. Älter werden wir alle!"

„Oh, Entschuldigung! Rutschte mir so raus. War nicht persönlich gemeint!" Gott Dank hat die Humor, wurde Kevin bewusst, denn sonst hätte er jetzt einpacken können.

„Kein Problem, Sie können sich nicht vorstellen, was manche Kinder hier sagen? Aber Sie haben sicher nicht viel Zeit. Sie wollen was von damals hören, nicht wahr?"

Kevin nickte.

„Bei einer der Abifeten ist ein Junge gestorben. Die Polizei hat den damals obduziert und festgestellt, dass der ertrunken ist. Anfangs haben wir alle gedacht, der wäre in die Ems gefallen und dann ertrunken. Und das wäre ja schon schlimm genug gewesen, aber irgendwer hat seinen Kopf unter Wasser gedrückt. Sie sind ja Polizist, Sie wissen, wie man das feststellen kann. Da bin ich Laie."

Kevin wollte noch sagen, er auch, aber die Sekretärin war nicht zu bremsen.

„Keiner wollt´s gewesen sein. Kann ich mir vorstellen, auch weil die viel getrunken hatten. Einer hat´s vielleicht gesehen oder der hat ein schlechtes Gewissen."

Jetzt musste Kevin den Redeschwall unterbrechen. „Könnte es nicht eine Abiturientin gewesen sein?"

„Ja, wurde damals auch gemunkelt. Denn der Tote muss ein schlimmer Finger gewesen sein. Sie wissen schon, was ich meine. War ´n schöner Junge. Die Mädels waren alle hinter dem her, nur eine nicht."

„Adriane Vogts!"

„Ja, woher wissen Sie das?"

„Geraten!"

„Naja, die ist jetzt auch tot. Die war anders, sehr schön, aber, wie soll ich sagen, arrogant."

155

„Autistisch, vielleicht?"

„Wenn Sie das positiv ausdrücken wollen, ja. Ich seh´ es Ihnen an! Auch ein Faible für schöne Frauen!" Die Sekretärin grinste.

Kevin lief rot an.

„Hört sich besser an, aber vielleicht haben Sie recht. Und der Tote war hinter der her. Das fiel sogar hier in unserem Gymnasium auf. Wenn die schöne Ariane auftauchte, im Schlepptau war immer der Tote."

„Sagen Sie mal, wie hieß der Tote? Wir reden immer so anonym von dem."

„Ja, warten Sie mal. Eberhard, ich muss nachdenken. Wissen Sie, die kommen als Kinder hier an. Da bleibt man beim Vornamen. Und Eberhard ist nicht so häufig."

„Sauter, Frau Deiting." Der Schulleiter war ins Sekretariat gekommen.

„Dank, Herr Kargelmann. Genau Eberhard Sauter. Irgendwann wäre ich auch draufgekommen. Herr Kargelmann ist der Direktor unserer Schule." Sie schaute ihren Chef an. „Das ist Kevin von der Polizei. Oh, entschuldigen Sie, hier haben alle nur Vornamen, außer unserem Chef."

„Kein Problem, Polizeiobermeister Magner aus Ibbenbüren. Wir versuchen den Mord an Frau

Vogts aufzuklären, und dabei kann die Vorgeschichte wichtig sein."

„Verstehe, der ungeklärte Tod des Eberhard Sauters. Haben die beiden Morde was miteinander zu tun?"

„Das wissen wir nicht. Ich versuche nur herauszufinden, warum Frau Vogts ermordet wurde. Gab es in ihrer Vorgeschichte jemanden, der sich rächen wollte? Ansonsten kommen natürlich Eifersucht, Erpressung, Habgier, Heimtücke oder Grausamkeit in Betracht."

„Vergessen Sie nicht Mordlust!", ergänzte der Schulleiter.

„Und Befriedigung des Geschlechtstriebs!"

„Danke Frau Deiting. Daran haben meine Kollegin und ich auch schon gedacht. Sie berichteten eben von Eberhard, der ein Auge auf Ariane geworfen hatte. Können Sie das näher ausführen?"

„Wusste hier jeder!", der Chef übernahm jetzt das Gespräch. „Selbst mir als Leiter war das bekannt. Aber wir hatten alle das Gefühl, dass die Vogts ihn immer wieder abblitzen ließ."

„Können Sie sich vorstellen, dass Eberhard Sauter bei der Abifeté der Vogts zu nah gekommen war, und die ihn dann, sagen wir mal, weggestoßen hat?"

„Und dabei ist der in die Ems gefallen." Für die Sekretärin war das eine logische Erklärung.

Der Schulleiter nickte.

„Nur wer hat dann die Vogts ermordet?", fragte Frau Deiting.

„Da sind wir wieder beim Motiv. Rache?" Kevin schaute sich fragend um.

„Warum nicht? Aber nach so vielen Jahren?" Der Schulleiter war skeptisch.

„Frau Vogts ist ja noch gar nicht so lange wieder zurück. Und dann konnte der Rächer erst zuschlagen."

Eberhard Sauter

Seltsame Geschichte, Eberhard Sauter, was ist damals passiert? Und warum hat Ariane Vogts diese Artikel aufbewahrt?, fragte sich Kevin. Es könnte sein, dass sie damals etwas mitbekommen hat und vielleicht deswegen ermordet wurde. Kevin stand auf, Mensch, dachte er, der Sessel ist nicht nur stylisch, der ist auch saubequem.

Er musste zu den Eltern des toten jungen Manns, nützte nichts, obwohl ihm das sehr unangenehm war. Gab es da eine Verbindung?

Kevin dachte an Rache, ′ne Freundin, Bruder, was weiß ich.

Die Sauters lebten bis zum Tod des Jungen in Elte, danach hatten die wohl alle Brücken abgebrochen und waren nach Salzbergen gezogen. Warum, fragte er sich, als er mit seiner Freundin darüber sprach.

„Anderes Bundesland."

„Ja, gut, aber ich wäre dann viel weiter weggezogen, Bayern oder so."

„Kevin, denk doch mal nach! Der Vater des toten Jungen konnte damals maximal 50 sein, also …"

„Im Arbeitsprozess und sein Job war irgendwo hier."

„Der Groschen ist gefallen."

„Aber anderes Bundesland? Hätte doch auch nach Riesenbeck oder Dreierwalde ziehen können?"

„Das Beste ist, ihn direkt zu fragen. Ich könnte mir denken, mit der Landesgrenze hat man auch eine Informationsgrenze, Zeitung, Gerüchte und so weiter."

Marita Sauter

Albertina übernahm den undankbaren Teil. Sie fuhr direkt nach Salzbergen, um die Eltern des toten Abiturienten aufzusuchen. Viel Hoffnung hatte sie nicht, dass die Fahrt mehr Transparenz in den Fall brachte. Aber sie kamen nicht weiter, vier Tote und vier Zettel. Keiner war in irgendeiner Weise mit jemandem aus diesem Personenkreis bekannt. Und dann der tote junge Mann.

Albertina stand vor einem unscheinbaren Reihenhaus an der Hauptstraße in Salzbergen. Es riecht hier seltsam, dachte sie, als die Tür von einer gut 70jährigen Frau geöffnet wurde.

„Ja?", die Frau schaute sie fragend an. Albertina stellte sich vor und bat um Einlass.

Marita Sauter führte die Polizistin ins Wohnzimmer. „Bitte nehmen Sie Platz; Wasser, Kaffee, was darf ich Ihnen anbieten?"

„Vielleicht ein Wasser." Während Frau Sauter in die angrenzende Küche ging, schaute sich Albertina um. Spartanisch eingerichtet, ein Sofa, auf dem sie saß, ein Glastisch und ein Sessel. Nichts an der Wand, keine Bilder oder Fotos. Auch fehlten Blumen. Das Fenster zeigte zum schmalen Gartengrundstück raus, das total verwildert schien.

„Ja, mein Mann und ich, wir haben´s nicht mit Garten." Frau Sauter war mit zwei Gläsern und einer Flasche Wasser aus der Küche gekommen und hatte wohl den fragenden Blick der Polizistin bemerkt.

„Früher", Marita Sauter zog ein Taschentuch hervor, „da hatte ich noch Freude an der Gartenarbeit, aber jetzt?" Sie schluckte, nahm schnell ein Glas und nippte am Wasser. „Warum und für wen?"

„Sie haben doch noch einen Sohn!" Albertina musste zum Grund ihres Besuchs kommen, auch wenn sie das Drama mit dem Tod des Abiturienten verstehen konnte.

„Ja, hatten wir!"

„Doch nicht …" Albertina stockte.

„Nein, nur der Kontakt ist abgebrochen. Johann hat sich damals …", sie stockte wieder, „von uns abgewendet. Zog aus. Wir hatten das Gefühl, dass er uns die Schuld gab. Aber das war nicht so." Sie schluckte.

„Erinnern Sie sich noch an den Tag?" Die Polizistin hatte keine Wahl, sie war gekommen, um die näheren Umstände zu recherchieren, auch wenn ihr das sehr schwerfiel.

Marita Sauer nahm das Glas Wasser und nippte daran. „Ja, das vergisst man nie. Eberhard hatte sich so auf die Feier an der Ems gefreut. Wetter war richtig schön. Er nahm das Rad, war ja nicht weit von uns, ich denke so um drei Uhr. Vorbereiten müsste er noch, als ihn fragte, warum er so früh dahin müsste. Käme vielleicht noch wieder, bevor es losging. Kam aber nicht wieder, gar nicht."

Sie schluckte und weinte bitterlich. Albertina war aufgestanden und wollte sie trösten, nur wie? Marita Sauter hatte sich umgedreht und war in die Küche gegangen. Die Beamtin setzte sich wieder hin, es nützt nichts, sie musste warten.

„Tut mir leid, aber es kommt immer wieder in Wellen. Wo war ich stehen geblieben?"

„Ach, erzählen Sie mal, was vor dem Unfall war, wie war Ihr Sohn, hatte der ´ne Freundin, Freunde?"

Frau Sauter hatte sich gefangen und das Thema lag ihr anscheinend besser, denn jetzt redete sie ohne Punkt und Komma. „Eberhard war bei allen bliebt. Die ganze Klasse mochte ihn, er war hilfsbereit und zu allen nett, anders als Johann. Der war verschlossen … Ach, Sie wollten ja was von Eberhard wissen. Freundinnen hätte der viele kriegen können, war attraktiv, sicher die Gene meines Mannes. Aber, er sagte immer, Mama, da hab ich noch Zeit. Nur diese eine, die lief ihm hinterher, hat er immer erzählt, die, wie hieß die denn noch?"

„Ariane?"

„Genau, die alte Hexe. Hab damals schon geahnt, die hatte was mit seinem Tod zu tun."

„Wie kommen Sie darauf?"

„Eberhard machte an dem Tag so eine Andeutung, ob die heute wieder die Jungs anbaggert? Was denn sonst? Eberhard wollte von der nichts, der Tussi war das doch egal, Hauptsache Mann und dann ins …, Sie wissen schon! Vielleicht wollte Eberhard sich wehren. Und die hat ihn in die Ems gedrängt. Alkohol hatten ja alle getrunken." Marita Sauter schluckte wieder.

„Manchmal hatte ich das Gefühl, dass Johann das auch vermutete. Als er noch bei uns wohnte, damals in Elte, hat er mal so eine Bemerkung fallen lassen."

„Wie meinen Sie das?"

„Ach, eigentlich nur so, wenn da nicht die Hexe dahinterstand? Oder so ähnlich."

„Wissen Sie, wo Johann jetzt wohnt?"

„Nein, kein Kontakt."

„Und Ihr Mann?"

163

Marita Sauter schaute die Polizistin fassungslos an. Hab wohl was Falsches gesagt, dachte Albertina.

„Auch weg, nur anders. Kurz nach dem Umzug fand der ´ne neue, jüngere. Wollte von der Geschichte nichts mehr hören." Leise setzte sie noch hinzu. „Kann man auch verstehen. Aber ich bin so. Wer ein Kind unter dem Herzen trug … ach, versteh Sie sicher nicht!"

Albertina wollte sich noch verteidigen, aber Frau Sauter schluchzte auf und machte eine Bewegung, dass die Polizistin das Haus verlassen sollte.

Scheiß Leben, dachte Albertina, als sie zurück nach Ibbenbüren fuhr. Sie musste den Sohn und den Vater finden und auch die befragen, überlegte sie sich, auch wenn nicht viel dabei herauskommen würde. Dass Eberhard ein Musterjunge war, das glaubte sie nicht. Er war sicher der, der die Mädels damals anbaggerte und vielleicht von Ariane zurückgewiesen wurden. Er wurde aufdringlich, war ja Alkohol im Spiel, und die hat ihn weggedrückt. Und dann ist der in die Ems gefallen und ertrunken.

Irgendwas stimmt aber nicht, dachte sie noch, als sie in Ibbenbüren den Wagen vor der Polizeiwache abstellte.

„Kevin, sag mal, dieser Junge, der bei der Abi-Party in die Ems fiel, ist der ertrunken?"

Kevin hatte sich hinter dem Bildschirm versteckt, als seine Freundin ins Büro kam. „Hast mich erschreckt, was wolltest du wissen?"

„Schlafmütze, musst eben abends früher ins Bett!"

„Gerne, aber …"

„Stopp! Beantworte meine Frage!"

„Muss ich nachschauen. Aber irgendwie hast du recht, der ist unter Wasser gedrückt worden. Warte mal! Ja, die Sekretärin vom Kopi, du weißt schon das Gymnasium in Rheine, hat das gesagt. Fordere mal die Akte aus Rheine an."

Heiliges Meer

Seit Wochen wundern sich Naturfreunde und Spaziergänger über einen seltsamen Geruch, wenn sie eine Wanderung Richtung Erdfallsee machen. Der Erdfallsee ist eine Besonderheit südlich des ‚Heiligen Meeres‘ im Nordwesten von NRW. Das Heilige Meer und der Erdfallsee sind durch einen natürlichen Erdrutsch entstanden. Unter den heutigen Seen liegt ein Zechsteinfeld, in dem

165

durch Grundwasser Spalten und Höhlungen entstanden sind, die nach Jahrhunderten im Oberboden nachgaben. So entstanden um 1000 und Anfang des 20. Jahrhunderts die beiden Seen, das Heilige Meer im Norden und der Erdfallsee im Süden. Das Naturschutzgebiet wird nicht nur von Interessierten besucht, es gibt dort auch eine Versuchsstation.

Von der Hauptstraße, die die beiden Seen trennt, erreicht man über einen kleinen Feldweg den Erdfallsee. Zaun und Tor verhindern das Ausbüchsen der Schafe, die die Heide vor ungewollter Wiederbewaldung bewahren. Nach dem kleinen Tor schlänge sich der Weg an einer seltsamen Vertiefung weiter zu einem kleinen Teich. Danach erreicht man den eigentlichen Erdfallsee. Zwischen der Vertiefung und dem kleinen See bestehen keine oberirdischen wie unterirdischen Verbindungen, obwohl beide recht nah beieinander liegen.

Der Vertiefung, die nach Untersuchung gut zehn Meter betragen soll, ist das nicht anzusehen, da Kräuter, Sträucher und Farne das Loch bedecken. Der Nichteingeweihte würde eine maximale Tiefe von gut zwei Metern erwarten. Aus Sicherheitsgründen ist diese Vertiefung auch abgezäunt.

Der Geruch aus diesem Loch steigerte sich von Tag zu Tag, sodass der Weg zum Erdfallsee gemieden wurde, was Naturschützer positiv sahen. Doch der Geruch zog magisch Fliegen an, die in großen Schwärmen in und um das Loch flogen.

„Da muss ein Schaf verendet sein", mutmaßte einer der Verantwortlichen der Naturschutzstation. „Ewig kann das so nicht weitergehen. Wir müssen das Tier heraufholen und entsorgen!"

Ein Mitarbeiter einer Spezialentsorgungsfirma kletterte mit Sicherheitsseil und Atemschutzmaske hinab. Doch nicht ein Schaf lag in gut zehn Meter Tiefe. Mithilfe der Helmlampe sah der Arbeiter zuerst nur zusammengeknüllte Kleidung, einen ehemals roten Pullover und eine dreckige Jeans. Er ließ sich weiter hinab, jetzt erst erkannte er, dass da eine Leiche lag, das Gesicht und die Hände waren so stark in Verwesung übergegangen, dass sich kaum vom Untergrund des Bodens abhoben.

„Eine längere Zeit muss der hier wohl gelegen haben, nach dem Gestank zu urteilen", brummte der Rechtsmediziner, Dr. Volker Schirrmeister. Butterbrot kauend drückte er das Absperrband der Polizei von Recke nach unten.

„Sie dürfen hier nicht rein!", ein junger Polizist

stellte sich dem Gerichtsmediziner in den Weg.

„Herr Kollege", Schirrmeister kaute immer noch, „ich bin der Einzige, der die Todesursache herausfinden kann. Lass mich meine Arbeit machen!"

Vor dem Loch standen Albertina und Kevin, beide hielten sich ein Taschentuch vor Mund und Nase. „Kollege, lass den", Albertina, die den Geruch besser ertrug, hatte sich dem jungen Kollegen zugewandt. „Das ist unser Schnippler. Der zerlegt so gerne stinkende Leichen."

„Job ist Job! Hättst ja auch Arzt werden können. Macht ihr euren Job, ich mach hier meinen!"

Zwischen Farnwedeln und Moospolstern tauchte plötzlich das Gesicht von Han Butterblom auf. „Der stinkt wie ein Otter! Und dann in dieser Dunkelheit! So einen Leichenfund hatte ich noch nie." Jetzt atmete er kräftig durch. „Dok, du kannst jetzt runter. Fotos sind im Kasten. Der Rest ist für dich. Setzt lieber ′ne Maske auf!"

„Warum, ich liebe den Leichengeruch, warum wäre ich sonst Leichenschnibbeler geworden?"

„Nicht wegen des Gestanks, wegen der Gase da unten. Wer weiß schon, ob da nicht Methan oder Lachgas ausströmt? Und dann bleibst du da unten!"

„Danke, hast recht, wollte doch noch länger

eure dummen Gesichter sehen", sagts und verschwand unter den Farnwedeln.

„Sag mal, Han, hast du da unten zufällig ´nen Zettel gefunden?"

„Albertina, was soll ich denn sonst noch suchen, ´ne Leiche reicht doch schon, oder?"

„Klar, aber ein Zettel wäre schon was Besonderes!"

„Sicher, nur da unten liegt der Typ in einer Wasserlache. Aber ich hab ja Fotos gemacht. Komm, wir schauen uns die an!"

Kevin, Albertina und Han Butterblom zogen sich hinter die Absperrung zurück, was nicht nur mit dem unangenehmen Verwesungsgeruch zu tun hatte.

„Boah", Kevin rutschte es heraus, „das ist ja ekelig!"

„Ja, besonders wenn du da unten mit dem allein bist. Aber schau, hier liegt nur ´ne Leiche, sonst nichts!"

„Und das da?", Albertina zeigte auf einen hellen Fleck.

„Pilze, was sonst. Die leben dort sicher schon Jahrzehnte, vielleicht sogar Jahrhunderte da unten."

„Geht nicht!", grinste die Polizistin.

„Wieso nicht?", kam es beiden Männern wie aus einem Mund.

„Weil das Loch erst Anfang des zwanzigsten Jahrhunderts entstanden ist", grinste Albertina.

„Besserwisser!"

„... rin, wenn schon denn schon! Also Han, kein Zettel. Schade oder auch nicht. Dachte schon, dieser Tote hätte was mit unseren anderen zu tun."

„Könnte der aber trotzdem, denn so ein Zettel kann unter der Leiche liegen oder sich schon aufgelöst haben. Pilze, Insekten, was weiß ich, was da unten alles frist?"

„Gut, Fall Erdfallsee kommt mit zu unseren anderen Toten, warum auch nicht, auch wenn der zettellos starb. Freut sich sicher H-Hoch3, und wir können dann alles zusammen recherchieren."

Séance

Modesta von Gangesberg hatte sich auf diese Sitzung gut vorbereitet, wie eigentlich auf alle ihre spiritistischen Sitzungen, wie sie sich eingestand. Sie kannte ihre Kunden, sie hatte deren Namen, und bei der ersten Sitzung hatten alle ihre Probleme offengelegt. Jetzt suchte sie im Internet nach weiteren Daten. Lebensläufe, Hobbys oder

Unfälle. Denn viele ihre Kunden hatten im Leben Unfälle oder Todesfälle in der nahen Familie erlebt.

Ich hätte auch Psychologin werden können, hatte sie mal in einem internen Freundeskreis gesagt. Gut, dachte sie, dass der Kreis nicht mehr existiert. Die könnten mich sonst festnageln ob meiner Recherchen und den daraus gezogenen Schlussfolgerungen.

Jetzt saß sie vor ihrem PC und googelte die Namen der nächsten Séance. Sie fing mehr zufällig bei der jüngsten Teilnehmerin an, wissend, dass da am wenigsten im Netz stehen konnte. Denn die war kaum 20 Jahre alt und befand sich in einer Ausbildung. Abitur, mehr schlecht als recht. Sah gut aus, Modesta meinte eher niedlich. So ein Puppengesicht, darauf fallen alle Männer rein. Sie musste grinsen, als sie an einen ihrer verflossenen Freunde dachte.

Da war doch mal, damals … „Ich schweife ab", murmelte sie vor sich hin. „Aber interessant ist das schon. Der Typ hat mich mit dieser kleinen, wie sagte er damals zu mir, Süßen betrogen. Wünsch ihm, dass der die heiraten musste, und die jetzt ´ne Planschkuh ist." Modesta lachte laut über ihren eigenen Gedanken.

Viel stand nicht über diese junge Kundin im Netz, eigentlich noch weniger, als sie erwartet hatte.

„Hab etwas Schlimmes erlebt und weiß nicht, wie ich damit umgehen kann." Modesta erinnerte sich an diese Aussage, nur was hat sie wirklich erlebt. Sie machte sich Notizen mit vielen Fragezeichen.

Die Frau wollte sich rächen, nur was hatte das mit der Mutter zu tun? Da musste sie angreifen. Sie schrieb auf; Rache und Mutter.

Das Leben der älteren Dame aus der ehemaligen DDR könnte interessant sein, überlegte sich Modesta, als sie den Namen in das Suchprogamm eingab. „Nichts aus der Zeit damals", sie war enttäuscht. „Ins Stasi-Archiv komm ich leider nicht, schade. Da müsste was sein. Nur was hat die in der DDR erlebt? War dort im Gefängnis, weil eine Freundin ihr den Mann nahm?" Könnte so gewesen sein, überlegte sich Modesta.

Modesta schrieb auf, DDR, Stasi? Gefängnis, Exfreundin, Rache.

Noch jemand, dem man die Freundin wegnahm, oder umgekehrt, berichtigte sich Modesta. So ganz klar war ihr die Sache nun doch nicht mehr.

Wer war was in dieser Geschichte? Bruder, Freundin, schrieb sie auf.

Die letzte Person war aus ihrer erfahrenen Sicht als Medium am schwierigsten einzuschätzen. Irgendwer hatte einem Kind nicht geholfen. Und was machte der Onkel Max, der Vater und der Bruder in dieser Geschichte. Modesta schrieb Kind, Max, Papa und Bruder auf.

Eigentlich war das für ihre nächste Séance recht wenig. Aber sie hatte mit noch viel weniger arbeiten müssen. Ihr fiel der Fall des unglücklich verliebten Pastors ein, der anfangs nichts sagte, nur traurig dasaß. Von dieser Person kannte sie nur den Namen und den Beruf. Und bei diesem Beruf war es schwierig irgendwas herauszukitzeln. Aufgrund seiner Einstellung konnte der eine Séance als totalen Blödsinn betrachten, was es ja ist, hatte Modesta geistig angefügt.

Zufällig hatte eine andere Teilnehmerin in dieser Séance von ihrer unerwiderten Liebe gesprochen. Das löste plötzlich die Zunge des Geistlichen.

Modesta hoffte auf Glück und Zufälle, wobei sie an beides glaubte. Nie in ihrer ganzen Zeit als Medium war ihr beides versagt geblieben.

„Dann auf ein Neues! Geld muss fließen und ich brauche wieder mal was für mein Hobby!"

Séance

Auch an diesem späten Abend trafen nach und nach die Gäste ein. Modesta von Gangesberg empfing sie und leitete sie in den abgedunkelten Raum. „Sie kennen sich ja schon aus. Nehmen Sie bitte auf dem Stuhl Platz. Bitte benutzen Sie den Stuhl, den Sie schon in unserer ersten Sitzung hatten. Sie wissen ja, alle Geister haben vor uns hier auf der Erde gelebt. Beim Übergang in den Ätherraum sind einige menschliche Gewohnheiten mit hinüber gegangen. Dazu zählen häufig so banale Dinge wie derselbe Platz, dieselbe Unart oder auch bestimmte Sympathien."

Jeder Neuankömmling wurde so begrüßt. Nach gut einer Viertelstunde waren alle vollzählig. Jetzt zog es die Spiritistin in den Nachbarraum, um die Gespräche der Anwesenden zu verfolgen.

„Alles bei euch in Ordnung?" Es war die Stimme des einzigen Mannes.

Die duzen sich schon? Modesta horchte auf. Wie konnte das sein? Die kannten sich doch gar nicht? Sie vernahm jetzt leises Gebrummel, wahrscheinlich Zustimmung zu der rhetorischen

Frage.

„Was macht denn unser Plan? Hast du schon was ausgearbeitet?" Das musste die Stimme der einen jungen Frau sein, überlegte sich Modesta. Nur was haben die da vor? Sie musste gleich in ihrer Séance darauf eingehen. Irgendwie machte sie das wütend. Ohne ihr Wissen und noch schlimmer ohne ihre Zustimmung hatten die was vor. Nur was? Da muss ich den Bösen hervorholen. Sie malte sich schon aus, wie sie vorgehen wollte, als sie die Stimme des Mannes wieder hörte.

„Ja, ich habe da so eine Idee. Aber das sollten wir nach der Séance besprechen. Wie letzte Mal, selber Ort, nachher. Und redet nicht so viel! Wer weiß, wer uns zuhört?"

„Die Geister?", fragte plötzlich die andere junge Frau.

„Möglich", die Stimme stockte, „… wahrscheinlich, wer sonst?"

Jetzt trat Stille ein, ein guter Moment die Séance zu beginnen. Theatralisch wie immer, betrat Modesta den Raum.

„Oh, böse Geister! Was habt ihr gemacht? Der Raum ist voll von einer bösen Aura. Atmen!", rief sie laut aus und fiel fast auf ihren angestammten

Platz. Sie stöhnte, schwang ihren Oberkörper hin und her und begann in einer seltsamen Sprache zu reden. Dann sprang hinter dem Vorhang ein Fenster auf, ein Windzug blähte das Tuch auf, und wieder waren ein Gesicht mit Hörnern zu erkennen.

„Oh, was habt ihr gemacht? Fasst euch an den Händen, schnell, schnell! Sonst hat der Böse Macht über euch!" Modesta zog mal links, mal rechts, sodass die Runde hin- und herschaukelte. Dann fiel so vorne über und blieb regungslos mit dem Kopf auf dem Tisch liegen. Schon wollte eine Teilnehmerin sich räuspern, da hob die Spiritistin den Kopf. Wie sie das geschafft hatte, konnten die erschrockenen Teilnehmer nicht erkennen. Das Gesicht von Modesta war schneeweiß, die Augen blutunterlaufen. Jetzt schrie sie wieder und wiegte den Kopf hin und her, warf ihn theatralisch nach hinten und heulte wie ein Wolf.

Die Teilnehmer reagierten erschrocken. Jeder von ihnen hatte das Gefühl, er wäre ein ungerechter Mensch. Mal schauten alle betreten auf die runde Tischplatte, dann, wenn Modesta ihre Stimme erhob, zuckten sie zusammen und blinzelten in Richtung Medium.

Modesta sprang auf, was sie noch nie bei einer Séance getan hatte. „Du Böser!" Sie drehte sich um schaute auf das Gesicht im Vorhang. „Wie bist du hier hereingekommen? Wer hat dich gerufen? Verschwinde!"

Sie drehte sich wieder um, sackte auf ihren Stuhl und begrub ihr Gesicht in den Händen.

„Wo bin ich?", erschrocken schaute sie sich um. „Was ist hier los? Habt ihr den Bösen hereingelassen?" Vorsichtig drehte sich Modesta um. „Nein, ich sehe ihn nicht. War der da?"

„Ja, da!" Ganz leise hatte sich die jüngste Teilnehmerin geäußert.

„Habt ihr ihn gerufen?"

„Nein, er war plötzlich da!"

„Er ist weg, gut, gut! Wie habt ihr das geschafft?"

„Es muss wohl Ihre Hilfe gewesen sein, wir können das nicht!", ergänzte der Mann.

„Ich weiß von nichts. Aber es ist gut so. Der Böse hat euch aufgelauert, warum, dass müsst ihr selbst wissen. Heute muss ich die Séance beenden. Die Gefahr ist viel zu groß, als dass wir weitermachen. Denn ganz weg ist der Böse nicht. Wir müssen ihm Zeit geben sich zu entfernen. Bitte geht, leise und … ", Modesta stockte, „… keine Verschwörung bitte. Wenn ihr was vorhabt, lasst es das Medium wissen! Nur das kann euch helfen!"

Zeugen

„Was wissen wir?", fragte Kevin seine Kollegin, als beide zur Dienststelle fuhren.

„Wenig, vier Tote und vier Zettel. Keiner kannte den anderen."

„Vergiss nicht Toter Nummer fünf im Loch am Heiligen Meer!"

Albertina nickte.

„Aber besser gesagt, keiner hat was mit dem anderen zu tun."

„Nach unseren Recherchen, ja, da hast du recht."

„Von deinem Freund wissen wir, dass er in der Sauna zu Tode kam."

„Das haben wir doch hinlänglich besprochen!"

„Warts doch ab, worauf ich hinauswill. Zeugen? Keine. Er ging in die Sauna und von außen hat jemand die Saunatür versperrt, richtig?"

„Und, versteh dich immer noch nicht?"

„Männer!", Albertina grinste. „Wenn jemand gesehen hätte, wie dein Freund eingesperrt worden wäre, hätten wir einen Zeugen, klar?"

„Haben wir aber nicht!"

„Eben. Und wie ist das mit Sabine Stratmann?"

„Auch nicht. Wer soll das im Wald beobachtet haben?"

„Genau, und wo will ich drauf hinaus?"

„Dieser Bungee-Jumper sicher nicht, denn da war die Gespielin dabei, die wir aber nochmal befragen müssen."

„Auch richtig, das machst du, du kannst doch so gut mit jungen weiblichen Zeugen?" Albertina steuerte den Wagen auf den Parkplatz vor der Dienststelle und stieg aus. „Was ist los?"

Kevin brummelte was von ich und Frauen vor sich hin und öffnete dann die Beifahrertür.

„Wer bleibt übrig?", fragte Albertina, als sie schon im Gebäude war. „Wo bleibst du?"

„Die aus dem Keller. Nur wer könnte das gesehen haben? Was erwartest du?"

„Jetzt denk mal nach! In den Keller ist die sicher nicht freiwillig gegangen. Wo war die vorher? Hat jemand gesehen, wie sie in dieses Abbruchhaus kam? Und, lieber Kevin, was hatte die Dame an?"

„Weiß ich doch … Stopp, ein rattenkurzes Kostüm. Schick war die."

„Genau, wo wollte die hin, oder wo kam die

179

her? Sicher nicht von der Arbeit. Frag mal bei den Kollegen nach, ob sie zur Arbeit immer so top gekleidet war!"

„Ich hab das Gefühl, dass du darauf nicht hinauswillst?"

„Richtig. Denn wenn sie, gehen wir mal davon aus, normalerweise nicht so gekleidet herumlief, dann …"

„Genau, dann war oder ging sie zu einer besonderen Festlichkeit… „

„Konzert, Tanz, was weiß ich. Und da … „

„… hat sie jemand gesehen, denn diese Frau vergisst man nicht."

„Du auch nicht!", Albertina grinste.

„Wen vergisst man nicht?" Der Chef stand in der Tür. „Sind Sie weitergekommen?", fragte H-hoch-3.

„Ihre Cousine", Albertina reagierte prompt.

„Da haben Sie recht. Und, was Neues, kann ich meiner Cousine von einem Durchbruch berichten?"

„Noch nicht. Wir sind dran Chef."

„Gut, gut." Er wollte gehen, da fiel ihm die zweite Frage wieder ein. „Weitergekommen?"

„Wir überlegen nach Zeugen zu suchen."

„Gute Idee, dann machen Sie mal!"

„Der weiß ja nicht mal, welche Zeugen wir

suchen. Ist aber auch egal. Kevin, du hängst dich an die Arbeitskollegen, ich an die Presse."

Adriane Vogts

In Rheine gab es gleich zwei Firmen, die sich mit der Herstellung von Lebensmitteln beschäftigte. Adriane Vogts arbeitete bei der größten, was Kevin nicht verwunderte. Der Polizist hatte sich telefonisch angemeldet, um nicht stundenlang von einem Mitarbeiter zum anderen geleitet zu werden.

„Das mit Ariane tut uns hier allen sehr leid", meinte der Leiter des Vertriebs, Diplom Kaufmann Johannes Wittke.

Glaub ich ihm gerne, dachte Kevin, der das Gefühl hatte, der Wittke hatte ein Auge auf Frau Vogts geworfen.

„War eine von den Besten, meine rechte Hand, besonders beim Vertrieb im Ausland. Ariane war sprachenbegabt. Da kam keiner von uns mit. Ja", er stockte, „muss jetzt alles allein machen. Sie verstehen das sicher, Kundengespräche und dann noch in Englisch oder Französisch."

Sic armer, wollte Kevin gerade sagen, doch er

biss sich auf die Zunge. „Sagen Sie mal Herr Wittke, haben alle hier Frau Vogts geduzt?"

Der Diplom Kaufmann schaute ihn verdutzt an. Die Frage scheint ihm nicht zu gefallen, meinte Kevin in seinem Gesichtsausdruck zu erkennen.

„Ach wissen Sie, nicht jeder hier. In der Produktion sicher nicht. Vielleicht der eine oder andere Koch, aber das weiß ich nicht. Ist die Frage wichtig, dann sollten Sie dort nachfragen!"

„Nein, fiel mir nur auf. Und wenn ich so an Frau Vogts denke, was wir schon herausgefunden haben, dann könnte ich denken, dass diese Dame auch etwas Herablassendes hatte, oder?" Kevin schaute den Vertriebsleiter direkt an.

„Na, ja, herablassend würde ich das nicht sagen", er überlegte recht lange.

„Vielleicht überheblich, selbstsicher, was meinen Sie?" Kevin wollte helfen, aus objektiver Recherche eigentlich falsch. Aber nun war es raus.

„Selbstsicher, ja. Sie hatte so was Männermordendes an sich."

Kevin grinste, das hatte er von einem Zeugen noch nicht gehört. Er hatte an sowas schon gedacht. Selbst bei einer Unterhaltung mit Albertina hätte er den Verdacht aber nie geäußert.

„Sie lachen, Herr Kommissar. Aber nicht jeder hier konnte damit umgehen."

„Sie, ja?"

„Besser als viele andere. Lag auch daran, dass ich zu Ariane, äh Frau Vogts, keine, ich will ehrlich zu Ihnen sein, keine sexuelle Neigung hatte. Ich bin nämlich schwul."

Wow, dachte Kevin, damit hatte er nicht gerechnet. Aber dafür hatte er einen objektiveren Zeugen gefunden. „Das hilft mir."

„Wieso?", fragte Herr Wittke.

„Alle anderen hätten sicher gerne eine sexuelle Beziehung mit ihr gehabt. Frau Vogts soll ja auch Beziehungen zu Damen gehabt zu haben."

„Da geht bei mir ´n Licht auf. Denn nicht nur Kollegen scharwenzelten um sie herum, auch Kolleginnen."

„Da brauch ich Namen."

„Ungern, will nicht petzen."

„Tun sie nicht, es geht um Mord, wie ich Ihnen am Telefon schon gesagt habe. Und das Ganze bleibt vertraulich. Ich hab noch eine Frage zu Frau Vogts! Kleidung?"

„Seltsam, dass Sie das fragen. Hätte ich sowieso noch angesprochen, denn Ariane war eine sehr attraktive Frau mit einer Wahnsinns Figur. Nur hier im Büro hatte sie unförmige

183

Schlabbersachen an. Kam auch schon mal mit ´ner Jogginghose. Fürchterlich! Und dann bei Kundenbesuch. Ich hatte schon Angst, dass uns ein Auftrag flöten ging. Nur Ariane hatte ein Auftreten, da war man platt. Egal, was die anhatte, wahrscheinlich sogar was die nicht anhatte, alle schauten hin. Und dann kam noch ihre Intellektualität hinzu. Sprachenbegabt und fast hätte ich gesagt allwissend."

„Und das mag nicht jeder, oder?"

„Ja, nicht jeder ließ sich das von einer Frau gefallen. Muss Ihnen recht geben."

„Dann schreiben Sie mir bitte die Namen auf. Oder besser noch, alle Mitarbeiterinnen und Mitarbeiter, die mit ihr zu tun hatten. Zu den Namen kurze Info, wer mit ihr nicht klarkam."

„Das dauert was, bis ich das fertig habe!"

„Dafür müssen Sie sich schon Zeit nehmen. Bis Morgen."

Der Diplom Kaufmann schluckte. „Ich versuch´s."

„Letzte Frage, Herr Wittke, dann sind Sie mich los! Hatte Frau Vogts auch mal schicke Sachen an, oder nur, wie Sie sagen, Schlabbersachen?"

„Ich kenne Ariane nur in den Schlabbersachen. Gut, ich war bei Ihrem Bewerbungsgespräch dabei. Ich erinnere mich, gut dass Sie fragen.

Stimmt, da hatte sie ein Kostüm an, ich meine mit einem sehr kurzen Rock."

Ariane

Albertina recherchierte im Netz. Vor Ariane Vogts Tod muss sie zu einem Konzert, einem Theaterstück oder zu einem festlichen Tanz gegangen sein. Das hätte zwingend in der näheren Umgebung stattfinden müssen, schlussfolgerte die Polizistin. Leider gab es recht viele Orte, die zu diesen Kriterien passten, Osnabrück, Tecklenburg, Ibbenbüren, Gravenhorst, Rheine, Emsdetten, Greven und Münster. Das müsste reichen, glaubte sie und suchte jetzt nach Konzerten und Theateraufführungen.

In Tecklenburg blieb Albertina hängen, nicht weil die Kriterien passten, sie war erstaunt über das Programm mit Profis und Laien. Da müsste sie mal mit Kevin hin, dachte sie, bevor sie weitersuchte.

„Sind Sie weitergekommen?" In der Tür stand H-hoch-3.

Albertina schreckte auf, sie war in Gedanken versunken, dass sie ihren Chef gar nicht

185

wahrgenommen hatte. „Wie bitte?", rutschte es ihr heraus.

„Sie haben doch nicht etwa geschlafen, Frau äh …?"

„I bewahre! Recherchiere gerade im Netz, wo Frau Vogts vor ihrem Tod gewesen sein könnte. Dabei war ich so …"

„Okay, gibt's denn was Neues?"

„Frau Vogts hat wohl nur zu ganz wenigen Anlässen besondere Kleidung getragen, eben Konzerte und sowas. Das wissen wir mit Bestimmtheit. Kevin, Herr Magner, hat das herausgefunden."

„Und was macht die Sache mit meiner Cousine?"

Scheiße, dachte Albertina, die haben wir glatt vergessen.

„Sind dran, Chef!", log sie, ohne rot zu werden

„Schön, schön." Und schon war Hasenschrodt wieder weg.

Seltsamer Mensch, dachte Albertina, als sie bei der Aufführung der Wagner Oper „Der fliegende Holländer" in der Stadthalle Rheine hängen blieb. Das könnte es gewesen sein. Der Zeitpunkt passte, der Ort. Jetzt könnte man Zeugen suchen, die Ariane Vogts gesehen hatten. Doch zuerst rief sie in der Stadthalle an.

Alle Plätze wurden nie besetzt, auch wenn dafür Karten geordert worden waren, erläuterte die Dame vom Kartenvorverkauf. Das würde auch nicht festgehalten, warum auch? Fand Albertina auch. Aber ob sie eine recht attraktive große junge Frau im blauen Kostüm gesehen hätte?, hakte die Polizistin nach. Nein dazu hätte sie keine Zeit gehabt. Sie könnte ja mal bei den Aushilfen fragen, eventuell auch bei den Rote-Kreuz-Helfern, die jede Aufführung besuchen würden.

Das war doch schon mal was. Albertina ließ sich Namen und Adressen geben und rief einen nach dem anderen an. Besonders bei den Männern hoffte sie, dass einer diese Frau gesehen hatte. Aber alles Fehlanzeige. Frustriert stand sie auf, eine ihrer unbewussten Bewegungen, wenn mal was nicht klappte.

„Kein Erfolg?" Kevin kam ins Büro.

„Ja, hatte schon Morgenwind gespürt. Aber leider hat keiner unsere Tote gesehen, nicht im Foyer, noch auf den Plätzen."

„Vielleicht ist die gar nicht bis ins Theater gekommen? Wurde schon vorher ausgeknockt."

„Kevin, da ist was dran. Wen könnte ich da befragen?"

„Alle, die zur Aufführung wollten und noch viele zufällige Menschen mehr, solche, die den Platz einfach nur überquerten.“

„Das sind zu viele. Die meisten kennen wir nicht. Ich glaub auch nicht, dass die Stadthalle uns alle Namen nennen würden, die zur Aufführung des Fliegenden Holländers eine Karte erworben hatten.“

„Also Presse!“

Heiliges Meer

Die Untersuchung war abgeschlossen. Der Tote in diesem seltsamen Loch am Heiligen Meer hatte sicher nichts mit den vier anderen ermordeten Personen zu tun. Das kein Zettel gefunden wurde war mehr ein Indiz, wie Albertina meinte. Aber der Tote stammte nicht aus dem hiesigen Raum. Auch das wäre noch kein Beweis gewesen, aber der Tote war dunkelhäutig. Hätte Han Butterblom gleich sagen könnten, dachte Albertina, als sie das Untersuchungsprotokoll vom Rechtsmediziner, Dr. Volker Schirrmeister las. Trotzdem musste sie mit ihrem Kollegen herausfinden, warum der Tote dort lag.

Albertina las weiter, Genickbruch. Ist der da reingefallen und hat sich das Genick gebrochen?

Sieht so aus, denn an Fremdverschulden glaubten weder der Arzt noch Han von der Spusi.

Kevin

Wie immer, wenn ein Aufruf nach Zeugen in der örtlichen Presse veröffentlicht wurde, riefen sehr viele bei der Polizei an. Einige fragten als erstes nach der Belohnung. Da diese Zeugen in der Regel nichts gesehen hatten, wurde das Telefongespräch recht schnell beendet.

Der Morgen in der Polizeistation in Ibbenbüren verlief ansonsten wie immer. H-Hoch-3 begrüßte die Mitarbeiterinnen und Mitarbeiter, Kevin und Albertina saßen vor ihren Bildschirmen oder hielten den Hörer in der Hand. Erst kurz vor Mittag, Kevin war gerade aufgestanden, um etwas zu Essen zu besorgen, als Albertina ihm ein Zeichen gab, noch zu bleiben.

„Frau Möhlenberg, ich stell mal eben auf laut, damit mein Kollege zuhören kann! Bitte, was haben Sie gesehen?"

„Muss mal ehrlich sein, ich weniger." Auch das noch, dachten die beiden Polizisten, „Das war mein Sohn." Kevin atmete hörbar aus. „Ich war mehr damit beschäftigt, Kevin zu überzeugen, dass so eine Oper nicht langweilig wäre."

Albertina fing an zu grinsen, der Junge hieß auch Kevin. Ihr Kollege tat so, als wenn das eine ganz normale Zeugenbefragung wäre.

„Ja, Kevin hat auch ein besseres Gehör als ich. Der blieb stehen und sagte sowas wie Mama, da ist eine Drohne am Himmel. Hab das ignoriert, ihn angefasst und mehr oder weniger zum Eingang der Stadthalle gezogen."

„Warten Sie mal Frau Möhlenberg! Ihr Sohn der Kevin könnte uns doch seine Version erzählen, was meinen Sie? Könnten sie zusammen zu uns kommen, vielleicht am Nachmittag?"

Mama und Kevin waren pünktlich. Für den Sohn fiel der Nachmittagsunterricht am Kopernikus Gymnasium aus, Frau Möhlenberg war Hausfrau und freute sich über jede zusätzliche Abwechslung.

Die vollschlanke Zeugin war lässig gekleidet, was Kevin schon mehr schlampig bezeichnen würde. Ein verwaschenes T-Shirt hing schlabberig über ihrem großen Busen. Eine knallgelbe Leggins ergänzte das Outfit. Die sehr kurzen blonden Haare passten überhaupt nicht zu der Figur der großen Frau, die sogar Albertina überragte.

Ihr Mann, wie sie den Polizisten berichtete, war

Geschäftsführer beim Lebensmittel-konzern in Rheine, sie hatte Kunstgeschichte studiert. Ob sie einen Abschluss gemacht hatte, erwähnte sie nicht, was für die Zeugenbefragung auch nicht wichtig war, dachte Albertina.

„Du bist Kevin", Kevin gab dem 12-jährigen Jungen die Hand. „Dann können wir uns ja duzen, heiße auch Kevin."

„Haben dich deine Mitschüler auch immer gemobbt?"

„Du meinst wegen des Namens?"

„Ja."

„Nein, denn als ich so alt war wie du, war das ein ganz normaler Name."

„Ich verstehe bis heute nicht, wieso Papa und Mama mir diesen Namen geben konnten!", vorwurfsvoll schaut der Junge seine Mutter an.

„Kevin, darüber haben wir doch schon gesprochen, Papa …"

„Quatsch, Papa, du wolltest den unbedingt. Papa wollte einen Nikolaus, wäre auch nicht besser gewesen. Hättet ihr mich gefragt, dann wollte ich August heißen!"

„Kevin", jetzt übernahm Albertina das Gespräch, das aus ihrer Sicht in die völlig falsche

Richtung ging. „Ich versteh dich, Albertina ist auch nicht besonders schön. Ich merke, dass du ein aufgeweckter Junge bist. Daher meinen Rat, setz dich drauf, deine Mitschüler haben sicher auch seltsame Namen. Ich hab mal einen Jungen kennengelernt, der hieß Bader. Das war sein Vorname. Bader ist ein sehr poetischer arabischer Vorname. Er bedeutet so viel wie Gottmond. Eigentlich ganz schön, aus unserer Sicht seltsam.

Doch darüber wollten wir mit dir gar nicht reden."

„Klar über den Mord an dieser Tante!"

„Tante?", Kevin schaute den Jungen an. „Bist du, äh, warst du mit der verwandt?"

„Nee, war nur s´on Ausdruck. Wollte sagen, Frau."

„Okay, dann erzähl mal, was du gesehen hast!" Endlich, dachte Albertina, wurde auch Zeit.

„Zuerst sollte ich in die Oper, fand das richtig blöd."

Frau Möhlenberg wollte ihren Sohn unterbrechen, aber der Polizist machte ihr ein Zeichen zu schweigen.

„Dieses Singen, und wenn die auf der Bühne sterben, dann singen die immer, ich sterbe, ich sterbe, und dann denke ich, Mensch, wann seid ihr endlich tot. Ich wollte nicht mit, aber Mama hat das verlangt, sowas wie Kultur und muss jeder mal durch."

„Und ihr gingt vom Parkhaus zur Stadthalle?"

„Klar, wollte noch unten vom Parkhaus direkt zur Stadthalle gehen. Da hätte mich keiner meiner Freunde gesehen! Stell dir mal vor Kevin, du gehst in so eine Aufführung und deine Kumpels sehen dich! Hätte am nächsten Tag aber so´nne Abfuhr bekommen. Muttersöhnchen und sowas. Ich hätte in jeden Porno gehen können. Da wäre ich der Held des Tages geworden." Kevin stoppte seine wütenden Ausführungen.

„Möchtest du ein Glas Wasser, Kevin?", fragte Albertina.

„Danke, geht schon, muss aber mal unter Zeugen gesagt werden. Die Eltern verstehen einen ja nicht. Na ja, ihr wollt was von dieser Tante, äh Frau hören."

Alle nickten, selbst die Mutter.

„Mama zerrte mich zum Eingang, da hörte ich im Hintergrund ein Brummen. Da hab ich Mama gesagt, stopp mal. Und dann hab ich mich umgedreht und sah eine Drohne. Aber nicht so´nne kleine, so wie Papa mir zu Weihnachten geschenkt hat. Wisst ihr sonne Kinderdrohne, dabei hat der

Alte doch Geld genug."

„Kevin, es reicht!" Die Mutter war aufgestanden und fasste den Jungen am Arm.

„Lassen Sie ihn erzählen, bitte!", Kevin hatte sich neben den Jungen gestellt.

„Ja, Mama, da siehstes. Die wollen meine Zeugenaussage hören."

„Ja, erzähl weiter!"

„Das war doch schon seltsam, über dem Vorplatz flog ´ne große Drohne, meinen Sie doch auch, oder?"

„Da hast du recht, Kevin. Und dann?"

„Ich hatte das Gefühl, dass die irgendwie was suchte. Da ist ja ´ne Kamera drunter und die Drohne bewegte sich hin und her und die Kamera eben auch. Und noch was Seltsames hab ich gesehen."

„Ja, Kevin was? Das machst du hervorragend, kannst bei uns anfangen!", lobte ihn der Polizist.

„Unter der Kamera hab ich so´n grünes Licht gesehen, ihr wisst schon, so´n Laserpointer. Seltsam, dachte ich noch, aber Mama zog mich weiter."

„Jetzt komm mal auf die Frau zu sprechen!" Frau Möhlenberg wurde langsam ungehalten.

„Lassen Sie ihn ruhig reden. Auch dass, was Kevin beobachtet hat, könnte mit dem Fall zusammenhängen." Kevin nervte diese Mutter, wobei er an seine eigene Schulzeit zurückdachte. Könnte auch meine Mutter sein, überlegte er, als der Junge weiterredete.

„Ach ja, Mama, die Tante. Während ich die Drohne gesehen habe, musstest du ja auf so eine komische Frau gucken."

„Wieso war die komisch?", fragte Albertina.

„Na, die hatte Klamotten an. Und dann stolzierte die wie so´n Gockel rum. Alle guckten hinter der her, auch du Mama. Die Drohne war spannender."

„Frau Möhlenberg, was haben Sie denn beobachtet?", fragte der Polizist.

„Diese Frau sah super aus. Auch aus Sicht einer Frau, muss ich leider sagen."

Das stimmt, wollte Kevin sagen, verkniff sich das aber. Denn Frau Möhlenberg war einfach schlampig gekleidet.

Und sie ergänzte noch, „High-Heels, dunkelblaues Kostüm und sehr kurzer Rock. Die ging nicht, die stolzierte über den Vorplatz. Hatte das Gefühl, die gehörte zum Ensemble. Ich hatte ja Kevin an der Hand, der mich zurückhielt. Dabei hatte ich mich wohl unbewusst zu ihm umgedreht.

Und als ich mich zu dieser Frau erneut umdrehte, lag die auf dem Boden. Ich wollte noch hin, aber da stand ja ein Notarztwagen, aus dem ein Rote-Kreuz-Helfer auf die Frau zulief."

Albertina schaute Kevin an. „Das sind ja ganz neue Informationen für unseren Fall."

„Stimmt, Mama. Du hattest mich weggezogen. Ich wäre fast gefallen. Weißt du noch? Bin über ´nen Stein gestolpert. Und dann hast du aufgeschrien. Oh Gott, oder so´n Schwachsinn hast du gesagt. Da hab ich auch diese Tante gesehen. Die lag auf dem Boden und der Rot-Kreuz-Mann kniete bei der."

„Sie sind dann ins Foyer gegangen?"

„Ja, ich meine mich daran zu erinnern."

„Nä, Mama, wir sind stehen geblieben, nä, auch nicht. Du wolltest zu der Frau und hast mich mitgezerrt. Und dann hat der Rot-Kreuz-Mann gesagt, alles in Ordnung, er kümmert sich um die Frau."

„Stimmt, Kevin. Hast recht. An was du dich alles erinnerst?" Frau Möhlenberg war rot geworden. War ihr sicher peinlich, dachte die Polizistin, dass ihr Sohn sich besser erinnern kann als sie.

„Kannst du den Rote-Kreuz-Helfer beschreiben?", fragte der Polizist.

„Klar, der hatte diese Uniform an, die die Helfer immer anhaben, rot gelb. Oben rot, der Rest gelb. Nur die Jacke. Und nen Mundschutz."

„Sonst noch was?"

„Wo du so fragst, stimmt. Da fällt mir ein, der hatte ´ne Jeans an, Hose mein ich. Ist schon seltsam, oder?"

Albertina nickte und schaute auf ihren Kollegen.

„Recht ungewöhnlich, muss aber nichts heißen. Hast du gut beobachtet, Kevin. Sag mal, ihr seid dann in die Stadthalle? Hast du oder Sie Frau Möhlenberg gesehen, wie die Frau in den Notarztwagen kam?"

„Ich nicht, wurde langsam Zeit zur Vorstellung zu kommen. Wir hatten ja durch die Drömmelei von Kevin Zeit verloren."

„Mama, das ist nicht fair! Du konntest dich mal wieder nicht entscheiden, was du anziehen wolltest."

„Kevin, sag mal, hast du noch was gesehen?"

„Nä, weil mein Kumpel, der Martin, von der anderen Seite kam und was rüber rief, was ich aber leider nicht verstanden habe. Und dann waren wir schon drin."

„Danke, jetzt sag uns mal, wie dein Kumpel mit Nachnamen heißt, und dann seid ihr entlassen."

Martin Engelsbusch war nicht so redselig wie Kevin Möhlenberg. Albertina, die zu den Eltern des Jungen gefahren war, merkte sofort, dass der Junge was verschwieg. Sie bat die Eltern, sie allein mit dem Jungen zu lassen, da es nur um eine Zeugenaussage ging. Verständnislos ließen die Eltern die Polizistin mit dem Jungen allein.

Martin war ohne Wissen der Eltern abends mit seinem Rad noch in die Stadt gefahren, um Kumpels zu treffen. Auf dem Vorplatz zur Stadthalle entdeckte er Kevin, der aber auf sein Rufen nicht reagierte. Ja, hinter seinem Kumpel habe ein Mann in Rot-Kreuz-Uniform eine Frau in einen Rettungswagen gebracht. Die war wohl besoffen, wie Martin meinte. Er sei weitergegangen und musste dem Rettungswagen ausweichen, als der mit Tatütata wegfuhr. Mehr hätte er auch nicht gesehen.

Séance

Es war die dritte Sitzung mit diesen Klienten. Natürlich hatte Modesta von Gangesberg nicht nur diese vier Kunden, wie sie die manchmal nannte. Aber diese Truppe war noch neu, so neu, dass sich die Spiritistin auf ihr Gefühl verlassen musste. Sie hatte recherchiert, zusammengestellt und Schlüsse gezogen. Jeder Klient hatte in ihrem PC eine eigene Datei. Nach Jahren, sie überflog die Dateien, waren es mehr als hundert. Einige der Klienten waren schon verstorben, andere weggezogen, aber der eine oder andere war ihr treu geblieben. Man könnte es fast Freundschaft nennen, sinnierte sie.

Doch diese Gruppe war schwer einzuschätzen. Alle hatten persönliche Probleme, haben doch alle, die zu mir kommen. Sie grinste, ist doch so! Nur diese Gruppe war heterogener als viele andere. Normalerweise hätte sie diese Personen nie zu einer Séance eingeladen, aber das hatte sich so ergeben, eben Zufall. Nur daran glaubte sie wirklich nicht. Für Modesta war alles vorbestimmt, sogar der Zeitpunkt ihrer Sitzungen. Dass diese Personen zusammenkamen, war vorherbestimmt. Von wem, das war ihr egal. Nein, ein Gott war das nicht, das war Mutter Erde oder wie sie glaubte, das war Wicca, die neue alte Hexe.

Jetzt musste sie ihre Daten noch ordnen, damit sie heute Nacht die dritte Sitzung abhalten konnte.

„Lasst es das Medium wissen!" Theatralisch

wie immer betrat Modesta in ihrem Umhang den verdunkelten Raum. Ein Fenster hinter dem schweren Vorhang klapperte und ein kühler Wind zog heulend durch den Raum. Modesta schaute an die Decke und redete in der seltsamen Sprache, die keiner verstand, nicht einmal sie. Die Kerze erlosch, als sich das Medium auf den feststehenden Platz setzte.

„Erinnert euch an die letzte Sitzung! Ihr wisst doch, ihr könnt dem Medium alles anvertrauen. Ich bin nur der Übermittler vom Reich der Geister zu den Lebenden. Was hier besprochen wird, wird den Raum nicht verlassen, erfährt kein außenstehender Lebender. Nicht einmal ich weiß, was euch bedrückt!"

Modesta ergriff die Hände ihrer Nachbarinnen, die Kerze brannte plötzlich wieder, das Fenster hinter dem Vorhang klappte zu. Jetzt war der Augenblick da, um in Trance zu kommen, denn alle Teilnehmer waren mental eingestimmt.

Modesta mummelte vor sich hin, plötzlich schrie sie auf und fiel mit dem Kopf auf die Tischplatte. Der Tisch hob sich langsam, begann zu rütteln und Modesta hob den Kopf. Ihre Augäpfel blickten schräg noch oben, sie stöhnte und sprach in einer unbekannten Sprache.

„Wer hat meiner kleinen Süßen das angetan?"

Modesta nutzte ihre Falsettstimme, die seltsam wie aus einem imaginären Raum herüberkam.

Eine der beiden jungen Frauen fing an zu weinen. „Vergewaltigt. Er hat nicht mal gefragt, direkt im Büro. Meine Schwester hatte sich doch nur vorgestellt. Er hat die Tür verschlossen und dann…" Sie heulte Rotz und Wasser. „Wie konntest du das Liane antun?"

„Aber du hast es doch gewollt, so wie du angezogen warst!" Die Stimme des Mediums war jetzt tief, wie die eines Mannes.

„Sie wollte doch nur den Job. Deshalb hatte sie einen kurzen Rock an."

„Rattenkurz war der. Selbst schuld!"

Modesta stöhnte und schaute nach oben. Jetzt musste sie warten. Falls die junge Frau nicht reagierte, musste sie eingreifen.

„Du hast das Leben von Liane zerstört. Sie geht nicht mehr raus, will keinen sehn. Hat mit ihrem Freund Schluss gemacht. Die bringt sich noch um. Das sollte ich mit dir machen!"

„Ha, ha, ha!" Ein hohles Gelächter kam aus dem Nebenraum.

Modesta richtete sich auf, hielt aber weiterhin die Hände ihrer Nachbarinnen fest. Sie warf den

Kopf in den Nacken und schrie mit ihrer hohen Falsettstimme: „Wer bist du, was hast du gemacht? Nenne deinen Namen, damit ich dich verfluchen kann!"

Anstelle des Geistes entfuhr es der jungen Frau. „Ulrich-Hermann, ich bring dich um!"

Und wieder ertönte das grässliche Lachen aus dem Nachbarraum.

„Ulrich-Hermann, ich verfluche dich! Du wirst niemanden mehr vergewaltigen! Vorher stirbst du einen grausamen Tod!" Modesta hatte ihre normale Stimme gebraucht, was den Teilnehmern gar nicht auffiel. Sie waren zu sehr in das Spiel der Séance eingetaucht. Nur Modesta bemerkte ihren Fehler sofort. „Oh", sie stöhnte, „was war los, bin gerade aufgewacht. Hatte einen fürchterlichen Traum, dass jemand vergewaltigt wurde."

Die junge Frau schluchzte immer noch.

„Was ist mit Ihnen los?", Modesta tat überrascht.

„Der Vergewaltiger meiner Schwester war hier. Ich sollte ihn umbringen!"

„Ich glaube, wir sollten eine Pause machen. Bitte bleiben Sie hier im Raum, vielleicht stehen Sie auf. So etwas Schreckliches hab ich noch nie erlebt", log Modesta. „Komm, Kindchen, Sie kommen mit mir. Wir schnappen mal etwas frische

Luft.“

Die junge Frau kam wieder in den Raum. Sie hatte sich beruhigt und setzte sich auf ihren Platz. Modesta wartete noch, nichts überstürzen. Alles was sie über diese junge Frau wissen wollte, hatte sie, jetzt musste die nächste ausgehorcht werden.

Theatralisch wie eh und je betrat sie den Raum. „Lassen Sie uns weiter machen. Bitte fassen Sie sich an. Ich brauch noch etwas Zeit, es war zu grausam.“

Modesta legte den Kopf auf den Tisch. Alle warteten gespannt, was jetzt passieren sollte, nur es passierte nichts. Nach langen schweigenden Minuten riss Modesta ruckartig den Kopf hoch. Die Teilnehmer dieser Séance schauten das Medium an. Das Gesicht war schwarz, die Augäpfel stierten auf das Zentrum des Tisches, der sich langsam hob. Modesta schrie, dann brummte sie zuletzt zerrte sie an den Händen rechts und links vor ihr. Damit kam Bewegung in die Gruppe. Wie bei einem Walzer schwangen die Teilnehmer mal nach rechts, dann nach links. Modesta versucht aufzustehen, warf den Kopf in den Nacken und stöhnte auf. Der Tisch hatte seine Höhe erreicht, das Fenster im Nachbarraum riss auf und der Wind wehte durch die Vorhänge. Die Szenen der Nackten bewegten sich, als wenn sie kopulierten. Dann erlosch die Kerze, es war stockdunkel.

Als die Kerze wieder brannte, stand der Tisch auf seinem Platz in der normalen Höhe. „Oh", schrie Modesta. Sie benutzte wieder die Kopfstimme. „Was sehe ich?" Sie hoffte das einer der Teilnehmer reagieren würde. Wenn nicht, so hatte sie genug Ideen, um ihre Klienten zum Reden zu bringen. „Eine Gefangene!", hauchte sie.

„Ja, ja, ich bin das! Warum hast du das getan? Wir waren doch Freundinnen?" Die ältere Dame schluchzte.

Genau, das war immer das Ziel. Weinende, Modesta sagte immer heulende Klienten sind die besten. Die reden, die wollen reden und dazu musste sie die bringen.

„Meine besten Jahre in dem Loch. Wusstest du, wie ich dort behandelt wurde? Keine Nacht durfte ich durchschlafen. Warum sehe ich heute so alt aus? Die schlimmsten Wärter waren die Frauen. Einzelhaft, nur wenn ich falsch reagierte. Stell dir vor, ich stand nackt vor der Wärterin! Die berührte mich dort", sie stockte, „wo, ach du weißt schon. Ich wehrte ihre Hand ab. Einen Monat Einzelhaft. Das gönn ich dir! Hast du mich gehört?" schrie sie

Richtung Decke.

„Dein Freund hat mich doch angebaggert!"
Modesta antwortete. Ihre Stimme klang ähnlich
ihrer eigenen. Sie musste den Part der Freundin
übernehmen, da passte weder Falsett noch
männlich tiefe Stimme. „Wir beiden wollten
heiraten, da warst du im Weg."

„Hättest du doch mit mir geredet, einfach
verleumdet. Ich hätte für die BRD spioniert. Da
wusste ich noch gar nicht was Spionage war. Du
warst der Spion, der Spitzel, der mit der BRD
Kontakt hatte. Einfach den Spieß umdrehen. Aber
die Blödmänner der Stasi haben das nicht mal
bemerkt! Deine Daten mit meinen vertauscht. Ich
bring dich um!"

Noch eine, dachte Modesta. Mal sehen wie die
anderen reagieren. Heute Abend wollte sie alle
Mitglieder so weit bringen, dass diese ihre
persönlichen Schicksale erzählten, vielleicht auch
an Mord dachten. Dann, so hoffte sie, hab ich alle
soweit.

„Verzeih mir!", hauchte Modesta, „verzeih
mir." Die letzten Worte waren kaum noch zu
hören.

Modesta musste jetzt einen plausiblen Weg

finden, eine weitere Person so anzusprechen, dass die ihre Geheimnisse freiwillig erzählte. Dazu änderte sie ihre Stimme, ging in die Kopfstimme über, dabei redete sie wie ein kleines Kind. Das kam bei vielen ihrer früheren spiritistischen Sitzungen immer gut an.

„Mein Bruder, wo bist du? Wir haben doch immer so schön gespielt!"

„Gespielt?" Der junge Mann reagierte sofort, leider, wie Modesta sofort erkannte mit einer Gegenfrage.

„Ich war zu klein für dich!"

„Ja, das stimmt. Du warst der Ältere von uns. Du hast damals schon Mädchen gehabt, da hab ich noch mit Lego gespielt."

Sie hatte ihn. Modesta wusste aus Erfahrung, nur wenige Worte und der junge Mann erzählte alles. „Mädchen?", fragte sie in ihrer Falsettstimme.

„Das eine, das dich getötet hat. Bitte melde dich. Was ist denn passiert? Kann ich dir helfen? Ich würde die Tat auch rächen, was soll ich machen?"

„Ich kann nicht ruhen", begann Modesta mit der tiefen sonoren Männerstimme. „Du musst mich rächen. Meinen Tod, hilf mir …"

Noch hatte sie zu wenig erfahren. Was war wo

passiert, doch so direkt durfte sie nie fragen.

„Was war an der Ems, warum bist du dort ertrunken? Hat das was mit dem Mädchen zu tun? Hat sie dich ertränkt?"

„Ja", Modesta ging aufs Ganze. „Es war so schön, wir beiden und dann das!"

„Die Abifeier auf der Wiese. Wo waren deine Freunde, erklär es mir, ich kann nicht mehr. Ich muss was tun." Der junge Mann brach zusammen, bedeckte sein Gesicht und weinte bitterlich.

Modesta musste eingreifen. „Du hast das Band gelöst. Ich muss gehen, das Böse lauert überall. Es kommt, bitte haltet euch fest. Sonst seid ihr genauso in Gefahr wie ich. Bin weg." Das letzte Wort war kaum noch zu hören.

Modesta hob den Kopf. „Was habt ihr gemacht? Fasst euch ganz schnell an!"

Sie ließ ihren Kopf wieder auf die Tischplatte sinken. Nach einer Pause von einigen Minuten brummte sie, ohne den Kopf zu heben. „Onkel Max", ihre Stimme war wieder hell, hell wie ein Kinderstimmchen.

„Onkel Max", die andere junge Frau reagierte sofort, „bist du da?"

„Ja", brummte Modesta.

„Du warst immer da, danke. Papa war nie da, war immer bei seinen Freundinnen. Mama weinte dann, was wir damals nicht verstanden haben."

„Ja, ich habe deine Mama getröstet." Hoffentlich bin ich nicht in ein Fettnäpfchen getreten, dachte Modesta.

„Hast du und bist ehrenhaft dabeigeblieben!"

Modesta atmete auf, Glück gehabt.

„Aber meinen Bruder konntes du auch nicht retten."

„Nein, ich war ja nicht da."

„Nein, du warst bei Mama und mein Bruder kam von der Schule. Ist ertrunken, keiner hat geholfen."

Oh je, schon wieder einer ertrunken, dachte Modesta. „Aber ich war doch noch ein Kind!", Modesta musste mehr über das Kind erfahren, der Onkel war sicher nur ein netter Mann.

„Hilf mir, Schwester!"

„Hätte ich doch, aber es war das schlimme Unwetter. Und du hat dich vor dem Regen in die Bahnunterführung gerettet. Wärst du doch nur nass geworden? Selbst eine Grippe hättest du überstanden. Und keiner hat versucht dich zu retten. Der schlimmste war der, der dich doch gesehen hat, aber der hatte ja seine Freundin im Auto. War sicher am Fummeln. Ich bring den um, das schwör ich dir."

„Danke", hauchte Modesta. Sie hob den Kopf. Sie konnte diese Séance beenden, denn für die nächsten Treffen hatte sie genug erfahren. Daraus ließen sich noch viele erfolgreiche Sitzungen durchführen. Mit meiner Fantasie, dachte sie, kann ich die Vier einige Monate festhalten. Und ihr geheimes Ziel hatte sie erreicht. Jetzt musste sie zum Ende kommen.

„Oh, mein Kopf brummt. Was ist los? Wer sind Sie?" Sie schaute sich fragend um. Einer ihrer berühmten Tricks. „Ich erinnere mich. Wir hatten eine Séance. Ich hoffe, Sie haben Kontakt aufnehmen können. Nach so einer Séance bin ich total fertig., warum, ich weiß es nicht. Ich kann mich an nichts erinnern. Sie müssen mich jetzt entschuldigen. Bitte verlassen Sie dieses Haus einzeln nacheinander."

Was haben die vor?, fragte sich Modesta von Gangesberg. Zwei Dinge waren ihr dabei wichtig, herauszufinden, ob das Ganze eine abgekartete Sache war und die Klienten sie nur aushorchen wollten oder ob viel mehr dahintersteckte. Denn jeder von den Teilnehmern war auf Rache aus. Eigentlich sprach das gegen den Ehrenkodex.

Theoretisch müsste sie das sofort unterbinden, nur genau das wollte sie ja, das Spiel über Leben und Tod! Denn ihr war klar, alles was die angeblichen Geister bei den Séancen von sich gaben, kam von ihr selbst, ihre Ideen, Gedanken oder auch falsche Kombinationen.

Modesta verließ den Raum, zog schnell ihren Umhang aus und lief nach draußen. Es war jetzt kurz vor Mitternacht, der Mond war wegen Neumond nicht zu sehen. Neben der alten Eiche auf der anderen Straßenseite wuchsen Sträucher. Die Art kannte sie nicht, war ihr auch egal, Hauptsache nicht mit Dornen behaftet und recht dicht. Dahinter hatte sie schon oft ihre Teilnehmer beobachtet. Später, als ALDI eine Wildkamera anbot, nutze sie diese neue Technik. Doppelt hält besser, denn ihre Wildkamera zeigte zwar Bilder oder auch kleine Filmchen, leider ohne Ton.

Modesta hat in dieser Nacht Glück, denn es war trocken und nicht kalt, eher zu warm. Ihr Versteck hatte sie gerade aufgesucht, als der erste Klient herauskam. Nein, wie erwartet, der ging nicht zu seinem Wagen, der steckte sich eine Zigarette an.

Nein, der wollte nicht nur rauchen, der wartete. Dann kamen nacheinander die Frauen raus. Eine ließ sich vom Mann eine Zigarette geben. Modesta sah das Aufflammen des Streichholzes. Drei

Personen umstanden den Herrn, der leise auf die anderen einredete.

Die ersten Wortfetzen rauschten inhaltslos vorbei. Modesta verstand nichts. Aber wie das so bei Gesprächen ist, anfangs redet man leise, dann entstehen Phasen von Worten, die intensiver, bestimmter vorgetragen werden müssen. Die Nacht war ruhig, nur Fledermäuse umkreisten das Haus von Modesta von Gangesberg. Aber da die Laute für das menschliche Ohr nicht zu hören sind, störte manchmal nur der Ruf des Waldkauzes das Gespräch der Vier. Die waren so intensiv in ihre Pläne vertieft, dass sie weder den Ruf des Käuzchens hörten noch Modesta hinter der Eiche wahrnahmen.

„Rache", war des einzige Wort, das Modesta in der Anfangsphase des Gesprächs verstanden hatte. Jetzt redete die alte Dame von „verdientem Tod des Misshandlers".

„Jetzt müssen wir auch handeln! Nicht nur drohen." Eine der jungen Frauen redete, sprach etwas schrill. War sicher ihre Nervosität, interpretierte Modesta.

„Jeder kennt sein Ziel, die Person, die es gilt zu töten. Mitleid brauch keiner zu haben, hatten die auch nicht."

Was geht da vor?, fragte sich die Spiritistin in ihrem Versteck. Mord, auch gut. Einordnen konnte sie das nicht. Noch nicht, wie sie schlussfolgerte. Ich muss die Daten der Personen mit dem Gehörten vergleichen, überlegte sie sich.

Noch zogen die junge Frau und der Mann an den Zigaretten, die beiden anderen Damen waren mit ihren Wagen schon weggefahren. Dann bestiegen die beiden ihre Autos.

Leah Rosenqvist

Leah Rosenqvist wohnte in Kinderhaus, einem der vielen Vororte von Münster, die schon Ende des 19. Jahrhunderts eingemeindet worden waren. Im 21. Jahrhundert lagen besonders in diesem Viertel soziale Brennpunkte, ausgegangen von Mehrfamilienhäusern. Wie bei diesen Wohnkomplexen in ganz Deutschland hatten die Städteplaner Grüngürtel mit Parkstreifen angelegt, die nach kurzer Zeit jedoch ungepflegt und zugemüllt waren. An den Autos vor den Häusern konnte man die Klientel der Bewohner sofort erkennen, PS-starke tiefergelegte Sportwagen neben SUVs und kleinen ungepflegten Gebrauchtwagen. Als Kevin vor dem Komplex eintraf, in dem Leah ihre Wohnung hatte, lungerten junge Männer bekleidet mit Jogginghosen und schwarzen Muskel-T-Shirts vor einem Sportwagen herum. Der Besitzer betrachtete stolz den auffällig farbigen Schriftzug auf der Kühlerhaube. Mit einem Tuch rieb er vorsichtig an dem Kotflügel einen unsichtbaren Fleck weg. Obwohl Kevin kein ängstlicher Typ war, hier in der Nähe der jungen Männer fühlte er sich unwohl.

Leah Rosenqvist war froh, in einem der Mehrfamilienhäuser untergekommen zu sein. Nach dem Abitur hatte sie nicht vorgehabt zu studieren, eine Lehre egal wo, reichte ihr fürs erste, wie sie sich eingestand. Nur körperliche Arbeit lag ihr nicht, weder in einer Fabrik noch in der freien Landschaft.

Leah war attraktiv, sah mit ihren großen Augen ein bisschen naiv aus. Aber sie wusste, was sie wollte, möglichst schnell zu Geld und vielleicht sogar zu Ansehen kommen. Ihren Chef, Ulrich-Hermann Gutschneider-von Meier, konnte sie schnell umgarnen. Schon beim Einstellungs-gespräch hatte der angebissen, wie Leah das ihren Freundinnen beichtete. Da war es ein Leichtes, dass alle ihre Wünsche erfüllt wurden. Schon während ihrer Schulzeit hatte sie ihre Reize eingesetzt, insbesondere bei den Lehrern. Die Noten, das wusste sie, entsprachen nicht immer ihrer Leistung und ihres Intellekts. Studieren, vielleicht doch nicht, dachte Leah. Nicht alle Dozenten und Professoren fallen auf weibliche Reize rein. Also erstmal eine kaufmännische Lehre. Erzählte sie das ihren Freundinnen, mussten die immer lachen. Der Begriff kaufmännisch war ja nicht genderneutral, männlich behaftet. Aber es gab keine kauffrauische Lehre.

Eigentlich wollte Albertina Leah aufsuchen, aber ihre Lisa musste zum Kinderarzt, was sie dann doch lieber selbst übernahm. So durfte Kevin nach Kinderhaus fahren und Leah befragen. Kaum öffnete Leah dem Polizisten die Wohnungstür, schon war Kevin hin und weg. Leah hatte nicht viel an, wie er sofort bemerkte, sehr kurze Shorts und ein verwaschenes T-Shirt, wobei der kleine stramme Busen deutlich durchschimmerte. Und noch etwas fiel ihm auf, Leah roch gut. Das Parfüm, das sie benutzte, kannte er, nur fiel ihm im Moment nicht ein woher.

„Wir hatten telefoniert", fast hätte Kevin gestottert, aber rot wurde er trotzdem. Scheiße dachte er noch, als Leah ihn rein bat.

„Komm rein. Geh durch in die Wohnküche. Viel Platz ist hier nicht, aber es reicht. Mein Lehrlingsgehalt ist eben nicht riesig, wie du dir denken kannst."

Die duzt mich, warum nicht, dachte er. Und gleich fühlte sich Kevin jünger und attraktiver. „Danke, ich hab am Telefon schon gesagt, warum ich hier bin."

„Kein Problem. Freu mich immer auf so netten Besuch, ach du bist ja Polizist und dienstlich hier." Sie lächelte ihn so reizend an, dass er, wenn er nicht mit Albertina verbandelt wäre, sofort gebaggert hätte. Was für eine Frau, dachte Kevin und seufzte innerlich, auch wenn es in der Wohnküche fürchterlich aussah. Der Tisch war vom Frühstück, oder war es das Mittagessen gewesen, nicht abgeräumt und auf einem der beiden Stühle lag, wenn Kevin es richtig gesehen hatte, gebrauchte Unterwäsche.

„Möchtest du was trinken, ´n Bier, Wasser oder ´nen Kaffee?" Leah hatte die Wäsche genommen, und mit einem gekonnten Wurf durch die offene Tür ins Schlafzimmer geworfen und sich auf den jetzt freien Stuhl gesetzt.

„Nein, ach vielleicht ´n Wasser, Danke. Ich

sollte jetzt mit der Befragung beginnen, du hast sicher noch was vor", schade, ohne mich, gestand er sich ein. „Ich muss gleich zurück in die Dienststelle, kannste dir ja denken, Bürokram." Dass er zu seiner Freundin fahren wollte, musste die süße Leah nicht wissen.

„Was ist denn in diesem Centerpark in Holland vorgefalle? Oder besser noch, fang mit der Hinfahrt an."

„Klar, kein Problem! Mein Chef, der Herr Gutschneider-von Meier, bekloppter Name, egal, der baggerte jeden an, mich auch. Na ja, muss bei dir ja ehrlich sein, Polizei und so.", sie lachte wieder so verführerisch, dass Kevin schnell auf seinen Notizblock schaute.

„Und dann hat der mich eingeladen. Er hätte einen Gutschein gewonnen und seine Frau wollte nicht mit. Ich hab das Angebot angenommen, nach Bedenkzeit, wie du dir vorstellen kannst."

Kevin nickte und dachte, dass die sofort zugesagt hatte. „Erzähl mal vom Centerpark, am besten nach dem Sprung mit dem Seil!"

„Wir sind dann ins Hotel. Und Ulli, der hatte auch so'n blöden Doppelnamen, Ulrich-Hermann. Ich nannte den nur Ulli, klar wenn wir allein waren."

„Ja, im Hotel, Sex oder…?"

„Na ja", Leah lächelte wieder so süß, dass er sich gut vorstellen konnte, dass ihr Chef richtig heiß wurde. „Er wollte Sex, klar. Ich, na ja, so genau wusste ich das nicht."

„Haste aber doch, oder?" Kevin lief rot an. Es war ihm peinlich auch bei dienstlichen Befragungen das Thema offen anzu-sprechen.

Leah lachte laut auf. „Du wirst ja rot. Junge mit dir würde ich gern inne Kiste springen. Bleib doch hier, merkt doch keiner. Und heiß mach ich dich schon."

„Nein, nein …", Kevin stotterte und seine Gesichtsfarbe ging in scharlachrot über.

„Schade, finde ich aber nett, dass du ehrlich bist und", sie lachte wieder, „anständig bleibst. Du wolltest was wissen über den Sex mit Ulli?"

„Ja, äh nein!"

„Was denn nun? Du musst dich schon entscheiden!"

„Okay, erzähl!"

„Ulli war eigentlich durch den Sprung fertig, aber heiß machen konnte ich den schon noch. Der fuhr auch schnell ab, viel zu schnell, bin gerade noch gekommen. Das ist mir zu wenig. Ich hab es lieber länger, kannste sicher verstehen."

Kevin nickte und schaute betreten auf seinen Block. Geschrieben hatte er noch nichts.

„Ulli lag auf ´m Rücken auf ´m Bett. Ich rollte zur Seite, und dann", sie stockte. War wohl doch nicht alles so easy, wie sie tut, dachte Kevin.

„Und dann stöhnte er auf, dachte noch, hast du eben beim Sex auch gemacht. Ich bin dann unter die Dusche und direkt danach runter an die Hotelbar. Da der Ulli alle Kosten übernahm, hab erstmal einen Cocktail getrunken.

„Und wann hast du festgestellt das der Gutschneider-von Meier tot war?" Sicher, diese junge Frau war reizend, aber Kevin wollte nicht ewig hier bleiben und sich auch nicht weiter einwickeln lassen.

„Nach zwei Cocktails, denke ich mal. Kannst den Barkeeper fragen, der erinnert sich sicher an mich!"

Das glaub ich gerne, dachte Kevin. Der Polizist konnte sich kaum vorstellen, dass Leah was mit dem Tod des Münsteraner Geschäftsführers zu tun hatte, höchstens außergewöhnlicher Sex, aber mit ihrem Ausflug zur Hotelbar hatte sie ein super Alibi. „Alibi, brauchst du sowas?"

„Wie kommst du darauf? Ach, wegen dem Barkeeper. Der Ulli hat ´nen Herzkasper gekriegt. Ich war vielleicht ein bisschen wild beim

Liebesspiel. Nur, wer kann schon wissen, dass der Ulli 'nen Herzfehler hatte."

„Gut, Leah. Noch eine Frage."

„Du musst schon gehen? Schade, du bist doch so ein Süßer."

„Stopp, Leah! Unter anderen Umständen, ja. Aber ich bin im Dienst." Und Albertina würde mich rausschmeißen, wenn die dann dahinterkäme. Letzteres behielt er für sich. „Hat der Ulli dir auf der Hinfahrt oder beim Bungee-Jumping was erzählt, Unwichtiges oder vielleicht aus deiner Sicht Seltsames?"

„Nä."

„Falls dir doch was einfällt, ruf mich an." Kevin war aufgestanden und zur Tür gegangen. „Noch was, wann hast du den Tod festgestellt?"

„Als ich wieder ins Hotelzimmer kam. Bin zum Bett, da lag er und sah so komisch aus. Hab noch nie vorher 'nen Toten gesehen. Hab ihn angefasst, gerüttelt und dann fiel sein Arm so komisch runter. Da hab ich Angst gekriegt und die Rezeption angerufen, ich bräuchte einen Notarzt."

„Wie lange hat das gedauert?"

„Bis der kam, weiß ich nicht. Ich bin in den Vorraum des Hotelzimmers gegangen, und dann

219

kam schon einer von der Rezeption. Der ist auch zu Ulli und hat gesagt, der ist tot. Da bin ich zusammengebrochen und hab Rotz und Wasser geheult."

Hätte ich nicht erwartet, überlegte sich Kevin. Aber vielleicht macht die mir was vor. „Sag mal, weißt du was von einem Zettel?"

„Welcher Zettel, was hat das mit dem Ulli zu tun? Keine Ahnung, was du meinst?"

Seltsam, in diesem Moment glaubte der Polizist, dass Leah unsicher wurde. Aber hätte auch was anderes sein können.

Ich muss mir nochmal das Protokoll der Kollegen aus Holland anschauen. Ist der an einem Herzstillstand gestorben? War da nicht was mit Diabetes?

Im Büro nahm Kevin sich gleich die Akte vor.

„Gibt's was Neues? Was hat Frau Rosenqvist gesagt?"

Kevin brummelte so vor sich hin, dass Albertina neugierig wurde. „War die so unmöglich zu dir, dass du nicht mal richtig antworten kannst?"

„Eher das Gegenteil. Wollte mich sogar verführen, ´ne sexy Frau ist das schon!"

„Und, bist du standhaft geblieben?"

„Wer ist standhaft geblieben?" H-Hoch-3 stand

in der Tür.

„Das ist nur ´son Spruch. Wir haben gerade unserer Informationen ausgetauscht. Kevin, Herr Magner, hat die Dame befragt, die mit dem Mann Ihrer Cousine im Center-Parc in Holland war."

„Ich dachte, meine Cousine hätte den begleitet." Albertina merkte, dass sich Herr Hasenschrodt mit dem Fall gar nicht beschäftigt hatte.

„Nein, der hatte wohl ein Sexabenteuer gesucht und ist dabei gestorben. Aber das hat Ihnen doch Isabel von Meier erzählt."

„Ja, ja, hab nur noch andere Fälle auf dem Tisch, kann ja nicht an alles denken. Okay, dann machen Sie mal weiter!"

„Was wollte der eigentlich?", fragte Kevin.

„Labern, was sonst. Erzähl mal weiter von der heißen Leah!"

„Na ja, rattenscharf ist die schon…"

„Oder sie tut nur so!"

„Könnte sein. So im Nachhinein, also wenn ich jetzt darüber nachdenke, irgendwas stimmte da nicht. Als ich zum Schluss auf den Zettel zu sprechen kam, wurde die, was soll ich sagen, verlegen. Ja, das könnte stimmen, so als ob dic was

221

von dem Zettel gewusst hätte. Ich denke, da sollten wir nachhaken."

Albertina grinste. „Wir, nein ich. Sonst mach ich mir doch noch Sorgen um dein Seelenheil!"

Rettungswagen

Kevin Möhlenberg und Martin Engelsbusch hatten einen Notarztwagen gesehen, vielleicht auch nur ein Rettungswagen, aber das wäre auch egal, überlegte sich Albertina, als ihr Kollege die Zeugin Leah Rosenqvist befragte. So ein Fahrzeug fällt auf, was es in dem Fall von Ariane Vogts auch wohl so sollte. Ein Notfall tritt ein, und Gott Dank ist Hilfe schon vor Ort. Neugierde und Desinteresse passen zusammen. Das glaubte sie erst, als sie einen ähnlichen Fall selbst erlebte.

Sie traf vor Jahren als erste bei einem Unfall in der Fußgängerzone in Siegen ein. Eine alte Dame war gestürzt und lag auf dem Boden vor einer Drogerie. Passanten gingen hinein und kamen heraus. Alle sahen die alte Frau dort liegen, aber alle gingen vorbei. Als sie sich aber um diese Person bemühte, blieben viele stehen und machten Fotos mit ihren Handys. Schnell entstand eine Menschentraube, die nur gucken wollte, auf keinen Fall helfen.

So muss das auch bei Ariane Vogts gewesen sein. Als die zusammenbrach, schauten alle weg, als der Helfer die in den Wagen schleppte, müssten doch alle hingeschaut haben. Sie musste weitere Zeugen finden, dachte sie, als Kevin das Büro betrat.

Der Chef war gegangen, Kevin hatte von der Zeugin Rosenqvist erzählt. Seltsamer Name, dachte Albertina noch, bevor sie von ihren Recherchen und Überlegungen berichtete.

„Was meinste, Kevin. Auf dem Vorplatz der Stadthalle in Rheine müsste doch ein Notarztwagen auffallen?"

„Wie kommst du darauf?"

„Der Fall Vogts und unsere Zeugen, die Jungs!"

„Ach der, stimmt oder vielleicht auch nicht. Der stand da für Notfälle bei den Zuschauern zu dieser, was war das noch, Oper. Da erwarten alle, dass da einer sein muss. Keiner fragt sich, ob das immer so ist. Das ist so, als wenn du einen Förster in Uniform im Wald triffst. In der Stadt würde der auffallen, und du würdest die Person Förster nicht vergessen."

Albertina nickte, ihr Kollege hatte recht und sein Beispiel war gut gewählt. „Hast du ´ne Idee,

223

wie wir weiterkommen?"

„Vielleicht. Der Notarztwagen wurde von einem Rettungssanitäter gefahren, der so eine Sani-Uniform trug, nur eben ´ne Jacke. Sonst hatte der ´ne Jeans an. Muss nichts heißen, kann es aber. Ich glaube, das war kein Sanitäter oder Notarzt, das war der Mörder. Und wo hatte der das Auto her?"

„Gestohlen, klar, ich muss bei der Rettungsstation nachfragen."

An einen Diebstahl konnte sich in der Rettungswache in Rheine keiner erinnern. Wer sollte auch einen Notarztwagen klauen, fragte der Rettungssanitäter die Polizistin. Damit könnte keiner was anfangen, da doch so ein Wagen sehr auffällig sei.

Albertina nickte, auch wenn der Rettungssanitäter das nicht sehen konnte. „Ausgeliehen, wäre das möglich?"

Aber auch das verneinte der Gesprächspartner am Telefon. Es müsste doch mehr als eine Rettungsstation in der Nähe geben, hakte Albertina nach. Gäbe es.

Eigentlich war das die falsche Wache, überlegte die Polizistin. Man muss aus Sicht des Täters recherchieren. Will man in Rheine zwar auffallen, aber nicht so, dass ein gestohlenes Auto im

Blickpunkt steht, muss das Auto aus einem anderen Ort kommen. Ibbenbüren vielleicht. Die Polizistin nahm den Hörer und rief dort an.

„Gestohlen?", die Stimme einer jungen Frau, „nicht das ich wüsste. Warten Sie mal, ich frag den Kollegen, der ist schon ewig hier. Der müsste das wissen."

Albertina wartete. Im Hintergrund hörte sie die Stimme eines Mannes, zuerst so etwas wie: „Ich ewig? Du hast wohl nicht alle! Gib mir mal den Hörer! Meier, Rettungswache Ibbenbüren, wie kann ich Ihnen helfen?"

Albertina kannte die Stimme. „Franz-Josef du?"

„Wer sonst, und wer sind Sie?"

„Albertina. Wir hatten doch mal …"

„Was laufen. Ich erinnere mich. Rosenmontag bei …"

„Hast mich also nicht vergessen!"

„Kann man nicht! Du hattest so ein recht kurzes Prinzessinnenkleid an."

„Nä, war als Hexe verkleidet. Rock, kurz okay."

„Aber das warst du, daran kann ich mich erinnern, attraktiv und recht burschikos."

„Lassen wir das Letztere weg, dann stimmt

das!"

„Siehste, doch burschikos. Ich erinnere mich noch gern an den Rosenmontag. Noch immer allein?"

„Nein, aber ich wollte auch nicht mit dir flirten. Aber dass deine Uniform damals keine Verkleidung war, wär ich nie draufgekommen." Albertina hörte den Rettungssanitäter lachen. „Jetzt aber zum Dienstlichen, mein lieber Franz-Josef. Ist bei euch schon mal ein Notarztwagen gestohlen worden?"

„Das erinnert mich wieder an unsere Begegnung, Du kannst wahnsinnig schnell umschalten. Ich wollte noch deine Handynummer haben, da hast du dich umgedreht und warst weg. Hätte doch was aus uns werden können!"

Oh, Gott bewahre, dachte Albertina. „Zurück auf null. Ist meine Frage bei dir angekommen?"

„Klar, gestohlen nein, würde eher sagen ausgeliehen."

„Das musst du mir erklären!"

„Der Wagen war eine Nacht weg, mehr nicht. Wir haben das erst festgestellt, als der tags drauf wieder da war. Der wurde am Tag vorher nicht gebraucht, fiel also nicht auf, dass der da gar nicht stand. Nur als der Kollege am nächsten Tag das Fahrzeug suchte, stand das an einer anderen Stelle.

Hat wohl einer umgesetzt, dachte der noch. Nur das der Schlüssel steckte, dass der Kilometerstand nicht stimmte und dass da eine Handtasche lag, die keiner zuordnen konnte. War nichts kaputt, also haben wir gedacht, einer der Kollegen hat den Wagen kurz ausgeliehen. Und dann ist die Sache in Vergessenheit geraten. Warum willst du das wissen?"

„Sag mal, ist der Wagen im Einsatz?"

„Zurzeit nicht, steht hier noch."

„Stehen lassen, ich komm vorbei!"

Albertina hatte die Spurensicherung informiert, sie traf gleichzeitig die beiden Kollegen, Han Butterblom und Ludmilla Zarretin, an der Wache.

„Wie lange braucht ihr noch?" Ein großer schlanker Mann baute sich vor der Spurensicherung auf.

„Franz-Josef!", mehr brauchte Albertina nicht sagen.

„Mensch Albertina, genau so attraktiv wie vor, sag, wie lange ist das her?"

Han Butterblom zog seinen Kopf aus dem Notarztwagen. „Wer, die? Kennst du die schon lange?"

Beide grinsten. „Ewig, nicht war Franz-Josef?"

„Klar, was sonst. Warn schon mal ein Paar!"

„Fast", ergänzte Albertina. „Nun komm, mach hinne, Han! Da wartet ein Notfall."

Die Spurensicherung fand nichts. Wäre zu lange her, hätten zu viele Personen in dem Fahrzeug gesessen. Und die Handtasche wäre auch weg. Hätte noch einige Zeit im Büro gelegen und irgendwer hatte die weggeworfen.

Sabine Stratmann

Sackgasse, dachten beide Polizisten, als sie im Revier ihre Ergebnisse verglichen. Damit waren sie von der Aufklärung des Todes von Ulrich-Hermann Gutschneider-von Meier und Ariane Vogts weit entfernt. Vielleicht sollten sie die beiden Akten erstmal zur Seite legen, beratschlagten Albertina und Kevin. Ein Neuanfang könnte auch neue Ideen entwickeln. Was war denn mit der älteren Dame, Sabine Stratmann, und dem Freund von Kevin, Patrik Klüttermann?

Eigentlich war Kevin befangen, wie Albertina meinte. Sie sollten die Fälle tauschen. Fand Kevin richtig, denn er hatte doch an dem Tod von Patrik zu knacken, wie er sagte.

Also in den alten Stasi Akten suchen, überlegte

sich Kevin. Ein Blick in den Rechner und er fand sich im Datensatz des Bundesarchivs wieder. Über Akteneinsicht fand er tatsächlich Unterlagen zu Sabine Stratmann. Hier müssten die Hintergründe zu dem Mord an dieser Dame liegen, hoffte er.

Frau Stratmann war eine IM, eine inoffizielle Mitarbeiterin, eine von über 200 000 in der Hochzeit zwischen 1975 und 1977. Leider waren viele Daten, wen sie bespitzelt hatte, wen sie vielleicht verraten hatte, geschwärzt oder nicht mehr vorhanden.

„Kevin, hast du dir die Leitzordner angesehen?"

Kevin schaute erstaunt über den Bildschirm. „Wie, was, Leitzordner?"

„Die ich aus dem Haus von Frau Stratmann mitgebracht habe."

„Nein, hattest du das?"

„Paddel, klar, nimm den!", sie reichte ihm einen rüber. „Schau nach, was die Alte alles verbrochen hat. Denke, dass das mit ihrem Tod zusammenhängt."

Begeistert war ihr Freund nicht. Er recherchierte lieber im Netz oder ging auf Mördersuche vor Ort, wie er das Freunden anvertraute. Lustlos blätterte er die Seiten durch. Lebenslauf, mit Schul- und Berufsausbildung, Arbeitsstellen, Wohnortwechsel. Langweilig, dachte er und blätterte weiter. Die Zeugnisse waren kaum aussagekräftig, recht gute Noten und gute Beurteilungen.

„Hast du noch mehr Ordner mitgebracht?"

„Ja, hier noch einen, mehr konnte ich nicht tragen."

Kevin blätterte auch den durch und fand nur Verwaltungskram, wie der das nannte, Stromrechnung, Versicherungen, mehr nicht.

„Bringt nicht viel. Sag mal, hat die noch mehr davon?"

„Klar, das Haus ist voll davon. Fahr hin!"

Gott Dank, dachte er, endlich raus. Er schnappte sich einen Wagenschlüssel und fuhr mit dem Dienstwagen zum Haus der Verstorbenen. Was machen wir heute Abend?, überlegte er sich, als er Richtung Hörstel fuhr. Fernsehen, oder …, sicher auch. Und dann? Man müsste sich mal was besonders einfallen lassen. Nur Lisa, das Baby, vielleicht kann man die ja mitnehmen. Fantasie hab ich, glaubte er. Also zuerst Recherchieren und dann fiel ihm bestimmt noch was ein.

Nach dem Kreisel führte die Gravenhorster Straße durch landwirtschaftlich geprägte Gegend.

Links von der Straße zog sich die Autobahn A30 am Teutoburger Wald entlang. Schade, dachte Kevin der zur Musik im Autoradio die Melodie pfiff. Das wär doch mal was, Urlaub an der Nordseeküste. „Ich wusste es doch", Kevin redete laut vor sich hin. „Das machen wir, Norderney oder Borkum. Insel wär schön!"

Kevin stellte den Dienstwagen vor dem Haus ab. Ungepflegt, das fiel ihm sofort auf, schon der Vorgarten. Ein von Unkräutern zugewachsener gepflasterter Weg führte zur Eingangstür. Kevin kannte die gut zwei Meter hohen Pflanzen nicht. Hatte ihn auch nie interessiert. Hab mehr was mit Technik zu tun, glaubte er noch vor ein paar Wochen. Doch dann brachte ihm Albertina bei, dass es auch sehr giftige Pflanzen im Garten gab. Hoffentlich nicht die, überlegte er, als er mit der rechten Hand große Stängel mit gelben Blüten zur Seite bog. Muss nachher die Hände waschen.

Kevin hatte gerade den Schlüssel in die Haustür gesteckt, als er von hinten angesprochen wurde.

„Was machen Sie da? Dürfen Sie das? Ich ruf die Polizei!"

Die Nervensäge, fast hätte er das laut gesagt. „Frau Salbik, ich bin von der Polizei. Sie haben mit

231

meiner", fast hätte er Freundin gesagt, „Kollegin gesprochen, Frau Beiersdorff."

„Na endlich, wird auch Zeit, dass der Unrat hier verschwindet…"

Kevin hörte den Rest nicht mehr, er war bereits ins Haus gegangen und die Tür hinter sich geschlossen. Oh Gott, dachte er, als er den kleinen Flur betrat. „Da ist ja kein Durchkommen!", brummelte er. Nein, hier hatte er keine Lust nach Hinweisen zum gewaltsamen Tod von Frau Stratmann zu suchen. Seine Freundin hatte vom Dachboden gesprochen. Kevin stieg die Treppe zur ersten Etage hoch, was auch schwierig war, da alle Stufen mit Büchern, Kartons und Nippes vollgestellt waren. Im oberen Flur sah er die Klappe in der Decke, fand den Stock zum Herausziehen der Treppe und hängte den Haken in den Verschluss.

„Scheiße", schrie er laut auf, als die Treppe runtersauste und seinen rechten Fuß traf. „Hätte mich Albertina auch warnen können!" Kevin humpelte nach oben und schaute verwundert in den Bodenraum. Alles ordentlich, kein Müll, keine überflüssigen Möbel. Zwei schmutzige Giebelfenster schafften gerade noch schummriges Licht. Das im Süden ließ verhalten Sonnenstrahlen durch, die im Raum den von ihm aufgewirbelten

Staub reflektierten.

In der Ecke stand das Regal, von dem seine Kollegin gesprochen hatte, gegenüber die Runddeckeltruhe. Die Leitzordner waren nach Jahren oder Anfangsbuchstaben aufgereiht. Das wird einfach, dachte er, hatte sich aber verschätzt. Denn was sagte ihm das Jahr „1977" oder das Wort „Material".

Kevin fing bei der ältesten Jahreszahl an. Er zog den Ordner raus und begann zu blättern. Nach ein paar Minuten fand er diese stehende Haltung unbequem. Er suchte einen Stuhl vergebens. Er musste runter in den ersten Stock. Humpelnd fand er einen im Schlafzimmer, der mit Wäsche belegt war. Er warf diese kurzerhand aufs Bett und zog den Stuhl hinter sich her, was schwieriger war, als er erwartet hatte. Nach gut 15 Minuten stand der Stuhl auf dem Dachboden und Kevin setzte sich stöhnend drauf.

Er nahm wieder den Ordner von 1970 und fing an zu blättern, als von unten eine Stimme rief. „Herr Polizist, was machen Sie da?"

Ich werd´ nicht mehr!, dachte Kevin. „Das geht Sie gar nichts an!", blaffte er zurück. „Ich frage Sie, was Sie in dicscm Haus zu suchen haben und wie sind Sie reingekommen?"

„Die Tür ist doch auf!"

„Kein Grund hineinzugehen, bitte verlassen Sie das Haus und fassen Sie nichts an. Wenn ich fertig bin, komm ich noch zu Ihnen!" Wohl kaum, dachte er. Ich muss nur die Alte da unten loswerden. Denn hinabsteigen wollte er auf keinen Fall. Ihm tat der rechte dicke Zeh weh. Hoffentlich ist der nicht gebrochen, dachte er noch, als er sich wieder in den Leitzordner vertiefte.

Er hörte die Tür ins Schloss fallen, jetzt konzentrierte er sich auf die Seiten, blätterte lustlos mehrere Ordner durch. Da ist nichts, überlegte er sich. Wenn die bei der Stasi war, dann hat die nichts davon archiviert. Hätte ich auch nicht getan. Kevin war ehrlich, in diesem Moment. Ob er das vor anderen auch war, wollte er mit sich selbst jetzt nicht ausmachen.

Kevin hustete, liegt am Staub der Jahrhunderte. Er grinste, nicht Jahrhunderte, Jahre, vielleicht Jahrzehnte. Er schob die Ordner zurück. Das wars dann wohl, nichts Neues. Nur warum wurde die alte Frau in einem Bunker umgebracht? Sollte das zu ihrer Vergangenheit passen? Hatte sie eine andere Person ins Gefängnis, sprich Bunker gebracht? Durch Verrat, falsche Aussagen? Wer weiß? Kevin war aufgestanden und wollte den

Bodenraum verlassen. Er ging an der Deckeltruhe vorbei, blieb stehen und überlegte sich, doch noch hineinzuschauen.

„Boah, was fürn Staub!", er hustete und rieb sich die Augen. „Leer?", ungläubig schaute er hinein. „Schade, hätte mehr erwartet, nur was?" Wenn Kevin allein recherchierte, redete er gerne laut. Das hilft beim Denken, hatte ihm mal ein Quacksalber gesagt.

Er hustete wieder. „Blödmann, hättest ja zulassen können. Was guckt den da heraus?" Kevin wollte der Runddeckel wieder schließen, als aus einer kleinen unauffälligen Tasche in der Deckelunterseite Papiere hervorschauten. „Also doch. Ich wusste es. Vor mir bleibt kein Geheimnis verschlossen."

Eigentlich hielt Kevin nur eine unauffällige Akte in der Hand. Auf dem Deckblatte stand nichts, weder Name noch Inhalt noch Jahreszahl. Er schlug die erste Seite auf, auch nichts. Kevin wurde unsicher, hatte er zu viel erwartet und war das ein Fake?

Bevor er alle Blätter einzeln betrachtete, blätterte er die Seiten schnell durch. Nach gut zehn weißen Seiten fand er, was er suchte. Anonyme

Schreiben sicher an Frau Stratmann gerichtet und Kopien auf hauch dünnem Papier. Letztere sahen wie Antwortschreiben aus. Der Schriftverkehr war zeitlich geordnet, das Älteste am Schluss. „Da muss ich anfangen, aber warum hier?"

Der Polizist klettere vorsichtig die Bodentreppe hinab und verschloss mit dem Stock Treppe und Luke. Da er neugierig war, eine Tugend jedes guten Polizisten, ging er noch durch alle Zimmer im ersten Stock und im Erdgeschoss. „Gerümpel, nichts als Gerümpel. Trotzdem müssen wir alles durchgehen. Albertina sollte versuchen einen Verwandten zu finden." Kevin wollte sich das noch notieren.

Gertrud Feldmann

Ein handschriftlicher Brief von einer Gertrud Feldmann gerichtet an Sabine Schelmerich lag zuunterst in dem Leitzordner. Der Name Schelmerich sagte Kevin gar nichts, bis ihm einfiel, dass das der Mädchenname von Frau Stratmann sein musste. „Verdammt", brummte er laut vor sich hin. „Dass die vor Ihrer Heirat anders hieß, darauf hätte ich schon früher kommen können."

Gertrud hatte eine sympathische ansprechende

Art, fand der Polizist. Die junge Frau, der Brief war auf den 5. Mai 1972 datiert, bat ihre Freundin um Hilfe. Sie hätte einen netten jungen Mann kennen gelernt, der mit ihr ein paar Tage Urlaub machen wollte. Nur wohin? Das fragte sich Kevin, damals in der DDR. Er erinnerte sich an Ostseestrände mit Nackten. Gut, dass Albertina nicht meine Gedanken lesen kann. Er grinste.

„Warum lachst du? Ist die Akte so spaßig?" Seine Kollegin und Freundin schaute zu ihm rüber.

„Nein", er stotterte, was Albertina sofort bemerkte.

„Du wirst ja rot, sag, was liest du da, und an was hast du dabei gedacht?"

„Ehrlich?"

„Ja!"

„Nacktbadestrände in der DDR!"

„Da brauch man doch nicht rot zu werden!", Albertina lachte laut auf.

„Was gibt es zu lachen? Haben Sie den Fall gelöst?" H-Hoch-3 stand in der Tür.

„Nein, musste über Herrn Magner lachen, der ein Problem mit FKK hat."

„Hätte ich auch. Wissen Sie Frau, … äh. Bin doch etwas prüde. Gebe ich zu. Also Sauna mit

237

allen Geschlechtern …"

„Mit beiden Geschlechtern, meinen Sie!"

„Genau, Frau … Sie dürfen Ihren Kollegen deswegen nicht verurteilen. Jeder hat so sein Geheimnis." Der Chef verschwand, wie er gekommen war, unauffällig und ohne eine richtige Antwort zu bekommen.

„Was wollte der?", Albertina hatte sich gefangen.

„Keine Ahnung. Nur das mit dem FKK-Strand, das ging mir durch den Kopf, als ich hier in dem Brief von Frau Feldmann las. Sie wollte Urlaub machen."

„Wer ist Frau Feldmann?"

„Ach ja, die kennst du noch nicht. Ich glaub, die müssen wir dringend befragen. Eine Freundin der ermordeten Stratmann. Gertrud Feldmann hatte einen Freund, mit dem sie damals Urlaub machen wollte."

„Die wollten allein sein, meinst du das?"

„Steht da nicht, aber ich glaub, du hast den Nagel auf den Kopf getroffen. Und da bat die in diesem Brief ihre Freundin um Hilfe."

„Okay, lies weiter. Jetzt weiß ich, warum du rot wurdest."

Kevin vertiefte sich weiter in die Unterlagen. Einen Antwortbrief fand er nicht, war auch logisch, wie er dachte. Wer macht sich schon eine Kopie eines selbst verfassten privaten Briefes? Und das damals in der DDR?

Das nächste in dem Ordner war eine Postkarte von der Ostsee. Banaler Text, Wetter, etc. Aber es waren zwei Vornamen als Gruß zu erkennen, Gertrud und Helmut.

Kevin hätte weitere Korrespondenzen zwischen den beiden und Frau Schelmerich erwartet. Gab´s nicht, zumindest nicht in diesem Ordner. Dafür fand der Polizist Aufträge der Staatssicherheit zur Bespitzelung von Personen. Einen Vertrag zur Mitarbeit vermisste Kevin, glaubte aber, dass nur ein Original im Stasi Hauptbüro in Berlin lag. Die Namen, die Frau Stratmann, damals noch Schelmerich, in diesen Unterlagen fand, notierte sich Kevin. Es könnte darunter ja eine Person sein, die die Dame später hier in den Bunker eingesperrt hatte.

Es folgten Namen mit Adressen und Aufforderungen zur Beobachtung. Alles normal, dachte Kevin, wenn man denn das System als normal betrachtete. Frau Schelmerich hatte für jede Person, die sie bespitzeln sollte, eine Tabelle angelegt mit Datum, Ort und Beobachtungen.

239

Anhand der Daten fand der Polizist keine verwertbaren Informationen.

Erst als er einen separaten längeren Bericht über Gertrud Feldmann fand, wurde er hellhörig. Eine kaum lesbare Schrift auf dem damals üblichen Durchschlagpapier versuchte Kevin zu entziffern. Normalerweise hätte Kevin diese Seite überschlagen, doch als er den Namen lesen konnte, stutzte er, Gertrud Feldmann. Das war doch die Freundin, die mit Helmut an der Ostsee Urlaub gemacht hatte.

‚*Durch meine persönliche Aufmerksamkeit habe ich festgestellt, dass Frau Gertrud Feldmann an der Ostsee Fotos gemacht hat, die die Vorbereitung für eine Flucht ins revanchistische Ausland befürchten lassen. Daher muss die Dame sofort verhört und festgesetzt werden.*'

„Arschloch!", platzte es Kevin raus.

„Wen meinst du?"

„Stell dir vor, die Stratmann hat damals in der DDR ihre Freundin an die Stasi verpetzt!"

„Das könnte das Motiv sein."

Kevin nickte, stand auf und zeigte Albertina das Schreiben. Die Polizistin überflog den Text. „Gertrud Feldmann, die Person müssen wir befragen. Kevin, versuch mal die Dame zu finden!"

„Wird nicht einfach sein bei dem Namen."

„Dafür bist du Polizist!"

„Wofür ist Herr … Polizist?" Hans-Heiner Hasenschrodt stand in der Tür.

„Wir haben eine Spur, Herr H … Hasenschrodt."

„Sehr gut, was ist das für eine Spur?"

„Die ermordete Frau Stratmann hat eine Gertrud Feldmann damals in der DDR an die Stasi verraten."

„Verraten ist nicht ganz richtig, Albertina. Sie hat ihre Freundin bei der Stasi denunziert."

„Ein guter Riecher! Na, dann suchen Sie mal die Freundin. Da könnte was dran sein", brummte der Chef und verschwand.

„Das Telefonbuch spuckt für Deutschland nur sieben Personen mit diesem Namen heraus."

„Ist doch schon mal was. Ruf an, frag wie alt die sind!"

„Warum, was hat das mit dem Alter zu tun?"

„Kevin, denk mal nach! Frau Stratmann war wie alt, als sie starb?"

„Okay, hast ja recht. Die alte Freundin muss mindestens genauso alt sein. Danke für den Hinweis!"

Auch wenn die Polizei mehr Möglichkeiten hat, Personen zu finden, der einfachste Weg ist immer noch das Telefonbuch. Kevin rief alle Frauen mit dem Namen Gertrud Feldmann an. Nach seiner Theorie kamen Personen, die weit weg vom Tatort lebten, kaum infrage. Daher rief er erstmal die in Süd- und Ostdeutschland an. Die eine war zu jung, die andere war gerade gestorben, was ihn aufhorchen ließ. Die könnte noch vor ihrem Tod den Mord begangen haben. Doch eine Nachfrage im Gemeindeamt des Ortes ergab, dass die Verstorbene schon lange bettlägerig war.

In Osnabrück wurde Kevin fündig, zumindest war die Dame um die 60, wie sie am Telefon zugab. Nein, mit ihrem Alter hätte sie keine Probleme, aber was er denn von ihr wolle. Kevin sprach von Routine. Sie hätten einen Hinweis einer Straftat und da wäre das Alter ein erster Anhaltspunkt. Ob sie denn schon immer in Osnabrück leben würde, war seine nächste Frage. Nein, sie wäre vor gut 30 Jahren aus Bayern zugezogen, damals der Liebe wegen. Passt nicht, dachte Kevin, bedankte sich und legte auf.

„Kein Erfolg?", fragte Albertina.

„Nein, die eine schon tot, die anderen zu jung. Und hier, die Frau aus Osnabrück, da passt das Alter, aber die ist vor 30 Jahren aus Bayern zugezogen. Wir suchen eine aus der ehemaligen DDR."

„Und, könnte die Dame nicht aus der DDR nach Bayern und dann nach Osnabrück gezogen sein?"

„Scheiße! Wieso kannst du so schnell kombinieren?"

„Bin eben eine Frau, die können das." Albertina grinste. „Was machst du jetzt?"

„Anrufen?"

„Nein!"

„Warum nicht?"

„Wenn die die Mörderin ist, dann ist die vorgewarnt."

Kevin versteckte sich hinter dem Bildschirm.

„Lieber Kevin", jetzt lachte Albertina laut auf, „passiert jedem, auch Männern, die groß und stark sind. Was hältst du davon, wenn wir die Dame aufsuchen? Ich stell die Fragen und du hörst zu. Und wenn mir nichts einfällt, fällt dir was ein. Wir sind doch ein tolles Team, dienstlich", jetzt war sie aufgestanden und schaute über den Bildschirm auf ihren Freund runter, „und privat!"

Kevin blickte hoch und musste jetzt auch lachen.

Gertrud Feldmann

Über die Autobahn A30 waren beide in gut 20 Minuten mitten in Osnabrück. Gertrud Feldmann wohnte im Norden der Domstadt, in der Nähe des Botanischen Gartens. Das Gelände des Vorortes war leicht kupiert, recht schön, wie Albertina fand. Gegenüber dem Eingang zum Botanischen Garten fanden sie einen Parkplatz. Albertina streckte sich, als sie ausstieg.

„Gute Luft, hier sollte man hinziehen? Was meinst du?"

Kevin hatte wie immer Pech, er war mit dem Schuh in einen Hundehaufen getreten. „Scheiße!" brummte er, hob das Bein und schaute wütend auf den stinkenden Schuh. „Nein, hier kriegen mich keine zehn Pferde hin."

„Geh ins Gras, versuch die Scheiße abzustreifen!"

„Tu ich ja schon. Verdammt …"

Albertina hatte ihn brummen lassen und war die abschüssige Straße nach unten gegangen. Vor einem Haus aus den 1930er Jahren blieb sie stehen, schaute zurück. Ihr Kollege war immer noch mit dem Schuh beschäftigt. Jetzt nahm er ein Grasbüschel und rieb damit am Schuh entlang.

„Nun komm schon, will nicht ewig warten. Wir sind schon aufgefallen."

Im Nachbarhaus stand ein älterer Herr in der Tür. Er stütze sich auf einen Stock, blickte neugierig in Richtung Albertina.

Kevin kam die Straße runter, immer noch auf den Schuh schauend. „Komm ja schon. Aber das stinkt fürchterlich. Warum hast du auch so blöd geparkt, dass ich genau in die Scheiße treten musste?"

„Klar, jetzt bin ich schuld, weil du so dusselig wie du bist genau den Scheißhaufen getroffen hast."

„Das will ich Ihnen mal sagen", der ältere Herr war in den Vorgarten gegangen, „hier lassen die ihre Köter immer hinscheißen. Man sollte die Polizei holen!"

Ist schon da, wollte Albertina sagen. Beließ es dabei ihn freundlich zu grüßen.

„Da können Sie aber nicht stehen bleiben. Das ist ein privater Parkplatz."

„Doch", Kevin war wütend. Jetzt machte ihn auch noch der Alte an. „Sie können ja die Polizei rufen!"

„Komm Kevin, wir haben was anders zu tun! Satan, du stinkst wie ein mittelorientalischer Männerpuff! Bleib lieber draußen. Muss Frau

Feldmann alleine befragen."

Gertrud Feldmann, eine schlanke recht gepflegte Frau blickte erstaunt auf die Polizistin, als diese sich an der Wohnungstür auswies. Sie bat sie rein, auch wenn Albertina merkte, dass sie das ungern tat.

Die sieht älter aus, als sie ist, schlussfolgerte Albertina, die das Alter von Frau Feldmann kannte. Das Gesicht war faltig, grau und wie Albertina meinte verbittert. Muss stark geraucht haben, vermutete die Polizistin. Trotzdem war Gertrud Feldmann irgendwie unauffällig, die in jeder Fußgängerzone unterging. Seltsam, fand sie.

„Hab nicht aufgeräumt, hatte keinen Besuch erwartet und schon gar nicht von der Polizei."

Albertina wurde ins Wohnzimmer geführt, das einen Blick durch ein sehr großes Fenster in einen gepflegten älteren Garten gewährte.

„Ist das Westen?", fragte Albertina, um ein unbefangenes Gespräch zu eröffnen. „Ich liebe die Abendsonne, daher meine Frage."

„Ja, hatte Glück mit dieser Wohnung, Terrasse und Gartenbenutzung inklusive. Kann ich Ihnen was anbieten, Wasser, Kaffee?"

„Nein Danke. Hab nur ein paar Fragen zu einem Fall bei uns in Ibbenbüren."

„Da hatte doch heute schon ein Polizist

angerufen. Sagen Sie, war das ein falscher Polizist, der mit diesen Tricks, Sie wissen schon?"

„Nein, das war mein Kollege. Wie ich schon sagte, es geht um einen Fall bei uns in Ibbenbüren. Mein Kollege hatte mich schon informiert. Aber er wurde zu einem anderen Fall gerufen, und da bin ich eingesprungen." Hoffentlich bleibt der draußen, dachte Albertina. „Sagen Sie, wie lange wohnen Sie schon hier mit dem schönen Ausblick?

„Warten Sie mal!", Gertrud Feldmann dachte nach, obwohl Albertina das Gefühl hatte, dass die das nur vorgab. „Hier in diesem Haus zirka zehn Jahre"

„Und vorher?"

„In einem Reihenhaus im Norden von Osnabrück, gut 20 Jahre."

„Ich muss leider indiskret werden. Könnten Sie mir bitte kurz Ihren Lebenslauf erklären, wo Sie gelebt haben und vielleicht auch was Sie beruflich gemacht haben?"

„Ich finde das sehr impertinent von Ihnen!"; Frau Feldmann war aufgesprungen und lief auf und ab.

„Versteh ich. Sie müssen nicht antworten. Aber Sie könnten uns helfen bei der Aufklärung einer schweren Straftat." Albertina wollte die Morde nicht erwähnen. Sie hatte früher schon erlebt, dass dann viele Angst hatten, sich selbst anzuklagen. Mord war eben etwas anderes als nur eine Straftat.

„Seh´ ich ja ein, aber mein Lebenslauf geht erstmal keinen was an!" Gertrud Feldmann lief aufgeregt im Wohnzimmer hin und her.

Irgendetwas stimmt nicht. Die Polizistin überlegte, wie sie die aufgebrachte Frau wieder beruhigen konnte. „Mein Kollege hatte ja heute mit Ihnen telefoniert. Sie sind aus Bayern hier nach Osnabrück gezogen. Das wissen wir schon. Haben Sie ihr ganzes Leben vorher in Bayern gelebt, Kindheit, Jugend und so weiter? Sie wissen schon", hoffte Albertina.

„Nein", Frau Feldmann war stehen geblieben und schaute aus dem großen Panoramafenster. „Warum wollen Sie was über die Zeit davor wissen? Ich möchte darüber nicht sprechen!"

„Sehn Sie, das macht Sie doch verdächtig! Sie haben doch nichts verbrochen. Und da wir wissen, wo Sie ab den 90er Jahren in Bayern gelebt haben, wo Sie vorher wohnten, kriegen wir den Rest schneller raus, als Sie denken."

Gertrud Feldmann hatte sich abrupt umgedreht und schaute die Polizistin an, mehr traurig als wütend. „Das versteh´n Sie nicht, alle hier im goldenen Westen versteh´n das nicht. Warum auch. Ihnen ging es von Anfang an gut. Der Wohlstand in der BRD wuchs, und bei uns wurde es immer schlechter. Bananen", sie stockte, „können Sie ja nicht wissen, sind eben zu jung. Bananen, wir wussten weder wie die schmeckten, noch wie man das Wort Banane schreibt." Frau Feldmann hat sich in Rage geredet. Jetzt war sie ausgepowert. Sie setzte sich auf einen Sessel und trocknet mit einem Taschentuch ein paar Tränen.

„Sie haben vorher in den neuen Bundesländern gelebt?"

„Neue Bundesländer, dass ich nicht lache. Unrechtstaat, der sich Deutsche *Demokratische* Republik nannte." Das Wort Demokratisch betonte sie besonders. „Wissen Sie, ich saß zwei Jahre im Stasi-Gefängnis. Warum? Das frage ich mich heute noch. Hatte weder mit Politik noch Spionage was zu tun. Wurde denunziert, von ´ner *guten* Freundin." Das Wort guten betonte sie nachdrücklich.

Jetzt musste Albertina auf den Busch klopfen. „Sabine Stratmann geborene Schelmerich."

„Ja, woher …", sie stotterte und fing an zu weinen. „Meine beste Freundin, was war das für ein Staat, der Menschen zu Verrätern machte? Warum hat sie mich denunziert? Ich hatte ihr doch nichts getan." Gertrud Feldmann war wieder aufgestanden und schaute aus dem Fenster. „Meine besten Jahre im Gefängnis. Ach Gefängnis, gehen Sie hier in Westdeutschland in ein Gefängnis! Das ist reinste Erholung. Ein Stasi-Gefängnis war die reinste Hölle. Schauen Sie mich an!". Sie drehte sich um. „Sehe ich aus wie 65? Schauen Sie sich mein Gesicht an! Als ob ich Jahrzehnte geraucht hätte. Hab weder viel Alkohol getrunken noch geraucht, fühle mich wie 80 und sehe aus wie 90!" Sie schluckte, setzte sich wieder hin. „Das war mein Leben, jetzt wissen Sie, warum ich nicht darüber reden will. Kein Mann, keine Kinder, Enkel, wer sollte die bekommen? Lebe hier allein von einer kleinen Rente. Warum, frage ich Sie, warum wollen Sie wissen, ob ich dieses Flintenweib, Stratmann kenne?"

„Sie wurde ermordet!"

„Das hätte ich auch gern gemacht. Wo und wann?"

„Das muss ich Sie zuerst fragen! Was haben sie am 3. Juni gemacht, es war ein Montag?"

„Daher weht der Wind! Sie wollen mir auch noch den Mord anhängen. Nee, das schaffen Sie nicht, obwohl ich für den Tag kein Alibi habe. Wo soll ich denn sonst sein, ohne Freunde? Hier natürlich, war vielleicht im Garten. Was weiß ich! Da ich kein Tagebuch schreibe, weiß ich nicht was ich an dem Tag gemacht habe. Jeder Tag vergeht wie jeder Tag. Bei mir passiert doch nichts. Kaufe ein, gehe bei gutem Wetter spazieren. Nein, da kann ich Ihnen nicht helfen!"

„Haben Sie ein Auto?", plötzlich fiel Albertina ein, dass der Mord im Bunker auf dem Teutoburger Wald ohne fahrbaren Untersatz kaum möglich gewesen wäre.

„Ja, fahr aber selten damit. Hier in Osnabrück erreiche ich alles mit dem Bus."

„Sind Sie hier und da in Ibbenbüren?"

Frau Feldmann stockte fast unmerklich, was der Polizistin aber auffiel. „War da schon mal. Das Freizeitbad ist sehr schön, besser war schön. Haben das ja umgebaut."

„Wandern Sie, Spaziergänge machen Sie, wie Sie eben sagten."

„Wandern, nein, kleine Spaziergänge ja, warum wollen Sie das wissen? Den Todeszeitpunkt von Sabine haben Sie mir freundlich Weise gesagt. Nur wo ist die ermordet worden? Oder dürfen Sie das nicht sagen?"

Albertina war verblüfft. Sie hatte den Todestag von Frau Stratmann gar nicht genannt, sie hatte aber nach dem Alibi gefragt. Frau Feldmann ist nicht auf den Kopf gefallen. Da musste die Polizistin vorsichtig sein. „Stimmt, der Mord fand an dem von mir genannten Datum statt. Doch wo, dass darf ich Ihnen nicht sagen. Ich hab noch eine Frage, bevor ich gehe. Sie haben sicher einen PC?"

„Natürlich, bin nicht von Vorgestern. Wollen Sie etwa alle Daten aus meinem Rechner kopieren? Das geht nur mit richterlicher Verfügung."

„Nein, ich bitte Sie mir nur einen kurzen Satz auszudrucken. Hier, würden Sie das machen?"

Frau Feldmann nahm das von Albertina gereichte Blatt Papier in die Hand. „Was soll das? Glauben Sie, dass ich das geschrieben hab? Und warum, ich verstehe den Zusammenhang nicht?"

„Wir auch nicht, da bin ich ehrlich. Aber Sie könnten sich doch sofort entlasten, wenn Sie das eben schreiben und ausdrucken. Denn wenn Sie unschuldig sind, dann kann das Ihr Drucker gar nicht gedruckt haben. Kleinste Unregelmäßigkeiten können unsere Spezialisten erkennen."

Gertrud Feldmann drehte sich um und ging in den Flur.

„Darf ich kurz Ihre Toilette nutzen, wenn Sie den Text drucken?"

„Nein! Ich weiß schon, was Sie da machen, DNA und Fingerabdrücke. Bleiben Sie da, wo Sie sind! Sonst verklage ich Sie wegen Hausfriedenbruch!"

Albertina und Kevin

Da stimmt was nicht, dachte Albertina, als sie ihren Kollegen vor dem geparkten Wagen wieder traf.

„Länger hätte es wohl nicht dauern können?, Kevin war ungehalten. „Die Kollegen von Osnabrück haben mich schon verhört."

„Wieso, hast du was Dummes gemacht"?

„Nein, nur als ich versucht habe, die Scheiße hier im Gras abzuwischen, hielt ein Wagen mit Kollegen. Gut, dass der eine mit mir mal 'nen Lehrgang gemacht hatte. Wir kannten uns. Hab den gleich nach Frau Feldmann gefragt."

„Haben die was über die Frau berichten können?"

„Nein, aber du hast was rausgefunden?"

„Ich bin mir da nicht sicher. Hab so ein

seltsames Gefühl bei der. Wollte partout ihren Lebenslauf nicht preisgeben. Hat sie dann doch. Kannte unsere Tote aus dem Bunker. Die hat die damals in der DDR ins Gefängnis gebracht. Warum, wusste Frau Feldmann nicht."

„Dann ist die auf jeden Fall verdächtig, oder? Hast du mal nach ihrem Handy gefragt?"

„Wieso, hat doch jeder?"

Sie waren in den Wagen gestiegen. „Boah, stinkst du. Zieh die Schuhe aus. Wir fahren zum Discounter und holen eine Plastiktüte. Dahinein kommen die Schuh. Das hält hier keiner aus!"

Kevin brummelte was von, ich kann ja nichts dafür, was seine Kollegin ignorierte.

„So, jetzt kann ich wieder denken! Lass die Fenster auf, damit der Gestank raus geht. So, du hattest eine Idee?" Albertina hatte die stinkenden Schuhe mit der Plastiktüte in den Kofferraum verfrachtet.

„Ja, Albertina, ich war bei dem Handy. Fällt dir dazu nichts ein?"

Sie schüttelt den Kopf.

„Handyortung."

„Danke, darauf wäre ich jetzt nicht gekommen."

„Sei ehrlich, nie!", beide lachten.

„Hab aber noch was", Albertina schaute kurz zu

ihrem Kollegen rüber. „Die Alte ließ mich nicht ins Bad, hatte wohl zu viele Krimis im Fernsehen gesehen. Ich bat sie, den Zettel abzuschreiben und auf ihrem Rechner auszudrucken. Hat sie widerwillig gemacht. Da konnte ich kurz in ihre Küche."

„Haste ′n Wasserglas mitgenommen?" Kevin grinste.

„So blöd bin ich auch nicht. Aber Fingerabdruck mit dem Handy gescannt und ein paar Haare gefunden."

„Da haben wir doch was. Dann lass uns mal loslegen!"

Tapeband

Mit dem Fall ging es bergauf. Die Polizisten hatten zwei Verdächtige ausgemacht, Leah Rosenqvist und Gertrud Feldmann. Aber unterschiedlicher konnten die beiden Frauen nicht sein, die eine jung sehr attraktiv, die andere alt und verbraucht. Leah wollte leben und wie Kevin betonte, das Leben genießen. Gertrud aber war verbittert, hatte mit vielem abgeschlossen.

Nur eine Verbindung zwischen den beiden

Frauen war nicht da. Es war nicht mal bewiesen, ob beide etwas von diesen mysteriösen Zetteln wussten. Leah hatte sich wohl seltsam benommen, als Kevin danach fragte, Frau Feldmann reagierte fast unbekümmert, als sie den Text abschreiben sollte.

Jetzt musste eine Handyortung her, nur für Gertrud Feldmann. Wo Leah beim Tod von Ulrich-Hermann Gutschneider-von Meier war, wussten die Kriminalbeamten. Gleichzeitig hatte Albertina Han Butterblom gebeten, das Haar aus der Küche von Gertrud Feldmann zu untersuchen und den Fingerabdruck durch die Suchmaschine zu schicken.

Trotz ihrer neuen Erkenntnisse, ein Paradigmenwechsel war das noch nicht. Da fehlte die Verbindung zwischen allen verdächtigen Personen.

Die Personen waren zu unterschiedlich, vom Lebenslauf, Alter und Todesursache.

Irgendwie hatte Han Butterbolm die Analyse nicht als dringend in Auftrag gegeben, sodass das Ergebnis erst ein paar Tage später feststand. Aber weder der Fingerabdruck noch die DNA ergaben Übereinstimmung mit Daten im Polizeiarchiv.

Wieso auch, fragte sich Kevin. Gertrud Feldmann war zwar in der DDR inhaftiert gewesen, nur diese Daten lagen, wenn überhaupt im Bundesarchiv. Wer und warum sollte Fingerabdrucke in die heutigen Rechner abgespeist haben? Und eine DNA war auch in der DDR bekannt, nur die Analyse weniger ausgereift als in der BRD.

Wieder eine Sackgasse. Doch Ludmilla Zarretin hatte recherchiert, wo man bestimmte Verunreinigungen am Tatort doch noch feststellen kann. Die Fachfrau bei der Spusi hatte von einem Fall gelesen, wo ein Mörder überführt wurde, der sein Mordopfer mit Tapeband verschnürt hatte.

Ariane Vogts war doch im Keller des Abbruchhauses in Bevergern mit Tapeband gefesselt worden. Reste dieses Klebstreifens lagen in der Asservatenkammer. Mörder können nicht an alles denken, selbst wenn der Mord lange vorher geplant war. Die meisten nutzten Einweghandschuhe, um keinen Fingerabdruck zu hinterlassen. Aber wer eine Person mit Tapeband fesseln will, zieht die Handschuhe dabei aus. Denn das Tapeband klebt wie Tier, besonders an Plastikhandschuhen, hatte Ludmilla gelesen.

Sie hatte Glück, auch wenn ihre Kollegen beim Lösen des Klebebands das cine odcr andere Detail zerstört hatten, Ludmilla Zarretin fand Fingerabdruck und Reste von DNA. Nur zu wem die gehörten, ließ sich nicht klären, noch nicht, überlegte sich die Spezialistin. Dafür mussten die Kollegen Kevin und Albertina ran.

Gertrud Feldmann wäre jedenfalls raus, aus diesem Fall, betonte Kevin, als er die Details von der Kollegin der Spusi laut vorlas. Albertina nickte.

Handyortung

„Welche Daten und Verdächtige haben wir jetzt? Lass uns das mal kurz zusammenfassen!"

„Leah, hab ich besucht. Wirkt verdächtig ihren Chef in Holland ermordet zu haben. Können aber kaum was beweisen."

„Gertrud Feldmann könnte ihre alte Freundin ermordet haben, weil die sie ins Gefängnis gebracht hat. Beweisen können wir noch nichts. Warten wir auf die Handyortung."

„Was hat mein Freund, Patrik Klütermann, verbrochen, dass er in der Sauna ermordet wurde? Da haben wir noch gar nichts, leider!"

„Ariane Vogts, da muss ich nochmal nachhaken. Den Bruder des ehemaligen Freundes von Ariane müssen wir finden. Der könnte uns weiterhelfen."

„Der Tote im Graben in Münster hat wohl nichts mit unserem Fall Zettel zu tun?"

„Und der im Loch am Erdfallsee auch nicht, oder?"

Kevin schüttelte der Kopf. „Keine Zettel!"

„Und", in der Tür stand der Chef, „wie gehen Sie weiter vor?"

„Handyortung scheint das Naheliegendste zu sein", antwortete Albertina. „Ich ruf mal bei Ludmilla an. Vielleicht haben die schon was."

„Machen Sie, Frau … äh." Weg war H-Hoch-3.

Albertina strahlte. „Wir können sie festnageln."

„Wen?"

„Frau Feldmann. Die war an dem Tag, als Sabine Stratmann ermordet wurde, wo, lieber Kevin?"

„Im Wald auf dem Teuto, oder?"

„Genau. Wie gehen wir vor?"

„Hinfahren festnehmen?"

„Gerne, aber das ist noch kein Beweis, nur ein Indiz. Der Staatsanwalt reißt uns die Rübe ab."

„Ortsbegehung mit Frau Feldmann, was hältst du davon?"

Getrud Feldmann

Albertina hatte Frau Feldmann gebeten zu einer Zeugenbefragung auf den Parkplatz an den Postweg zu kommen. Ob die wohl Morgenluft witterte, warf Kevin ein. Albertina winkte ab. „Soll sie doch. Hauptsache sie kommt."

Um möglichst wenige Wanderer, Jogger oder andere Zuschauer am Bunker anzutreffen, hatte die Polizistin bereits den nächsten Tag, Mittwoch um 9 Uhr, festgemacht. Der Sommertag schien schön zu werden, vielleicht sogar schwül, wie Kevin befürchtete. Die Straße, die den kürzesten Weg von Riesenbeck nach Ibbenbüren über den Teutoburger Wald bildete, war um diese Uhrzeit kaum befahren. Auch das hatte Albertina eingeplant.

Beide nutzten einen unauffälligen Dienstwagen, Abschreckung war hier fehl am Platze. Die Sonne stand schon hoch am Himmel und lugte durch die grünen Buchenblätter des gegenüberliegenden Waldrandes. Insekten, die weder Albertina noch Kevin bestimmen konnten, schwirrten durch die vibrierenden Sonnenstrahlen. Schön, dachte die Polizistin. Hätte Försterin werden sollen. Keine Toten, Ermordeten und immer im Wald. Gedankenversunken schaute sie dem Spiel der Sonnenstrahlen und dem Flug der

Insekten zu.

„Pass auf!", schrie Kevin, als ein Auto den Berg aus Richtung Ibbenbüren die Parkplatzeinfahrt querte.

„Wieso, steh doch nicht auf der Straße?"

„Nur mit einem Fuß. Ist ja nochmal gut gegangen. Schau, das könnte unsere Mörderin sein!"

Ein alter hellgrauer VW Golf nutzte eine Parkbucht, wobei hier am Waldrand die Parkplätze keine eindeutige Begrenzung hatten. Frau Feldmann stieg aus. Seltsam, das erste was Albertina auffiel, waren die derben Wanderschuhe. Ansonsten war Frau Feldmann locker gekleidet, eine helle Bluse, die sie vorn in ihre Jeans gesteckt hatte.

„Schön, dass Sie Zeit gefunden haben!" Albertina begrüßte sie und stellte ihren Kollegen vor.

„Gut, dass Sie feste Schuhe angezogen haben, ein paar Meter müssen wir gehen."

Kevin ging voraus, während Albertina neben Getrud Feldmann den Waldweg zum kleinen Bunker nahm. Die Polizistin versank wieder in ihren Tagträumen, denn der leicht nach unten auslaufende Wanderweg wurde von den tanzenden Sonnenstrahlen beleuchtet. Neben schattigen Partien beschien die Sonne direkt den sandigen Weg. Ein fester Schuh hätte auch ausgereicht, dachte Albertina, als sie verstohlen zum Schuhwerk der älteren Frau schaute.

Deren Schritt war fest, so als ob sie täglich mehrere Stunden wandern würde. „Sie laufen viel, das hält jung!" Frau Feldmann nickte nur. Auch wenn die Frage rein rhetorisch war, Albertina merkte, dass Gertrud Feldmann nicht reden wollte. Weiß die, was wir wollen?, fragte sich die Polizistin. Vielleicht spielt sie uns was vor, vielleicht ist die unschuldig.

Von unten kamen ihnen zwei Mountainbiker entgegen. Kevin sprang zur Seite, Albertina und Frau Feldmann wurden fast angefahren. „Idioten", entfuhr es Kevin. „Meinen der Wald gehört ihnen!" Vor sich hin schimpfend erreichten die drei den untersten Punkt des Waldweges. Hier gabelte er sich, im Zentrum der Gabel lag der Bunker.

„Waren Sie schon mal hier?", fragte Kevin, der vor der Gabelung stehen geblieben war.

„Warum wollen Sie das wissen? Ja, hier bin ich schon mal lang gegangen. Nur wann, dass kann ich Ihnen nicht sagen. Das schreib ich nicht auf, warum auch?"

„Wir können Ihnen aber den exakten Zeitpunkt nennen, wann sie hier waren."

Frau Feldmann schluckte. „Wieso, spionieren Sie mir nach? Ich kann doch wandern, wo und wann ich will!"

„Ja, nur dabei jemanden ermorden, dass ist strafbar, das verstehen Sie doch?"

„Mord?", Gertrud Feldmann schluckte wieder und schaute betroffen auf den Waldweg. Dabei scharrte sie unbewusst mit dem linken Fuß und stieß einen kleinen Sandstein vom Weg in die angrenzende Böschung.

Kevin zog das Handy aus der Hosentasche, schaut auf das Display. „Hier haben wir es ja. Sie waren am 3. Juni hier im Wald, exakt zwischen elf und zwölf Uhr. Frau Stratmann starb in diesem Minibunker gut einen Tag später. Der Gerichtsmediziner hat festgestellt, dass die Frau nicht mehr als zwölf Stunden Sauerstoff in diesem Loch gehabt hat. Jemand, Frau Feldmann, ich frage Sie, hat die Frau hier eingesperrt mit dem Wissen, dass die darin sterben wird. Also, Frau Feldmann?"

„Und wenn ich hier war? Ob ich diesen Weg oder einen anderen genommen hab, was weiß ich schon? Selbst wenn ich an diesem Bunker vorbeigekommen bin, beweisen Sie mir, dass ich Sabine dort eingesperrt habe!" Gertrud Feldmann hatte sich in Rage geredet. Jetzt war sie nicht mehr die zurückhaltende Person, die ängstlich auf Verdächtigungen wartete. „So, wenn Sie sonst nichts haben, dann gehe ich jetzt!"

Albertina und Kevin schauten sich verstohlen an. Eigentlich hatten sie keine Indizien, die zur Verhaftung der Frau ausreichten. Albertina versuchte es mit einem Bluff. „Wir haben hier im Gras vor dem Eingang Haare gefunden, Menschenhaare. Die Übereinstimmung mit Ihren lässt sich ganz schnell feststellen. Und an der Handtasche gibt es Fingerabdrücke, nicht nur von der Toten!"

„Das kann nicht sein"; echauffierte sich Gertrud Feldmann, „ich trage immer Handschuhe, wie Sie…" Sie stoppte ihren Redefluss, bemerkte ihren Fehler.

„Ich muss Sie vorläufig festnehmen!"

Albertina und Kevin

Reicht das aus?, überlegte sich Albertina, als sie wieder im Polizeirevier saßen. Klar, dass Frau Feldmann ihre alte Freundin getötet hatte, das stand fest. Nur ließ sich das beweisen, oder reichten die Indizien aus? Haare waren nicht gefunden worden, und logischerweise gab es an der Handtasche keine Fingerabdrücke. Hatte die Frau Komplizen? Was war mit dem Zettel, den die anderen Ermordeten bei sich hatten? Damit mussten sie die Frau nochmal konfrontieren.

Das Motiv war klar, Rache!

Aber was sollte der Zettel? Leah Rosenqvist hatte nicht bestätigt, dass sie davon wusste. Sie hatte lediglich gestockt, als Kevin sie danach gefragt hatte. Und was hatte Gertrud Stratmann mit Leah Rosenqvist zu tun? Was sagte Kevin dann, Fragen über Fragen. Die Antworten finden wir, indem wir Verdächtige befragen, unter Druck setzen oder Beweise vorlegen.

„Kevin, such mal die Akten unserer Getöteten heraus! Wir sollten jetzt in die Offensive gehen!"

„Die Akten liegen doch hier. Aber wie willst du in die Offensive gehen, wenn wir keine neuen Erkenntnisse haben?"

„Haben wir doch durch Frau Feldmann. Lad´ du die süße Leah ein. Und dann konfrontieren wir die beiden mit den Zetteln."

„Wir sollten nicht den Johann Sauter vergessen,

der den Tod seines Bruders gerächt hat."

„Ist das nicht vorschnell? Wir wissen weder wo der wohnt, noch was der macht. Und ob der was mit dem Tod von Ariane zu tun hat, halte ich für weit hergeholt."

„Okay"; brummelte Kevin, „aber wir wissen, wo der lebt."

„Und warum sagst du das erst jetzt?"

„Hast mich nicht gefragt!"

„Blödmann, komm du nach Hause, dann kannste was erleben!" Albertina grinste.

„Gerne, erleben will ich immer was. Hast du ne neue Stellung?"

„Wer hat sich wegbeworben?" H-Hoch-3 stand in der Tür.

„Keiner, war im übertragenen Sinn gemeint!"

Kevin schaute Albertina belustigt an, dass die fast vor Lachen geplatzt wäre.

„Schön, schön, wie weit sind Sie mit dem Zettelfall?"

„Kommen gut voran, Herr Hasenschrodt. Laden drei Verdächtige vor, na ja, die eine sitzt schon in Untersuchungshaft."

Den Rest hatte Hasenschrodt nicht mehr mitbekommen, er war schon vorher gegangen.

„Warum will der alles wissen und dann doch nicht wissen?", fragte Kevin.

„Erinnert mich an meinen Vater. Der wollte damals als wir noch Partys feierten immer wissen wer dabei war. Und wenn wir alle Namen aufgezählt hatten, kam von ihm immer nur, ach so, ja, ja. Hätten wir ihn nach Namen gefragt, er hätte keinen wiedergeben können. Neugierde und Desinteresse liegen nah beieinander. Sag mal, wo wohnt denn der Johann Sauter?"

„In Bevergern!"

„Passt!"

„Genau, hab ich auch gedacht. Wer hätte wissen können, dass das Haus Epping/Hollen abgerissen wird, wenn man nicht in dem Dorf leben würde."

„Sei vorsichtig!" Kevin grinste.

„Wieso, hab ich was Falsches gesagt?"

„Bevergern ist eine Stadt. Darauf legen die besonderen Wert. Wenn du das nächste Mal von diesem Nest redest, bitte nur mit Stadt!"

„Wenn wir sonst keine Sorgen haben? Lad den Sauer und das süße Ding für morgen ein!"

Gertrud Feldmann

Gertrud Feldmann hatte schlecht geschlafen, was man ihr ansah. Aus leidvoller Erfahrung kannte sie Gefängnisse, aber nach Jahrzehnten in Freiheit kam die Erinnerung sofort wieder. Die ständige Angst im Stasi-Gefängnis damals vor über 30 Jahren überwältigte sie, kaum dass die Zellentür sich hinter ihr schloss. In ihren Träumen standen die Schergen vor ihrem Bett und riefen irgendwas, nur was, das konnte sie nicht hören. Schweißgebadet wachte sie mitten in der Nacht auf. An Weiterschlafen war nicht zu denken.

Man hatte sie ins Büro der beiden Polizisten geführt. Gertrud Feldmann blieb unschlüssig stehen, obwohl sie am ganzen Körper zitterte und sich gern gesetzt hätte.

„Frau Feldmann, nehmen Sie bitte Platz. Keiner reißt ihnen hier den Kopf ab. Nur wenn Sie Ihre Freundin getötet haben, müssen Sie schon dafür geradestehen." Albertina war aufgestanden und bat Frau Feldmann einen Stuhl mit Blick zur offenen Bürotür an.

„Frau Feldmann", Kevin schob den Bildschirm des PCs zur Seite. „So, jetzt können wir uns besser sehen. Ich rekapituliere nochmal, was wir drei gestern am kleinen Bunker besprochen haben. Sie sind am besagten Tag dort gewesen. Richtig?" Der Polizist schaute Gertrud Feldmann direkt in ihre Augen.

Sie nickte.

„Sie trugen Handschuhe wie immer?"

Wieder nur nicken.

„Sie haben gewusst, dass Ihre Freundin, Sabine Stratmann, an diesem Mittag hier vorbeikommen würde und Sie wussten, dass Ihre Freundin neugierig war."

„Nein, das wusste ich nicht!"

„Was, dass Frau Stratmann neugierig war?" Albertina hatte sich eingemischt.

„Nein, dass die da vorbeikam. Woher auch? Ich hab meine Freundin Jahre nicht gesehen. Woher soll ich das gewusst haben, das beweisen Sie mir mal!" Gertrud Feldmann war wütend geworden. Warum, fragten sich die beiden Polizisten.

„Dass Sie Ihre Freundin Jahre nicht gesehen hatten, glauben wir Ihnen nicht."

„Doch! Erst als ich hier in diese Gegend zog, nach dem Mauerfall, da hab ich sie zufällig in Ibbenbüren gesehen. Die hat mich nicht erkannt. Wieso auch? Schauen Sie mich an! Wer im Stasi-Gefängnis einsaß, altert schneller als der, der in Freiheit lebt."

Albertina musste ihr recht geben. Das Gesicht von Frau Feldmann war mit Furchen durchzogen, grau und lcdrig, so als ob sie Jahrzehnte stark geraucht hätte.

„Ich weiß schon, was Sie denken. Nein, ich habe nie geraucht."

Kann die Gedankenlesen?, fragte sich Albertina. „Haben Sie Ihre Freundin nicht angesprochen, damals in Ibbenbüren?"

„Warum, aus Freundschaft wurde Feindschaft, mehr Hass. Wenn Sie in so einem Gefängnis eingesperrt würden, nur weil Ihre Freundin Sie an die Stasi verraten hat, was meinen Sie, wie Sie reagieren? Ich hatte nichts getan, war unpolitisch und hab gearbeitet." Sie zog ein Taschentuch aus einer kleinen Tasche und schnäuzte sich.

„Frau Feldmann, Sie sagen, dass Sie Frau Stratmann erst im Westen wiedergesehen haben. Ich kann mir gut vorstellen, dass in dem Moment Wut und Hass Sie überwältigt haben. Damit reifte der Plan, diese zu ermorden."

„Nein!"

„Was, nein?", Albertina hatte sich wieder zu Wort gemeldet.

„Mordpläne hatte ich schon im Gefängnis in Bautzen."

„Nur ausführen konnten Sie die nicht, erst, als Sie im Westen waren, richtig?"

„Sie stellen dumme Fragen. Wer kann schon im Gefängnis einen Mord begehen?"

Dass das nicht nur möglich war, dass das sogar häufig vorkam, das wollte Kevin jetzt nicht diskutieren. „Der Plan zum Mord war da, jetzt hatten Sie die Gelegenheit, nicht wahr?"

„Schon, nur ich hab sie nicht getötet, warum auch?"

„Dumme Frage von Ihnen, warum hatten Sie selbst beantwortet, Rache, Hass."

Frau Feldmann schwieg.

Ein Uniformierter stand plötzlich an der offenen Bürotür. „Kevin, da steht eine junge Frau am Eingang. Die will zu dir." Der Polizist grinste.

„Warum grinst du?"

„Na ja, schau selbst. Soll ich sie holen?"

Kevin nickte, er wusste, wer das war, und er ahnte, was sein Kollege meinte.

„Tut mir leid, das ist jetzt blöd, aber die junge Frau kommt etwas zu früh. Ich werde gleich mit der in ein anderes Zimmer gehen. Meine Kollegin kann Sie dann weiter befragen."

„Kevin?" Im Türrahmen stand Leah Rosenqvist, so wie Kevin sie schon erwartet hatte, extrem kurze Jeans und ein weißes durchsichtiges Achsel-Shirt.

Albertina rutschte ein „Oho" raus. „Frau

271

Rosenqvist, danke, dass Sie gekommen sind. Herr Magner kommt gleich. Vielleicht warten Sie bitte noch kurz."

Wie reagiert Gertrud Feldmann? Kennen sich die beiden? Kevin hatte lieber Leah im Blick, Albertina schaute auf Frau Feldmann.

„Okay, dann geh ich mal!", der Polizist grinste wieder. Keiner hatte ihm zugehört, denn genau im selben Moment sagte Leah etwas, was alle drei im Büro verblüffte.

Leah Rosenqvist

Kevin nahm Leah mit in ein benachbartes Büro. Albertina schloss die Tür und setzte sich wieder zu Frau Feldmann.

„Kevin, ist das deine Freundin, die Polizistin? Sieht ganz gut aus. Versteh ja, dass du nichts mit mir anfangen willst, aber ich find's schade!", Leah machte wieder ihr typisches Schmollmündchen, mit dem sie alle Männer verrückt machte. Nur Kevin hatte sich gefangen, lag es an dem kurzen verbalen Austausch der Frauen vor ein paar Minuten, oder lag es daran, dass Albertina im Nachbarraum saß? Kevin wusste es nicht. War ihm im Moment auch egal. Jetzt wollte er nur mehr erfahren, erfahren was die beiden so unterschiedlichen Frauen für Gemeinsamkeiten hatten.

Dass die sich kannten, war klar, nur woher, und hatte das was mit den beiden Morden zu tun. Kevin hatte bei der ersten Befragung schon so ein seltsames Gefühl gehabt. Er war froh, dass er seiner Freundin das erzählt hatte. Die hätte beim Anblick von Leah an sonst was denken können.

„So Frau, äh … Leah. Du kennst Frau Feldmann. Erzähl mal, woher, seit wann, eben alles!"

Leah stockte, bevor sie anfing. Kevin merkte, dass sie mit ihrem vorlauten Mundwerk eine Dummheit begangen hatte.

„Aufgrund Deiner Aussage könnten wir gut weiter recherchieren, auch ohne Deine Hilfe. Es wäre für uns einfacher, Du hilfst uns. Also, erzähl mal. Hast Du deinen Chef in Holland getötet? War sicher nicht geplant, Unfall?" Kevin wollte ihr helfen, obwohl er nicht an einen Unfall glaubte. Da steckte mehr dahinter.

Leah fühlte sich in die Enge gedrängt, dass merkte Kevin sofort. Aber genau das war es, was diese Frau so anziehend machte, dachte er. Bleib Profi, sonst kannst du einpacken und einen neuen

Job suchen.

„Fangen wir mal rückschauend an. Ist für dich sicher einfacher als mit dem Tod deines Chefs. Was meinst du?" Kevin schaute sie direkt an. Ja, die war ein Eyecatcher, dachte er. „Komm Leah, ich will dir nur helfen! Woher kennst du Frau Feldmann?"

Leah rutschte sichtlich nervös auf dem Stuhl hin und her. Dann zog sie an der kurzen Jeans, schlug die Beine übereinander und atmete tief durch.

„Kennst du meine Schwester?"

Verrückte Frage, dachte Kevin. „Woher sollte ich die kennen? Wir haben uns erst letzte Woche kennengelernt. Warum, was hat deine Schwester mit Frau Feldmann zu tun?"

„Nichts. Aber es fing alles mit Liane an." Sie stockte, Kevin wartete.

Als sie wieder anfing zu reden, kullerten die Tränen über ihre Wangen. Damit hatte Kevin nicht gerechnet, diese selbstsicher äußerst attraktive junge Frau. Was steckt dahinter?

„Das ist, war meine ältere Schwester. Hatte viel Ähnlichkeit mit mir", sie schluchzte. „Umgekehrt, ich mit ihr." Leah stockte. „Jetzt ist die tot." Und dann heulte sie Rotz und Wasser, sodass Kevin aufsprang und sie spontan in den Arm nahm.

Gut, dachte er, dass niemand uns sieht, sehr unprofessionell. Bin eben auch nur ein Mann mit Gefühlen, beurteilte er die kompromittierende Situation. Leah wurde ruhiger, sie löste sich von ihm, zog die Nase hoch und fing wieder an zu reden.

„Tut mir leid, ist kein Fake, kannste nachprüfen. Hat vor zwei Jahren Selbstmord begangen. Wurde von dem Arsch Ulrich-Hermann Gutschneider-von Meier vergewaltigt. Hat das nie überwunden, wie auch? War zwar aufgeklärt, aber Vergewaltigung ist Vergewaltigung."

Leah saß da, Kopf nach unten geneigt und redete leise mit sich selbst. Kevin verstand kein Wort, er ließ sie reden. Hatte er mal in einer Fortbildung gelernt. Nicht unterbrechen, die Person musste sich jetzt selbst finden.

„Ich hol mal Wasser, du möchtest doch sicher auch ein Glas?" Leah bemerkte es gar nicht. Sie führte weiter Selbstgespräche.

Kevin kam mit zwei Glas Wasser wieder. Er reicht ihr ein Glas, Leah schaute auf und nickte. Jetzt war die sonst so selbstsichere junge Frau ein hilfloses Wesen, erkannte der Polizist. Da hätte er sie gerne getröstet und nochmal in den Arm genommen, woanders ja, aber hier im Polizeirevier war das unprofessionell, sicher auch unklug. Was hätten die Kollegen gedacht, ganz zu schweigen von Albertina?

„Geht´s wieder?"

Sie nickte. „Ja, aber du als Mann kannst dir das nicht vorstellen, eine Vergewaltigung. Und um an das Arschloch Ulli heranzukommen, musste ich mich nicht nur von dem begrapschen lassen, ich musste auch noch heucheln, du kannst dir denken wobei!" Wieder liefen Tränen über ihr attraktives Gesicht.

Wow, was für eine schöne Frau. Hätte was mit uns werden können. Egal, ob sie lachte, traurig ausschaute oder weinte, Kevin fand, dass die was hatte, was sonst keine, die ihm begegnet war. Bleib ein Profi!, briefte er sich.

„Nein, kann ich nicht. Hab nur leider im Dienst häufig mit diesen Arschlöchern zu tun. Leah, wie bist du darauf gekommen, dich an Herrn Gutschneider zu rächen? Das kommt ja nicht so ganz plötzlich. Du musstest doch in dessen Gunstkreis kommen. Wie hast du das angestellt?"

Leah warf auf. Das war ihr Thema. Darauf war sie stolz, das merkte Kevin sofort. Also, überlegte er, die weitere Befragung noch mehr in diese Richtung zu leiten.

„Als Liane bei der Firma von dem Arsch einen Praktikumsplatz bekam, konnte ich sie mal begleiten. Eine Schulstunde fiel aus, rief Liane an, und so traf ich dabei auch ihren Chef." Sie setzte noch leise hinzu „Das Arschloch!"

„Stell dir vor, der baggerte mich auch gleich an. So attraktive Schwestern, und so weiter. Und dann deutete er ´nen flotten Dreier an. Ich war da noch Jungfrau, gerade 18. Da kennt man sowas nicht!"

Glaub ich nicht, hätte Kevin fast gesagt. Leah muss schon recht früh frühreif gewesen sein. Über das doppelte früh musste Kevin grinsen.

„Du grinst?" trotz ihrer Jungen konnte Leah recht gut die Mimik bei Männern deuten.

„Na ja, mit 18 noch nicht aufgeklärte Jungfrau? Nimm es mir nicht übel, aber in der heutigen Zeit mit den vielen Möglichkeiten an entsprechende Informationen zu kommen?"

„Du kennst meine Eltern nicht. Wir Schwestern wurden überwacht, besonders vom Vater. Mama hatte vor der Ehe Sex, klar mit Papa. Aber beide sind tiefreligiös. So etwas durfte nicht mit uns passieren. Also Fernsehen, nur wenn ein Elternteil dabei war, PC nur in der Schule, Handy gabs nicht."

„Scheiße!", rutschte es Kevin raus.

„Genau. Und als wir dann 18 waren, hauten wir ab, zuerst Liane, zwei Jahre später ich."

Kevin überlegte, ob er die Frage nach dem ersten Sex stellen sollte, beziehungsweise durfte. Nur warum? Das ging ihn doch gar nichts an.

„Liane hörte ganz plötzlich in Ullis Firma auf. Weder meine Eltern noch ich wussten warum. Irgendwann konnte Liane nicht mehr und hat mir alles erzählt. Ich hatte da noch das Gefühl, dass es ihr danach besser ging. Weit gefehlt. Zwei Tage später war sie tot, im Bad mit einem Kohlegrill."

„Hab schon von der Praxis gehört."

„Liane und ich waren fast wie Zwillinge. Ich brach zusammen und schwor Rache, nur wie?"

„Eben, wie kamst du auf die Idee mit dem Zettel?"

„Ach, das war doch nur ´ne Ablenkung!"

Kevin wurde hellhörig. Ablenkung? Wieso das? Doch zunächst wollte er Leah nicht unterbrechen.

„Hab mich bei Ulli beworben, hat nicht mal gemerkt, dass es meine Schwester war, die er kannte!" Leah lachte, mehr ein mildleidloses Lachen. „Kannte, er hatte sie vergewaltigt und in den Tod getrieben. Jetzt war ich an der Reihe! Schon nach ein paar Tagen hatte ich ihn so weit, dass er mich mitnahm."

„Wie kam Herr Gutschneider an die Tickets für den Park in Holland?"

„Hab ´ne Freundin gebeten, dem Ulli auf der Bauen- und Wohnen-Messe in Münster Lose anzubieten. Und das mit dem Gewinn von zwei Eintrittskarten hatten wir so manipuliert, dass er die bekam. Eins war klar, da würde der nie mit der Ehefrau hinfahren. Muss ich mehr sagen?"

Kevin schüttelte den Kopf.

„Nachdem ich ihm Insulin gespritzt habe, hab ich ihm von meinem Motiv erzählt. Er bettelte um Hilfe. Ich hab gelacht und gewartet, bis er starb." Leah atmete spürbar auf, so als ob jetzt alles von ihr abfiel, der Tod ihrer Schwester, der Hass und der Mord. „Ich weiß, dass du mich jetzt festnehmen müsstest, nur du hast keine Beweise. Und ich werde alles abstreiten, selbst wenn du das hier aufgezeichnet hast."

Kevin schwieg. Was sollte er dazu sagen? Er kannte das Motiv, die Mörderin, der Arzt in Holland hatte Herzversagen diagnostiziert, und schlussendlich war die Leiche eingeäschert.

„Mhm, ja, Leah. Du hast mir alles erzählt und doch nicht. Eine letzte Frage, und dann darfst du gehen. Die Zettel?"

279

„Ach ja, Ablenkung, hab ich schon gesagt. Ihr sucht Mörder für vier Morde, die nichts miteinander zu tun haben. Durch die ähnlich lautenden Zettel, sucht ihr nur einen Mörder, richtig?"

Kevin nickte. Raffiniert ausgedacht, bis hierher. Nur einen Zusammenhang muss es geben.

„Einer muss die Idee mit den Zetteln haben, Frau Feldmann, vielleicht?"

„Nein, die hat keine Fantasie. Ich auch nicht. Aber das müsst ihr selbst rausfinden."

Albertina und Kevin

Leah stand auf, umarmte Kevin und ging hinaus. Eigentlich genoss er die Umarmung, gleichzeitig stieß ihn das auch ab. Warum hatte Leah den Mann ermordet, fragte er sich, obwohl er die Antwort kannte. Aber die hätte doch einen anderen Weg finden können, Anzeigen zum Beispiel. Hätte das was gebracht? Aussage gegen Aussage und Leahs Schwester war tot, konnte nicht aussagen und damit hätte es keinen Prozess gegeben. Leah wäre wegen Falschaussage angeklagt worden.

Trotzdem, Leah hat doch ihr Leben zerstört. Mord, da kommt man nie drüber weg, glaubte

Kevin, der ein besonderes Rechtsempfinden hatte. Aber es gab eben auch so viele Selbstmorde von jungen Frauen. Er sah sie vor sich, die 18- und die 19-jährigen. Beide attraktiv, ähnlich Leah. Warum nur aus dem Leben scheiden, wenn das ganze Leben noch vor einem liegt? Viele Männer hätten sich darum gerissen mit diesen beiden jungen Frauen zu flirten, ihn eingeschlossen.

„Verflixt", knurrte er, als er gedankenverloren das Büro betrat, in dem Albertina saß. Er bemerkte weder den Geruch von Currywurst, der den ganzen Flur durchzog, noch das seine Kollegin allein war.

„Was ist verflixt?"

„Wie verflixt, was weiß ich? Wie kommst du darauf?"

„Hast du doch gerade gesagt."

Kevin schaute sie fragend an. „Keine Ahnung, war in Gedanken versunken. Was für ein Fall?"

„Genau. Hast du was rausgefunden bei deiner süßen Kleinen?"

„Leider ja, mehr als ich mir vorgestellt hatte. Hat den Mord an ihrem Chef gestanden."

„Und du lässt sie gehen?"

„Können wir nicht nachweisen, und das weiß sie. Und noch was, einen weiteren Mord wird die kaum begehen."

„Wer´s glaubt wird selig."

„Ja ja, wer Kartoffeln isst, wird mehlig. Ich klär dich mal auf, warum Leah keine typische Mörderin ist."

Kevin holte weit aus, beginnend mit dem ersten Kontakt, endend mit ihrem Geständnis. Seine persönlichen Gefühle ließ er aber weg, besser so, überlegte er sich. Auch seine Freundin durfte eben nicht alles wissen.

„Sag mal, was hat denn Frau Feldmann ausgeplaudert?"

„Wenig. Sie blieb dabei, dass man ihr den Mord nachweisen müsste."

„Kommt mir bekannt vor", räusperte sich Kevin. „Und zum Zettel was Neues?"

„Dazu könne sie nichts sagen. Und diese junge Frau kenne sie nicht."

„Die lügt wie gedruckt. Leah hat Gertrud Feldmann erkannt, hat sie ja mit Gertrud auch hier begrüßt. Du erinnerst dich?"

„Wer soll das sein?, hat Frau Feldmann gesagt, als du mit Leah schon raus warst."

„Die beiden kennen sich so gut, dass Leah den Vornamen verwendete. So, jetzt müssen wir nur noch wissen, woher sich die beiden kennen. Vielleicht …"

„Wer kennt sich woher?" Wie immer unpassend stand der Chef in der Tür. Und unpassend stellte er eine Frage zum letzten gehörten Satz.

Aufstehen, dann ist der gleich verschwunden, wusste Albertina, die einen Kopf größer war als ihr Chef. „Gertrud Feldmann und Leah Rosenqvist."

„Aha!"

Weder Kevin noch seine Kollegin erwarteten, dass H-Hoch-3 sie verstand.

„Die eine Dame haben wir doch in Gewahrsam?"

„Frau Feldmann.

„Aha", Hasenschrodt drehte sich um. „Gut, gut, dann lösen sie sicher schnell den Fall!"

Der hat Vorstellungen, bewertete Albertina die Aussage des Chefs.

„Wir müssen eine Verbindung zwischen den beiden Frauen, dem Mörder deines Freundes Patrik und dem Mörder von Ariane Vogts herstellen. Ganz einfach, oder?" Albertina grinste. „Schaffst du doch in Windeseile. Hat H-Hoch-3 gerade gesagt."

„Du hast gut lachen. Wo sollen wir jetzt ansetzen?"

„Beim Bruder des ertrunkenen Eberhard

Sauter."

„Hilf mir! Wer war das noch? So langsam blick ich nicht mehr durch."

„Ach du armer. Hast der Leah zu tief in den Ausschnitt geschaut. Das haut jeden Mann um. Aber da will ich mal ehrlich sein, auch für mich als Frau ist die sehr attraktiv. Sei froh, dass ich BI bin!" Albertina lachte aus vollem Hals. Jetzt hatte sie es ihm aber gegeben.

Kevin schmollte und zog sich hinter den Bildschirm zurück. „Das ist gemein", murmelte er.

Albertina war aufgestanden, schaute über den Bildschirm und feixte. „Na, komm, hab dich doch nur necken wollen. Mach ich heute Abend wieder gut, was meinste? Und schau mal, bei den vielen Namen blick ich auch nicht mehr durch. Komm, hilf mir, wir ergänzen unsere Tafel, das hilft, auch beim Brainstorming. Eberhard Sauter könnte von Ariane Vogts in der Ems ertränkt worden sein. Zur Aufklärung könnte uns sein Bruder Johann helfen. Den sollten wir suchen, wolltest du doch machen, oder?"

„Hab ich gefunden, in Bevergern, der Stadt. Hab ich von dir gelernt."

Johann Sauter

Aus dem lebensfrohen Johann Sauter war ein extrem zurückgezogener Mann geworden. In der kleinen Stadt Bevergern kannte ihn keiner. Er war weder beim Sportverein Stella noch im Bürgerschützenverein Mitglied geworden. Nur über das Einwohnermeldeamt hatte Kevin die Adresse herausgefunden. Denn auch in den sozialen Medien und im Internet war er nicht zu finden.

Johann Sauter hatte eine Ausbildung in München beim Institut Demoskopie Dataindex gemacht. Mathematik, insbesondere Statistik und Wahrschein-lichkeitslehre, dafür hatte er ein Händchen. Umfragen für das Institut machte er nur telefonisch, wobei er immer einen falschen Namen angab.

Er hatte in Elte seine Jugend verbracht, München war ihm ein Graus. So zog er zurück in den Nachbarort. Die Arbeit für das Institut konnte er auf der ganzen Welt machen, warum nicht auch von Bevergern aus?

Johann Sauter besaß einen unauffälligen beigen Golf, der aber mehr PS unter der Haube hatte, als man von außen erkennen konnte. Denn wenn er mal nach München musste, wollte er nicht mit 120 über die Autobahn zockeln. Zum Einkaufen fuhr er nach Osnabrück, dort glaubte er, wäre er unbekannt.

Johann Sauter war gut eins achtzig groß, schlank mit einer gepflegten mittelkurzen Frisur. Alles sollte unauffällig bleiben, selbst seine wenigen Auftritte in der Öffentlichkeit. Mit Jeans und braunem Pullover bekleidet tauchte er in jeder Menschenmenge unter. Jahrelang hatte er das geübt, jetzt zelebrierte er es. So ging er gerne an städtischen Sicherheits-Kameras vorbei, um zu testen, ob er bemerkt würde. In das System der Ordnungsämter kam er als EDV-Fachmann problemlos rein, sodass er die Aufzeichnungen der Kameras immer abrufen konnte.

Selbst der Vermieter in Bevergern hatte ihn nie gesehen. Der Mietvertrag wurde per Post geschlossen, einen ruhigeren Mieter konnte man sich nicht wünschen.

Die Wohnung in einem Mehrfamilienhaus lag südlich vom Dortmund-Ems-Kanal mit Blick auf das Gewässer. Der dazugehörige Balkon war unbenutzt, selten trat Johann Sauter hinaus. Warum auch, er wollte einfach nur arbeiten, Geld verdienen und von keinem belästigt werden. Denn jede Ansprache, egal ob bekannt oder unbekannt, war für ihn Belästigung.

Kevin hatte sich nicht angemeldet, da er das Überraschungsmoment nutzen wollte. Er stand vor dem Haus, schaute hinauf zu der Wohnung und drückte den Klingelknopf. Von oben hörte er die Klingel, da eines der Fenster offenstand. Doch niemand öffnete, es blieb ruhig.

Eine Telefonnummer kannte er nicht. Angeblich hatte Sauter ein Prepaid-Handy. Kevin drückte nochmal den Klingelknopf, dieses Mal gut eine Minute.

Ein Männerkopf schaute jetzt aus dem geöffneten Fenster. „Ist was? Ich erwarte weder Besuch noch eine Postsendung. Ich bitte Sie, gehen Sie!"

Höflich aber bestimmt, beurteilte Kevin ihn. „Polizeiobermeister Magner. Es geht um eine Zeugenaussage. Bitte öffnen Sie!"

„Warum? Ich hab nichts getan und ich erinnere mich nicht, irgendwas beobachtet zu haben." Er zog den Kopf zurück.

„Stopp!", Kevin wurde langsam ungehalten. „Wenn Sie nicht öffnen, lass ich Sie von einem Kollegen in Uniform abholen. Das gefällt ihnen bestimmt nicht."

Dcr Türsummer brummte.

Die Wohnung war spartanisch eingerichtet, wobei Kevin innerlich grinste, spartanisch war noch geschönt. In der Wohnküche standen ein Stuhl, ein Tischchen und ein Bürostuhl vor dem PC-Schreibtisch. Keine Bilder an der Wand, keine Blumen am Fenster.

„Ich gehe davon aus, Sie haben nur eine Frage. Also bitte ich Sie, stehen zu bleiben."

„Das hängt von Ihnen ab!" Kevin hatte schon viele Zeugen aufgesucht, die ihn entweder herausgeworfen oder auch nur beleidigt hatten. Die meisten aber baten ihn hinein und boten auch einen Platz an.

„Dann machen wir es kurz! Sie sind der Bruder von Eberhard Sauter, Ihre Mutter heißt Marita und wohnt in Salzbergen. Geboren und aufgewachsen sind Sie in Elte. Sie glauben, dass Ihr Bruder ermordet wurde, daher haben Sie beschlossen den Mord zu rächen! Darf ich mich jetzt setzen?"

Johann Sauter wich zurück. Kevin erkannte, dass der was zu verbergen hatte, so seltsam benahm sich jetzt der Mann. Sauter stand am Schreibtisch und schwieg.

„Gut, Sie schweigen, dann muss ich Sie mit auf die Wache nehmen!"

„Warum? Hab nichts getan, bin nur etwas irritiert über Ihre Mutmaßungen. Stürmen hier rein und verdächtigen mich. Ist doch klar, dass man erstmal perplex ist."

„Wenn Sie nichts zu verbergen haben, muss ich Ihnen recht geben. Aber das glaube ich nicht. Wo waren Sie am 21. Juni 2019? Eine ganz einfache Frage."

„Wie soll ich das noch wissen? Ist doch eine Ewigkeit her. Tagebuch führ ich nicht."

„Macht nichts, wir kriegen das auch so raus. Wir haben da unsere Methoden."

„Illegal, da ruf ich doch gleich meinen Anwalt an."

„Bitte, gute Idee und dann soll der zur Wache nach Ibbenbüren kommen, weil ich Sie dort befragen werde."

„Stopp, war ja nur so daher gesagt."

Aha, der kennt gar keinen Rechtsanwalt, schlussfolgerte Kevin. „Zurück zum Datum. Grenzen Sie die Zeit ein, Mittsommer 2019. Den Tag kennt jeder, ist der längste Tag im Jahr. Also …?"

„Mittsommer, da haben Sie recht. Ich erinnere mich. Ich war in München bei meinem Arbeitgeber. Können Sie nachfragen."

„Tun wir. Noch was, bevor ich gehe! Haben Sie

die Zettel auf Ihrem PC geschrieben?"

Johann Sauter atmete merklich aus. „Was für Zettel? Ich schreibe fürs Institut Demoskopie Dataindex, Umfragen, Sie verstehen? Ich hab nicht mal ´nen Drucker. Alles läuft elektronisch."

„Macht nichts. Ich melde mich bei Ihnen. Ach, Ihre Telefonnummer und E-Mail bitte."

„Muss das sein?"

„Ja!"

Recherche

Jochen Sauter war tatsächlich an Mittsommer in München gewesen, was sein Arbeitgeber bestätigte. Konnte er dann der Mörder von Ariane Vogts sein? Die junge Frau wurde ja Mittsommer von einem Unbekannten in einem Notarztwagen verschleppt. Wie sollte Sauter das schaffen, München Rheine, gut 700 Kilometer, gut sieben Stunden Fahrzeit?

„Wie lange war Sauter beim Institut Demoskopie Dataindex in München?", fragte Albertina ihren Kollegen.

„Den ganzen Tag. Eingecheckt hat der morgens um acht Uhr und ausgecheckt um 18 Uhr. Warum fragst du?"

„Dann kann er nicht der Mörder sein. Ariane

wurde um 19.30 Uhr an der Stadthalle in Rheine in den Notarztwagen verfrachtet."

Kevin stand im Büro und schaute aus dem Fenster. Draußen entwickelte sich gerade ein Sommergewitter. Der Polizist liebe die gespenstische Wetterentwicklung, seit er Kind war. Damals musste er sich immer vom Fenster entfernen, wenn ein Gewitter ausbrach, und er hätte so gern die Wolkenbildung gesehen, wenn sich der Cumulonimbus-Amboss am Himmel aufbaute. Vor den Augen des Polizisten verstärkte sich der Wind, lose Blätter rissen sich von den städtischen Bäumen und die ersten schweren Tropfen fielen vom Himmel. Was für eine Kraft? Kevin schaute hinaus und war mit seinen Gedanken bei dem Naturschauspiel.

„Schau, gleich kracht es. Der Blitz hat grad den Himmel erleuchtet."

„Blitz, hat das was mit Ihrem Fall zu tun?" H-Hoch-3 stand in der Tür.

Kevin drehte sich um. „Könnte man so sagen, Chef. Der Blitz hat meine Gedanken erhellt."

Hasenschrodt musste grinsen. „Das glauben Sie doch selbst nicht!"

„Okay, aber beim Blitz fiel mir ein, dass der

Sauter ein EDV-Spezialist ist. Der könnte doch problemlos das Auschecken in München vom heimischen Rechner machen. 18 Uhr ausgecheckt aus seiner Wohnung in Bevergern, Notarztwagen entwendet und dann nach Rheine zur Stadthalle, wäre möglich. Was meint ihr?"

„Möglich wäre das, aber kaum zu beweisen."

„Da fragen Sie besser unseren EDV-Spezialisten im Keller", empfahl Hasenschrodt, womit er das Büro verließ.

Illegal durfte auch der Spezialist nicht in den Rechner von Sauter rein. Kevin war wütend, Sauter machte was er wollte, nur der Polizei waren die Hände gebunden. Er selbst hatte zu wenig Ahnung, wie man sich in andere Systeme hacken konnte. Aber da war dieser Chaosclub in Ibbenbüren. War nicht sein Kumpel, Tobias Huber, so ein Freak? Kevin rief ihn an und verabredete ein Treffen. Musste ja keiner wissen, was er vorhatte.

Für Tobias Huber war das eine kleine willkommene Herausforderung. Nach wenigen Minuten war er im Rechner von Sauter ein paar Klicks weiter hatte er, was Kevin brauchte.

„Hier, da hat dein Verdächtiger von Bevergern aus die Ein- und Ausgangskontrolle vom Institut Demoskopie Dataindex gehackt. Während morgens die Karte von Sauter in München den

Eingang bestätigte, wurde das Verlassen des Gebäudes abends von seinem Rechner aus geschaltet. Wie der unauffällig aus dem Gebäude kam. Musst du herausfinden, Toilettenfenster, was weiß ich?"

Jetzt musste Albertina ran. Ein Telefonat mit der Empfangsdame beim Institut Demoskopie Dataindex brachte die Lösung. Besonders in der Mittagspause drängten viele Mitarbeiterinnen und Mitarbeiter fast gleichzeitig hinaus vor das Gebäude. Da es dort zu Gedränge kam, durfte mit Genehmigung der Geschäftsführung die Kontrollschleuse abgeschaltet werden. Sind ja alles Kollegen, die nur zum Mittag wollen. Und die kommen danach wieder zurück. So die Begründung.

Sie hatten ihn, aber sie mussten ihn noch überführen, da Kevin und Albertina nur Indizien hatten, die nicht gerichtlich verwertet werden konnten.

Johann Sauter

Johann Sauter wurde vorgeladen. Kevin Möhlenberg, der junge Zeuge von der Stadthalle in

Rheine, saß mit seiner Mutter in einem parallelen Büro und wartete gespannt auf seinen Auftritt.

Kevin betrat den Verhörraum, setzte sich und konfrontierte Johann Sauter mit den Recherchen. „Wir wissen, dass Sie am 21. Juni nur kurz in München waren. Sie haben in Ibbenbüren den Notarztwagen sagen wir ausgeliehen, sind nach Rheine gefahren, haben Frau Vogts betäubt und in Bevergern in dem Abbruchkeller der ehemaligen Kneipe sterben lassen. Das gibt 15 Jahre!"

Johann Sauter sagte nichts und schaute auf die Tischplatte.

„Sag was! Warum hast du …?"

„Ich, nichts hab ich getan! Das sind alles Verleumdungen. Beweisen können Sie nichts!" Sauter hielt beide Hände vors Gesicht.

„Na gut, dann soll Kevin mal reinkommen!"

Albertina kam mit dem Jungen rein, der sehr aufgeregt wirkte.

„Hallo Kevin. Du hast eben schon mal diesen Mann durch die Scheibe gesehen. Kennst du den?", fragte ihn sein Namensvetter, der Polizist Kevin Magner.

„Ja, der hat diesen Rotkreuzwagen gefahren."

„Blödsinn!", brummelte Sauter.

„Doch, doch!" Kevin wurde ganz hektisch. „Ich hab dich doch gesehen, als du zu der Frau gegangen bist. Dann hast du die aufgehoben und in den Wagen getragen. Ich wollte dir noch helfen, aber Mama hielt mich fest."

„Helfen, da hab ich aber Glück gehabt."

„Danke Kevin, Danke Frau Möhlenberg." Albertina war aufgestanden und brachte beide hinaus.

Kevin wurde so sauer, dass er Sauter duzte. „Sag was! Warum hast du Ariane Vogts getötet? Die hatte dir nichts getan, du kanntest die doch gar nicht."

„Doch. War ´ne Freundin von Eberhard."

„Dein Bruder?"

„Ja."

„Was hatte der damit zu tun?" Endlich hatte Kevin ihn so weit, dass der endlich redete. Ob er auspackte?, das hoffte der Polizist.

„Dieses Weibsstück, hat ihn bei der Abifeier in der Ems ertränkt."

„Ariane Vogts, das müssen Sie mir erklären." Kevin hatte sich beruhigt und war wieder in das förmliche Sie übergegangen.

„Eberhard und Ariane war richtig dicke. Aber das ging wohl nur von meinem Bruder aus. Die hat mit jedem was gehabt. Und als Eberhard sie bei der

Abifeier zur Rede stellte, hat sie ihn in die Ems geschubst."

„Konnte Ihr Bruder nicht schwimmen?", fragte Albertina, die den Raum wieder betreten hatte.

„Doch, nur als der zurückwollte, hat die den unter Wasser gedrückt. Eberhard war doch nicht nüchtern."

„Und deshalb haben Sie Frau Vogts umgebracht."

„Gerechte Strafe!"

„Woher wussten Sie denn, dass Ariane Eberhard getötet hatte? Sie waren doch nicht dabei." Albertina war stehen geblieben und beugte sich über den Tisch.

„Wusste ich eben!"

„Und der Zettel, wer hatte die Idee, wer hatte den geschrieben?"

„Dazu sag ich nichts. Finden Sie doch selbst raus, warum da ein Zettel an der Wand hing."

„Den kannten Sie also, sonst hätten Sie nicht gewusst, wo der war." Albertina trat vom Tisch zurück. „Dummerweise waren auf der Heftzwecke Ihre Fingerabdrücke, eben die auch auf dem Tapeband. Ist schon ziemlich idiotisch, eine Person mittels Handschuhe mit Tapeband zu fesseln." Albertina war in ihrem Element. Sie spielte jetzt alle Indizien aus. „Das Tapeband klebt so fürchterlich, dass schon jeder, der das benutzt hat, von uns überführt wurde. Selbst die schlauesten Mörder ziehen die Handschuhe dann aus. Sie sehen, Herr Sauter, so schlau waren Sie dann auch nicht."

Handyverbindung

„Jetzt fehlt nur noch der Mörder deines Freundes."

„Könnte auch ´ne Frau sein", brummelte Kevin. „Nur ich weiß im Moment nicht weiter. Was hat Patrik Schlimmes gemacht? Ich kenne, kannte ihn recht gut. Klar, er war Geschäftsmann. Da hat man immer Feinde, aber wenn sich alle Geschäftspartner umbringen würden, gäbe es keine Geschäfte mehr."

„Ich glaub, wir müssen in seinem privaten Umfeld suchen. Was machte dein Freund in der Freizeit?"

„Geschieden, hatte viele Frauen, vielleicht ist es das?"

„Wir müssen einen anderen Ansatz verfolgen. Wo ist die Verbindung zwischen den vier Personen? Kennen die sich, haben die sich irgendwo getroffen, Theater, Sport, Sauna, was weiß ich."

„Du denkst an Swinger!"

„Nein, was du immer denkst, Kevin, aber falsch ist der Gedanke nicht. Wir müssen in alle Richtungen denken, ermitteln."

„Ich hab noch ´ne bessere Idee", auf einmal sprudelte es aus ihm heraus. Albertina war aufgesprungen. „Ich hab´s, oder sagen wir besser, es könnte uns einen Weg eröffnen, um die Verbindung der drei untereinander zu finden. Und dann ist der Weg zum vierten Mörder, beziehungsweise Mörderin, nicht weit."

„Komm, hilf mir, was ist dir eingefallen?"

„Handy. Die Morde geschahen in einem Zeitraum von drei, vier Monaten. Vorher und in dieser Zeit könnten die Kontakt untereinander aufgenommen haben. Man möchte reden, vielleicht moralisch unterstützt werden oder ein Treffen organisieren. Könnte doch sein, oder?"

Die Erkenntnis setzte Kevin gleich um und beauftragte den EDV-Spezialisten der Polizei Ibbenbüren alle Telefonnummern der drei Mörder auszuwerten und miteinander zu vergleichen.

Seltsam, aber keiner hatte telefonischen Kontakt mit einem der anderen beiden aufgenommen. Sackgasse? Kevin und Albertina waren enttäuscht. Der letzte Mörder müsste doch zu finden sein, alle hatten Zettel hinterlegt. Dass zwei zufällig dieselbe Idee hatten, konnte möglich sein, aber vier? Das gab die Wahrscheinlichkeitslehre nicht her, meinte Albertina, die sich noch an den Matheunterricht an der Penne erinnerte.

Doch dann stand der Kollege von der EDV in der Bürotür. „Ich hab´s!"

„Was hast du gefunden?", beide Polizisten waren aufgesprungen.

„Na ja, gut, dass es Rechner gibt. Denn der eine, Eberhard Sauter, hat extrem viel telefoniert, Leah Rosenqvist mehr mit WhatsApp gespielt und Gertrud Feldmann hat ihr Handy kaum genutzt."

„Und?" Kevin hüpfte von einem Bein auf das andere.

„Eine Telefonnummer haben alle drei benutzt, aber …"

„Was aber?" Albertina schaute den Kollegen fragend an.

„Wenn du mich so anschaust, muss ich ja antworten. Alle haben vor mehr als einem halben Jahr kurioserweise in derselben Woche mit einer Modesta von Gangesberg telefoniert. Seltsamer

Name", brummelte er. „Jetzt seid ihr dran. Hier die Listen."

Kevin hatte bereits im Netz recherchiert, noch bevor der Kollege das Büro verlassen hatte. „Spiritistin, hält Sitzungen ab, hier in Ibbenbüren. Die müssen wir befragen. Komm, Albertin, da fahren wir jetzt hin."

„Stopp, erst nachdenken, dann starten. Wenn die nichts damit zu tun hat, was willst du von der? Wir müssen uns einen Schlachtplan zurechtlegen. Einladen und mit dem anderen konfrontieren, was meinst du?"

Kevin schüttelte den Kopf. „Bin nicht sicher, dass das klappt! Ich denke, du hast recht, zuerst mal im Netz recherchieren."

Auf die Schnelle war nicht viel zu finden, aber Albertina fand einen Weg, mehr von der Dame zu erfahren, als die sicher selbst niemals geglaubt hätte. Selbst im ehemaligen Stasi-Archiv wurde sie fündig. Da gab es wahrscheinlich Ansätze, überlegte sich die Polizistin.

„Kevin, ich sollte Undercover bei der vorbeischauen, was meinst du?"

„Gefährlich kann das wohl kaum werden, erst wenn die dir ´nen Zettel zuschiebt. Warum nicht!"

Mona Schüttemeyer

Albertina rief bei Modesta von Gangesberg an und bat um einen Termin. Es ging um ihren ersten Mann, Valentin Petrowska, der verschollen sei. Einen schnellen Termin könne sie nicht anbieten, meinte Frau von Gangesberg. Aber Albertina ließ nicht locker. Es sei so wichtig für sie. Sie sei extra aus Falkenburg, ein Ort in Limburg, einer niederländischen Provinz, nach Ibbenbüren gekommen.

Albertina hoffte, dass es für die Spiritistin so viel schwieriger wäre, an ihre persönlichen Daten zu kommen. Und noch etwas war ausschlaggebend diesen Ort zu wählen. In der Provinz Limburg sprachen die Einwohner deutsch.

Albertina hatte Erfolg, die erste Sitzung sollte gleich in der nächsten Woche sein mit drei anderen Teilnehmern, deren Namen Frau von Gangesberg natürlich nicht nannte.

Die Sitzung lief ab wie immer, nur dass für Albertina eine Séance völlig neu war. Sie war als letzte eingetroffen, hatte eine Halbmaske auf und bekam einen festgelegten Platz angewiesen. Die anderen drei Personen konnte sie nur in weiblich oder männlich eintaxieren, und das war auch schon wage. Denn nur einer trug einen Bart.

Doch als Frau von Gangesberg die Sitzung eröffnete, stellte sie auch zwischendurch immer wieder persönliche Fragen. Jetzt verstand die Polizistin auch, warum die Teilnehmer anonym bleiben sollten. Denn die eine Person suchte ihren Liebhaber, die andere wollte Kontakt mit ihrem toten Sohn aufnehmen.

Kurz vor dem Ende der ersten Sitzung versuchte die Spiritistin mit Suggestivfragen Albertina, alias Juliane Petrowskaja, aus der Reserve zu locken. Sie hat also nichts von mir im Internet gefunden, nahm Albertina an.

„Dein Mann war älter als du?"

Logisch, über 90 Prozent der Ehemänner sind älter als die Ehefrau. Aber die Polizistin wollte sie ärgern. „Nein."

Jetzt musste Modesta von Gangesberg einen neuen Weg einschlagen, ohne ihr Gesicht zu verlieren. „Ich sehe ihn vor mir. Er ist gealtert. Er hat Sorgen. Du hast dich jung gehalten, dass deutet er an, er kann dich sehen. Aber ist noch weit weg. Und, oh Gott, er verschwindet, ich verliere ihn." Modesta fiel auf den Tisch und stöhnte.

So erfahre ich nichts, schätzte die Polizistin ein, auch weil die Spiritistin mit diesem Fehlschlag die Sitzung beendete. Sie musste an die anderen

Teilnehmer ran. Doch als sich Frau von Gangesberg entfernte, stand Albertina auf und verließ den Raum. Vor dem Haus notierte sie noch die Autokennzeichen.

Die Namen der drei Teilnehmer fanden beide Polizisten schnell heraus, jetzt galt es Hausbesuche zu machen. Da wollte Albertina ihren Kollegen lieber mitnehmen. Denn sie musste mehr herausfinden als nur Name und Adresse. Noch fehlte in ihrem Puzzle der letzte Mörder, wobei Albertina auch immer mehr von einer Mörderin ausging.

Die Dame mit dem Liebhaber war gesprächsbereit, Kevin fand sie sogar gesprächig, denn sie ließ die beiden nicht los. Aber am Ende war das Ergebnis gleich null.

Auch der bärtige Teilnehmer konnte nicht weiterhelfen.

Es blieb nur die dritte Person, eine leicht übergewichtige Frau im Alter von gut 40. Mona Schüttemeyer wohnte in einer kleinen Mietwohnung im dritten Stock im Zentrum von Osnabrück. Auf beide wirkte sie schon auf den ersten Blick deprimiert. Ihre Klamotten waren unsauber, so auch die ganze Wohnung. Überall lagen alte Zeitungen und Zeitschriften, die Zimmerpflanzen waren seit Wochen nicht mehr gegossen worden. In der Küche stapelte sich das schmutzige Geschirr.

Frau Schüttemeyer roch nach Alkohol, obwohl es noch früh am Morgen war. Aber sie war sehr höflich und wollte helfen.

„Nehmen Sie doch Platz!"

„Danke, wir wollen nicht lange bleiben. Sie könnten uns helfen. Würden Sie uns bitte erzählen, wie Sie an die Spiritistin gekommen sind und wie Sie Frau von Gangesberg bei den Sitzungen erlebt haben?"

Frau Schüttemeyer lief rot an, etwas, was die beiden Besucher nicht so häufig beobachteten. Muss der peinlich sein, oder die hat etwas Ungesetzliches getan.

„Woher kannten Sie die Spiritistin? Fangen Sie damit an!"

„Ich traf sie mehr zufällig im Zug von Osnabrück nach Ibbenbüren. Wir kamen ins Gespräch. Sie sah sofort, dass es mir nicht gut ging. Und dann erzählte sie, dass sie mir bei einer Sitzung helfen könnte. Sie gab mir ihre Telefonnummer und schon hatte ich einen Termin."

Geschäftstüchtig, schätze Kevin die Spiritistin

ein.

„Und Sie haben teilgenommen?"

„Natürlich, mein einziger Sohn war tot, ich wollte Kontakt mit ihm aufnehmen, Sie würden das sicher auch wollen!", Frau Schüttemeyer sprach jetzt lauter. Sie zog ein schmutziges Taschentuch aus ihrem Ärmel und schnäuzte sich vernehmlich.

Beide Polizisten nickten.

„Und dann erschien ja auch mein Sohn. Es ging ihm da gut, wo er jetzt war, aber er wollte sich rächen."

„Wie das, das müssen Sie uns mal erklären!"

„Er bat mich ihn zu rächen."

„Okay, das verstehe ich." Kevin durfte die Dame nicht brüskieren, und wollte sie auf keinen Fall in ihrem Redefluss unterbrechen. Denn von Geisterbeschwörung und toten Söhnen, die aus dem Jenseits Rache üben könnten, hielt er nichts. „Wie ist denn Ihr Sohn zu Tode gekommen?"

„Kleine OP im Krankenhaus, Blinddarm. Ist dabei gestorben. Und der Arzt", sie schnäuzte sich wieder, „nahm sich nichts davon an. Der hatte nur an seine neue Freundin gedacht. Ich hatte dann einen Privatdetektiv beauftragt."

„Und was empfahl Ihr Sohn aus dem Jenseits?"

„Das war schon sehr seltsam. Auf einmal kam aus der Transzendenz so ein kleiner Zettel geflogen. Der war plötzlich da. Der landete vor mir und blieb da liegen. Ich durfte meine Hände ja nicht von den anderen Teilnehmern lösen. Das ist strikt verboten, denn sonst verschwinden die Angerufenen."

„Sie nahmen den Zettel mit, richtig?"

„Ja, was sonst, war doch für mich, nein eigentlich für den Doktor."

„Wie das?", fragte Albertina, obwohl sie sich denken konnte, was in etwa auf dem Zettel stand.

„Da stand so was wie er solle nicht schwimmen gehen oder sich umdrehen. Und noch was, hab ich vergessen."

„Und wo ist der Zettel jetzt?"

„Sie können Fragen stellen? Na, beim Doktor, hat mein Sohn doch gesagt. Mama, der Arzt muss den Zettel kriegen, aber so, dass der nicht merkt, dass der von dir kommt. Das war schon das Schwerste. Ich hab überlegt und überlegt, wie kann ich diesem unfähigen Doc den Zettel zustecken, ohne dass der mich bemerkt?"

„Wie haben Sie das gemacht?"

„Mit der Post."

„Gute Idee", rutschte es Kevin raus.

„Eben."

„Wie ging es weiter?"

„Sie stellen Fragen! Weiß ich doch nicht. Frau von Gangesberg bat mich, bei der nächsten Sitzung dabei zu sein. Sie würde versuchen, dass mein Sohn wieder mit mir Kontakt aufnimmt. Und dann würde ich sicher erfahren, was ich machen soll."

Kevin stutzte und schaute seine Kollegin fragend an. Wer steckt hinter all diesen Morden, etwa die Spiritistin? Aber die hätte doch nichts davon, doch nur die Mörder, die sich rächen wollten. Kevin machte Albertina ein Zeichen, das Gespräch erstmal zu beenden.

„Danke Frau Schüttemeyer, Sie haben uns sehr geholfen. Wenn wir noch Fragen haben, dann rufen wir Sie an."

„Komische Sache, was hältst du davon?"

„Ich kann mir nicht vorstellen, dass diese Spiritistin dahintersteckt, oder Kevin?"

„Ich auch nicht, aber du weißt ja, wir müssen alles in Erwägung ziehen und keine Person ausschließen. Wir müssen unbedingt diese Frau von Gangesberg befragen!"

Modesta von Gangesberg

In ihrem Beruf liebten beide das Überraschungsmoment. Recht früh am nächsten Tag suchten sie die Spiritistin auf.

„Eigentlich müsste die doch wissen, dass wir kommen", grinste Kevin, als er vor dem Haus den Dienstwagen parkte.

„Wieso, hast du angerufen und uns angemeldet?"

„Nein, aber die ist doch Wahrsagerin."

„Kevin, das hast du falsch verstanden, die schaut in die Vergangenheit."

Der Polizist murmelte irgendwas Unverständliches, Albertina grinste, als sie an der ihr bekannten Tür der Klingel drückte.

„Ja, bitte, wer ist da?" Recht unhöflich schepperte die Stimme von Frau von Gangesberg aus dem kleinen Lautsprecher am Briefkasten.

„Polizeiobermeister Magner mit meiner Kollegin Frau Vogts. Wir würden gern ein paar Fragen stellen, ist das möglich?"

„Du die verarscht uns", flüsterte Albertina, als das elektronische Rauschen im Lautsprecher verschwand. „Die hat aufgelegt!"

Kevin lachte. „Aufgelegt, was du für Vorstellungen …"

Die Haustür öffnete sich, sodass der Polizist

seinen Satz nicht beendete.

„Ja, bitte, dann fragen Sie!" Modesta von Gangesberg stand in der offenen Tür. „Ich wollte joggen, wie Sie sehen."

Albertina hatte eine völlig andere Person erwartet. Sie wusste, dass die Spiritistin gut 70 Jahre alt war, aber so schlank in ihrer kurzen Jogginghose und neonfarbenem Stirnband hatte sie nicht erwartet. Diese Person war ihr fremd. Sie hatte doch noch vor ein paar Tagen mit der an einem Tisch gesessen. Naja, gestand sie sich, da hatte die einen Umhang, besser Mantel umgeschlungen und war kräftig geschminkt. Auch die jetzt sehr kurzen Haare waren lang, gewellt.

„Frau von Gangesberg?", Kevin zeigte seinen Dienstausweis. „Wir haben ein paar Fragen, da würden wir gern reinkommen?"

„Nein, und außerdem hab ich keine Zeit! In meinem Alter muss ich Sport treiben, und zwar immer zur selben Zeit. Hat mir mein Arzt befohlen. So, und jetzt laufe ich los!"

„Stopp!" Kevin baute sich vor der Dame auf. „Dann laden wir Sie eben vor!"

Die Spiritistin lief rot an, war es Wut oder Verlegenheit? „Okay, aber ich sagte es ja schon, ich habe wenig Zeit!"

Albertina und Kevin wurden in eine kleine Küche im Erdgeschoss geführt, wo für drei Personen kaum Platz war.

„Kleinere Räume haben Sie nicht?" Kevin wurde langsam ungehalten. „Ich glaube Albertina, wir setzen die Befragung im Präsidium fort. So etwas machen wir nicht mit. Ich rufe mal die Streife an, die soll Sie abholen. Auch ja, wir haben doch noch den anderen Fall zu bearbeiten. Gut Frau Gangesberg, dann müssen Sie dort eben warten. Wir haben unsere Zeit auch nicht gestohlen." Kevin zog sein Handy.

„Nein, nein, bei mir ist es nur nicht aufgeräumt, da hab ich gedacht …"

„Gedacht, jetzt reichts. Wenn wir jetzt keinen vernünftigen Raum bekommen, sind wir weg!"

Modesta von Gangesberg gab auf. Sie führte die beiden in ein Zimmer, das mit seltsamen Figuren, Masken und Bildern von unheimlichen Wesen ausgestattet war.

„Das sind meine Fetische", entschuldigt sie sich. „Wie Sie sehen, sind die Vorlagen für meine Arbeit nicht gerade einladend. Den meisten Besuchern sind sie unheimlich, ich brauch diese, um mich zu inspirieren und zu stimulieren. Aber bitte", sie wurde jetzt richtig höflich, „nehmen Sie

Platz! Nein, den seltsamen Sessel nicht. Der hat sein Eigenleben."

„Wie, lebt der etwa?", platzte Albertina raus, die bis jetzt nicht gesagt hatte.

Frau von Gangesberg schaute sie jetzt direkt an. „Kenn ich Sie? Ein Gesicht mag ich vergessen, aber eine Stimme nicht. Sind Sie nicht die Person, die nach ihrem ersten Mann sucht?"

„Das ist unmöglich!", Kevin übernahm wieder die Führung. „Frau Vogts ist meine Kollegin. Sie war mal verheiratet, aber warum soll sie ihren Exmann suchen? Frau Gangesberg …"

„Bitte von Gangesberg. Das von ist Teil meines Namens. Ich verschlucke ja auch nicht einen Teil Ihres Namens Herr Agner!"

„Tut mir leid", murmelte er, obwohl das wollte er unbedingt, nämlich die Spiritistin herausfordern. „Also, Frau von Gangesberg. Sie haben Kunden, von denen wir ein paar Informationen benötigen."

„Das geht nicht, das wissen Sie selbst. Beichtgeheimnis, Briefgeheimnis …"

„Aber nicht Spiritstengeheimnis. Das haben wir mit unserem Staatsanwalt geklärt."

Albertina schaut unauffällig zu ihrem Kollegen.

Davon wusste sie nichts.

„Bei Ihrer letzten Sitzung waren vier Gäste anwesend, alle vier haben wir befragt. Keine Angst, Frau von Gangesberg, alle waren sehr gesprächig. Nur das interessiert uns nicht!"

Wieder schaute ihn Albertina an. Was hat der vor? Er sollte doch nach diesen Zetteln fragen.

„Uns geht es um Ihre anderen Gäste oder wie Sie die nennen. Na ja, ich hab da so einen Verdacht, dass einer Ihrer letzten Gäste mit den anderen Gästen aus einer Ihrer anderen Gruppe etwas Gemein hatte, was meinen Sie?"

„Ich weiß nicht, worauf Sie hinauswollen?"

„Na gut, dann geben Sie mir die Namen Ihrer Gäste aus der Gruppe", Kevin zückte sein Notizbuch und blätterte umständlich zurück. „Ah, hier hab ich´s. Sommer 2019, wer gehörte zu der Gruppe in dem Sommer?"

„Das weiß …"

„Stopp, wenn Sie jetzt nicht Ihre Unterlagen holen, ordnen wir eine Hausdurchsuchung an! Sieht nicht gut aus, wenn vor Ihrem Haus mehrere Streifenwagen stehen! Ich denke, dann können Sie Ihre Sitzungen vergessen!"

Modesta stand auf und begann zu zittern. „Ich hab doch nichts verbrochen. Sie verstehen das nicht! Ich hab die Gabe. Sie glauben nicht daran, aber das ist kein Segen, das ist ein Fluch."

„Okay, mir egal. Ich will nur Namen mehr nicht. Dann gehen wir. Ich gehe davon aus, dass Sie alle Namen im Kopf haben. Also … Sommer 2019!"

Die beiden Polizisten merkten, dass Frau von Gangesberg sich wand. Einerseits wollte sie die beiden Beamten loswerden, andererseits aber keine Namen preisgeben. Kevin musste den Druck weiter steigern. „So nicht, also nehmen wir Sie mit aufs Revier! Ich gebe Ihnen eine Hilfestellung. Und wenn dann nichts kommt, …" Kevin machte eine Pause. „Ich nenne Ihnen ein paar Namen und Sie sagen uns, ob wir richtig liegen?"

Albertina und Kevin war bewusst, ihnen fehlte nur noch eine, die letzte Person, die anderen drei hatten sie ja schon vorläufig festgenommen.

„Johann Sauter?"

Frau von Gangesberg stand vor einer dieser hässlichen Masken, die an der gegenüberliegenden Fensterwand hingen. Wie kann man nur solche unheimlichen Gegenstände sammeln und dann zur Schau stellen?, reflektierte Albertina.

Die Angesprochene nickte.

„Geht doch und Josef Meiners?"

„Nein, der sagt mir nichts."

„Uns auch nicht, wollte Sie nur auf die Probe stellen. Bleiben noch zwei Damen, ein Herr, was meinen Sie, soll ich eine nennen oder schaffen Sie es auch ohne unsere Hilfe?"

Hoffentlich klappt der Schachzug, hoffte Kevin. Er musste den letzten Namen herauskitzeln. Zwei waren bekannt, nur der Mörder seines Freundes war bis jetzt unbekannt.

„Wieso ein Herr? Wollen Sie mich wieder testen?"

„Mehr oder weniger!"

Gut gekontert, fand Albertina, denn Kevin war, wie sie wusste, von einem Mörder ausgegangen, sie selbst war sich bei der Frage des Geschlechts nie ganz sicher gewesen. Also doch eine Frau. Jetzt sollte Kevin einen Namen nennen, hoffte Albertina.

„Leah Rosenqvist."

„Ach Gott, das junge Ding. Ja, die gehört auch zu dieser Gruppe."

„Gehörte, ich glaube nicht, dass die das Gefängnis so schnell verlässt?"

„Mein Gott, was hat die getan, etwa gerächt an …" Sie schwieg, merkte, dass das ein ganz dummer Fehler war.

„Erzählen Sie ruhig weiter! Das ist uns schon

lange bekannt. Und die beiden letzten Damen kennen wir sowieso, also …"

„Isabel Wolkenstein und …"

„Gertrud Feldmann. Geht doch. Waren noch andere Freunde Ihrer spiritistischen Kunst anwesend?"

Das war dumm, reflektierte Albertina. Die Spiritistin ist sicher beleidigt, wäre ich auch. Die macht jetzt dicht, dabei sollten wir noch die Zettelfrage klären.

„Herr Polizist!" Modesta von Gangesberg, die bis vor ein paar Minuten wie ein angeschossenes Reh vor den beiden auftrat, hob plötzlich ihren Kopf und schaute Kevin direkt in die Augen. „Ich mache ihren Berufszweig auch nicht lächerlich. Haben Sie je eine spiritistische Sitzung besucht? Dann können Sie das auch nicht beurteilen. Ich verlange eine sofortige Entschuldigung!"

Albertina nickte ihm zu. Kevin brummelte was von tut mir leid und war nicht so gemeint.

„Geht doch. Ich glaube, Sie sollten jetzt gehen!"

„Ja", Albertina war aufgestanden. „Danke Frau von Gangesberg. Da ist nur noch eine klitzekleine Frage."

„Jetzt weiß ich es, Sie waren unter einem falschen Namen in der letzten Sitzung, daher haben Sie bis jetzt Ihren Mund gehalten. Raus oder ich hole die Poli…, ach ist schon da. Raus!"

„Gut haben wir uns nicht verkauft", meinte die Polizistin, als beide zurück zur Wache fuhren.

„Den letzten Namen haben wir, nur das mit den Zetteln, das wird uns diese Wahrsagerin nicht verraten."

„Glaub ich auch nicht, auch wenn das keine Wahrsagerin ist. Die mauert und ruft sicher gleich ihren Rechtsanwalt an."

Isabel Wolkenstein

Isabel Wolkenstein war schnell zu finden. Sie wurde vorgeladen. Zuerst sollte Albertina sie befragen. Frau Wolkenstein war 30 Jahre alt, vollschlank, hatte aber eine attraktive Art, sodass sie sympathisch rüberkam. Ihre Eltern betrieben in Münster Wolbeck eine Gärtnerei, ein Grund für Isabell den Beruf einer Floristin anzustreben. Mit ihrem Freund, der Gärtnermeister Berthold Blumenroth, wohnte sie neben dem Gartenbaubetrieb im ehemaligen Haus ihrer Großeltern.

Da sie, wie ihr von der Polizistin erklärt wurde,

nur als Zeugin gehört wurde, plauderte sie locker über Familienverhältnisse und Zukunft des Betriebs. Ihr Vater wäre ein sehr herrischer Mann gewesen, der seit einigen Jahren bedingt durch einen Unfall untätig im Rollstuhl säße. Sie hätte noch einen Onkel mütterlicherseits gehabt, Max, wie sie ihn nannte, den sie sehr mochte. „Der hat mir viel geholfen, besonders dann, wenn es gegen meinen Vater ging!"

Ihr Bruder, Franz, war vor Jahren tödlich verunglückt, was sie bis heute sehr mitnahm. Als Isabel bei ihrer recht lockeren Berichterstattung den Bruder erwähnte, war sie sich doch gerührt.

Auf die Frage nach dem Besuch der Spiritistin antwortete Isabel Wolkenstein wahrheitsgemäß. Sie hatte vor, mit ihrem Bruder Kontakt aufzunehmen, das wäre der Grund gewesen.

„Und, hat Frau von Gangesberg Kontakt herstellen können?", fragte Albertina.

„Ja", Isabel Wolkenstein wurde dabei ganz aufgeregt. „Stellen Sie sich vor, ich hab mit ihm geredet."

„Aber gesehen haben Sie ihn nicht?"

„Nein, die aus dem Reich der Geister lassen sich nur selten sehen. Die Manifestation muss

317

wohl sehr schwer sein. Aber reden, das geht. Ich wollte nur wissen, wie es ihm auf der anderen Seite geht."

„Und wie ging es ihm?"

„So lala. Er wollte Rache, damit er dort besser leben kann."

„Wieso Rache?"

„Ach, das hab ich noch gar nicht erzählt. Er ist doch bei dem großen Unwetter als Schüler unter der Bahnunterführung in Münster ertrunken."

„Sommer 2010?"

„Genau. Er war mit dem Rad von der Schule kommend unter die Unterführung geflüchtet. Und dann stieg das Wasser. Alle fuhren vorbei, keiner hat ihn angeblich gesehen."

„Und an all diesen Menschen wollte er sich rächen?"

„Nein, das geht ja wohl nicht. Aber einer kam mit seinem SUV, so'n großer Geländewagen, vorbei. Der schaute rüber zu meinem Bruder, winkte ihm zu, obwohl Franz nur noch mit dem Kopf aus dem Wasser schaute, und fuhr weiter."

„Und hat Franz sich gerächt?"

Isabel Wolkenstein stockte, was Albertina sofort auffiel. „Weiß ich nicht, wie auch? Bin später nicht mehr zu den Sitzungen gegangen."

„Mal was anderes, Frau Wolkenstein. Haben

Sie herausgefunden, wer der Fahrer in dem SUV war?"

„Klar, das war doch der Klüttermann, der …" Mist, sie hatte sich verplappert.

„Mhm, woher wussten Sie das?"

„Stand das nicht in der Zeitung?"

„Nein Frau Wolkenstein, wie auch?"

„Aber es gab doch das Foto in der Münsterschen Zeitung, wo der durch das Wasser fährt, und …"

„Ja und, weiter, erzählen sie ruhig weiter. Wir kennen die Geschichte, nur noch nicht Ihre Version."

„Das Autokennzeichen war verpixelt, aber mein Freund hat einen Bekannten bei der Zeitung. Und dann hat der bei der Kfz-Anmeldestelle beim Kreis Steinfurt angerufen. Hätte ´n Nummernschild unter der Unterführung gefunden. Und die Frau am Telefon hat ihm die Adresse genannt."

Das Kevin schon etwas länger in der Tür stand, hatten weder Albertina noch Isabel mitbekommen. „Sie sind zu meinem Freund gefahren und haben ihn umgebracht!"

„Ja, nein, wollte ich nicht. War ja für meinen

Bruder."

„Was ja, was nein, klären Sie uns auf!"

„Erst wollte ich Herrn Klüttermann nur zur Rede stellen. Doch der war nicht da. Ich bin ums Haus gegangen. Hinter dem Haus da in Bevergern an dem Berg stand ein kleines Gartenhäuschen. Da bin ich hin und sah einen Mann in der Sauna. Da lag so´n Stück Holz, damit hab ich die Tür verriegelt. Der Mann hat dann geklopft, und ich bin weggerannt."

„Kannten Sie Herrn Klüttermann?"

„Nein, woher?"

Kevin stöhnte laut auf. „Sie haben einen Menschen ermordet, der Ihnen völlig fremd war?"

„Ich dachte doch, dass das der Klüttermann war. Und ich wollte doch zurückkommen."

„Zurückkommen, warum?"

„Wollte die Tür wieder aufmachen. Ich wollte ihn doch nur erschrecken."

„Das nennen Sie erschrecken? Sie …" Kevin stockte, „Mörderin!" Kevin stand jetzt direkt neben Frau Wolkenstein.

Isabel Wolkenstein brach zusammen. Ihr Kopf fiel auf die Brust und sie schluchzte.

„Warum sind Sie nicht zurückgekommen, warum?" Kevin stand vor der Frau und riss seine Arme zur Decke. „Warum nur, warum?"

„Kevin bitte geh! Wir reden gleich weiter. Frau Wolkenstein, bitte warum?"

„Mein Auto sprang nicht mehr an und ich dachte, seine Frau wird den schon befreien."

„Sie kannten den Herrn nicht, also wussten Sie auch nicht, ob der ´ne Frau oder Freundin hatte."

Auch Albertina war sprachlos. Potentielle Mörder hatte sie schon oft verhört, aber eine Mörderin, die keine sein wollte, aber wegen einer Autopanne dann doch zur Mörderin wurde.

Albertina fand ihre Sprache wieder. „Wie können Sie damit leben?"

„Weiß doch erst seit eben, dass der gestorben ist. Woher sollte ich das denn …" Sie heulte jetzt Rotz und Wasser.

„Das Hilft Ihnen auch nicht mehr! Bevor ich Sie abführen lasse, was haben Sie denn mit den Zetteln gemacht?"

Isabel Wolkenstein hob das verheulte Gesicht. „Den hab ich per Post an seine Firma geschickt. Hatte gehofft, dass der den findet und gleich Angst bekommt."

„Gut, und woher hatten Sie den Zettel?"

„Von meinem Bruder Franz. Der wollte doch Rache nehmen an dem Klüttermann, nicht ich."

„Bitte, das müssen Sie mir erklären, einen Zettel aus dem Jenseits?"

„Als mein Bruder mit mir sprach, kam der Zettel geflogen, einfach so aus dem Nichts."

Die Zettel

Auch die drei anderen vorläufig Festgenommenen bestätigten, dass ihnen Zettel bei den Séancen aus dem Jenseits zugeflogen waren. Klar, die Urheberin konnte nur Frau von Gangesberg sein, die das aber vehement abstritt. Sicher, so diskutierten Kevin und Albertina, könnte auch einer der Mörder oder der Mörderinnen die Idee gehabt haben. Schwierig wäre sicher nur die Aktion bei so einer spiritistischen Sitzung zu organisieren. Denn alle hatten sich an den Händen gefasst, eine Öffnung dieses Kreises war verboten, obwohl das sicher möglich war und schon mal vorkam.

Vielleicht, so warf Albertina ein, könnte diese Idee mit den Zetteln eine oder einer aus der Gruppe gehabt haben. Denn der Plan der Irreführung der Polizei war brillant. Kevin und sie gingen von einer Person aus, was die Recherche umso schwerer machte. Und das war das Ziel, ein perfekter Mord, Morde ergänzte Kevin.

Die Zettel hätte man auch vor oder nach der Séance verteilen können, aber da hätte die Person, der das ganze vorbereitet hatte, die einzelnen Teilnehmer besser kennen müssen. Denn angeblich waren sich alle vier vor der ersten Séance noch nie begegnet, was auch aus den Unterlagen im Polizeirevier hervorging.

„Aber spätestens nach ein paar Sitzungen kannte doch jeder jeden!", warf Kevin ein.

Sie kamen nicht weiter, auch ein Vergleich der Zettel untereinander, half nicht. Wahrscheinlich, so der Fachmann bei der Spurensicherung, stammen alle von einem Rechner und einem Drucker.

Verurteilung

Es blieb dabei, die Vier wurden verurteilt, Modesta von Gangesberg wurde nicht einmal angeklagt.

Der Arzt, der den Zettel von Mona Schüttemeyer per Post erhalten hatte, hatte den Brief noch nicht mal geöffnet, als Albertina ihn konsultierte.

Der Mord an dem jungen Mann vom 28. Juli 2014 in Münster blieb ungesühnt.

Danksagung

Mein besonderer Dank gilt meiner lieben Frau, Dorothea Offenberg, die immer wieder Zeit fand, den Inhalt des Buches mit mir zu diskutieren. Dieser Input mit ihren kritischen Anmerkungen hilft mir auch weiter, Krimis zu schreiben. Ohne ihre Akzeptanz, dass ich Zeit für dieses Hobby opfere und ihr dann kaum zur Verfügung stehe, müssten die Buchseiten leer sein! Du bist meine kritischste, liebste und allerbeste Leserin! Dafür gilt Dir der besondere Dank!

Einen wesentlichen Teil des Krimis hat Anna Olsen, Hamburg, korrigiert. Auch Dir herzlichen Dank dafür.

Um den Plot logischer aufzubauen, halfen mir das Gespräch mit meiner Tochter Catharina Offenberg und meinem Schwiegersohn, Jakob Skatulla, Dank Euch beiden dafür!

Dank gilt auch Heinz-Josef Reckers, der die richtige plattdeutsche Sprache in diesem Krimi fand. Das Cover und das Layout des Textes entwarf mein lieber Schwiegersohn, Jakob Skatulla. Auch Dir Dank für Deine geopferte Freizeit!

Namensliste der – mehrmals im Krimi – vorkommenden Personen, alphabetisch (Nachname) geordnet

Albertina Beiersdorff, Polizeibeamtin bei der Kripo in Ibbenbüren

Ariane Vogts, Betriebswirtin, arbeitet in der Lebensmittelindustrie

Han Butterblom, Mitarbeiter der Spurensicherung (Spusi)

Gertrud Feldmann, Freundin aus alten Zeiten von Sabine Stratmann

Modesta von Gangesberg, Spiritistin

Ulrich-Hermann Gutschneider-von Meier, Unternehmer, Isabel von Meier seine Ehefrau

Hans-Heiner Hasenschrodt, Spitzname ‚H-hoch-drei', Chef von Albertina und Kevin

Hermann (Hiärm) und Maria Hinterding, Bauern nahe Münster

Patrik Klüttermann, Unternehmer

Kevin Magner, Polizeiobermeister bei der Kripo in Ibbenbüren

Leah Rosenqvist, junge Frau

Eberhard Sauter, Abiturient

Johann Sauter, Bruder von Eberhard

Marita Sauter, Mutter von Eberhard und Johann

Dr. Volker Schirrmeister, Rechtsmediziner

Thorsten Schönau, Polizeidirektor Staatsschutz Osnabrück

Sabine Stratmann, geb. Schelmerich, Sozialarbeiterin

Ludmilla Zarretin, Mitarbeiterin bei der Spurensicherung (Spusi)

Vom selben Autor sind folgende Bücher erschienen:

Das Jahrtausendtreffen, Ein Baummärchen
agenda Verlag Münster, S.57,
ISBN 978-3-89688-437-4,
Preis 8,00€

Nachdem das Eis der letzten Eiszeit vor zirka 10 000 Jahren in Mitteleuropa schmolz, konnten auch die Bäume aus Südeuropa wieder zurückkommen. Diese Tatsache macht sich der Autor zu Eigen, um die zeitlich verzögerte Rückwanderung der einzelnen Baumarten mit einer mythischen Geschichte zu verbinden. Alle 1 000 Jahre treffen vier verschiedene Baumarten an bestimmten Punkten in einer Landschaft zusammen, um über die Zukunft der Erde und der Menschheit zu sprechen. Dabei wechseln die Baumarten, je nach Stand der Rückwanderung nach Mitteleuropa. Nur Eiche und Linde dürfen bei allen Treffen dabei sein.

Bilgenwasser, Kriminalroman

Kleine Reihe Literatur 4, agenda Verlag Münster, S. 181,

ISBN 978-3-89688-493-0,

Preis 12,90€

Ein Mensch ist seit Jahren spurlos verschwunden. Ein unerklärlicher Fall im beschaulichen Münsterland – abgehakt, vergessen? Nicht wirklich: Jahrzehnte später machen sich zwei Männer auf die Suche. Der Weg führt zurück in die siebziger Jahre. Persönliche Vergangenheiten werden wieder lebendig, schicksalhafte kriminelle Verstrickungen, die bis in die Zeit des Atomsperrvertrages zurückreichen, werden aufgedeckt.

Fichtensterben, Kriminalroman

Kleine Reihe Literatur 11, agenda Verlag Münster, S. 217,

ISBN 978-3-89688-511-1,

Preis 14,80€

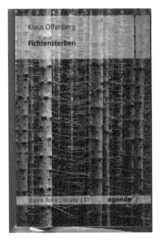

Über ein Jahrzehnt verschwinden Menschen in Deutsch-land, Einzelpersonen, Ehepaare und ganze Familien, ohne dass sie wieder auftauchen. Besteht zwischen diesen Vorkommnissen ein Zusammenhang? Gerhard Simon, Kapitän zur See, stellt zufällig bei einem Stiftungsfest seiner Studentenverbindung in Göttingen fest, dass alle männlichen Personen, die verschwunden sind, aus seinem damaligen Semester stammen.

Toxoplasma gondii, Kriminalroman

Kleine Reihe Literatur 19, agenda Verlag Münster, S. 260,

ISBN 978-3-89688-536-4,

Preis 14,80€

Die ehemalige Staatsanwältin, Christina Böttcher, und der pensionierte Rechtsmediziner Dr. Paul Ippen recherchieren auf Wunsch der Eltern den Tod des jungen Landwirtes Kevin Schulte Köne. Dieser, vormals ein beson-nener und ruhiger Mann, hatte sich plötzlich verändert, wurde lautstark, aggressiv und brutal. Sein Leben fand ein jähes Ende, als er mit seinem Sportwagen am Baum landete. Die Recherchen beider Pensionäre in Ibbenbüren und Umgebung zeigten schnell, dass ähnliche Verhaltensmuster mit teilweisem tödlichem Ausgang bei vier Freunden von Kevin aufgetreten waren. Von liebenswerten „Schwiegersöhnen" mutierten Tillmann, der sich später erhängte, Marius und Arndt, die beide beim Klettern abstürzten, und Jörg, der in Osnabrück an der Nadel hing und das Ende des Krimis nicht überlebte, zu kleinen, menschlichen Monstern.

Während Christina und Paul ein Netz an Erkenntnissen spinnen, erfährt der Leser in einer parallelen Handlung von den fünf wackeren, älteren Damen Hildegard, Klara, Hannah, Annemarie und Lydia, die im Alter etwa um 70 Jahre noch interessante Reisen unternehmen. Der Leser wird gewarnt, als nach dem ersten vermeintlichen Suizid, der in unmittelbarer Nähe der alten Damen im Stockholmer Hotel geschieht, eine weitere Leiche auftaucht. Mit jeder beschriebenen Reise ist auch ein Toter verbunden. So fällt bei Island ein älterer Herr über Bord, ertrinkt ein tätowierter Russe im Swimmingpool oder stirbt ein Kinderschänder unter den Augen des Quintetts.

Unternehmen „Aasgeier", Kriminalroman

Kleine Reihe Literatur 23, agenda Verlag Münster, S. 366,
ISBN 978-3-89688-552-4,
Preis 14,90€

Eine Seminararbeit über einen Flugzeugabsturz im nördlichen Münsterland aus den 1960er Jahren verändert das Leben von vier Studenten radikal. Bei ihrer Recherche stoßen sie auf eine Gruppe Altnazis, die versucht mit tödlichen Aktionen die Demokratie in Deutschland in ihren Grundfesten zu erschüttern und dadurch die alte Nazi-Diktatur wiederherzustellen. Dabei hilft ihnen die derzeitige Flüchtlingswelle aus den arabischen Ländern. Das Ganze eskaliert, als die Studenten quer durch Norddeutschland gejagt werden und dabei ein alter Freund das Leben lassen muss.

Der Tote von ´59, Roman

Epubli, Selbstverlag Klaus Offenberg, S.608,
ISBN 978-3-7450-4731-8
Preis 16,90
E-Book: ISBN 978-3-756523-33-7
Preis 5,99€

Drei Handlungsstränge ziehen sich quer durch die deutsche Geschichte des 20. Jahrhunderts, springen in den einzelnen Kapiteln zurück, verbleiben in der jüngeren Geschichte und enden im Trauma einer Region von über 500 000 Menschen. Das 20. Jahrhundert beschrieben aus den Erlebnissen von drei sehr unterschiedlichen Familien. Beginnend im beschaulichen Münsterland in den 1950er Jahren mit dem Tod eines jungen Mannes, zurück nach Deutsch Samoa, wo ein junges Ehepaar 1911 eine Kakaoplantage übernimmt, dann das Westmünsterland des beginnenden 20. Jahrhunderts mit dem versuchten Inzest eines

Dorflehrers. Am Ende die Katastrophe, die eine ganze Region in Deutschland unbewohnbar macht.

Die spannende Geschichte verbindet fiktive Lebensläufe mit tatsächlichen Begeben-heiten und historischen Personen (beispielsweise Deutsch Samoa, Blaues Band, Zeppelin, Berlin der 20er und der 1945er Jahre). Schuld, Überheblichkeit und Weltgewandtheit verstricken sich mit Naivität und Unwissenheit.

Knight of Fortune, Eine Kriminalroman aus Ibbenbüren

Epubli, Selbstverlag Klaus Offenberg, S. 360
ISBN 978-3-7450-8053-7
Preis 12,90
E-Book: ISBN 978-3-756523-85-6
Preis 2,99€

Warum müssen sechs alte Freunde aus Abiturzeiten in Ibbenbüren in kürzester Zeit sterben? Ist die Diagnose plötzlicher Herztod richtig oder steckt mehr dahinter? Gerd, der Sohn des ersten Toten und seine Frau Sonja Reschke glauben nicht daran. Sie fangen an zu recherchieren, als sie vom Tod des Apothekers, Gesthuesen, erfahren. Und dann taucht noch eine Leiche aus den 1960er Jahren auf, gefunden in einem Erdloch im Wald. Hängt dieser Tod mit den anderen zusammen? Gut, dass die beiden, Gerd und Sonja Reschke, Unterstützung durch die beiden Kripobeamten Anja und Kevin bekommen. Denn der Fall erweist sich komplizierter, als erwartet.

Bluttannen, Ein Thriller zum Weihnachtsbaum

Epubli, Selbstverlag Klaus Offenberg, S. 322

ISBN 978-3-7458-1604-0

Preis 12,90

E-Book: ISBN 978-3-756523-86-3.

2,99€

Im Kaukasus stürzt ein Zapfenpflücker von einer Nordmannstanne, in Deutschland wird ein Forstwissenschaftler von vier Gangstern verfolgt. Was hat das eine mit dem anderen zu tun? Warum hat dieser Wissenschaftler sein Gedächtnis verloren? Mit Hilfe von neu gewonnen Freunden flüchtet er quer durch die Wälder des Sauerlands und des Reinhardswalds, wobei er und seine Freunde permanent in Lebensgefahr schweben.

Die Stromabnehmer

Epubli, Selbstverlag Klaus Offenberg, S. 267,
ISBN 978-3-752972-98-6,
10,99€
E-Book: ISBN 978-3-756523-30-6,
2,49€

Ein Kernkraftwerk kann seinen Strom nicht mehr ins Netz abgeben. Vier junge Männer sterben nacheinander auf uner-klärliche Weise. Hat sich der Techniker des Kernkraftwerks selbst getötet? Und hat das Ganze was mit dem Verschwinden der jungen attraktiven Frau, Zoe Schulte, zu tun? Die beiden Polizeibeamte Albertina Beiersdorff und Kevin Magner aus Ibbenbüren versuchen das Puzzle mit Hilfe ihrer Kollegen der Wasserschutzpolizei Bergeshövede zu lösen. Dabei sind die oder der Mörder den beiden immer ein Schritt voraus. Oder war das eine Mörderin, was Albertina Beiersdorff immer in Erwägung zieht. Die Protagonisten des Regionalkrimis agieren rund um Ibbenbüren, Lingen, Osnabrück und dem Nassen Dreieck, dem Abzweig des

Mittellandkanas vom Dortmund-Ems-Kanal bei Bergeshövede.

In dem Krimi „Die Stromabnehmer" bearbeiten die beiden Polizisten, Albertina Beiersdorff und Kevin Magner, ihren ersten Fall. Der zweite Fall steht in diesem Buch, „Die Zettel".

Der Wald vergisst nie, Die Bäume auch nicht.
Sachbuch, Epubli, Selbstverlag Klaus Offenberg, S. 118,

ISBN 978-3-754925-07-2,

14,99€

Hast du dir schon mal Gedanken gemacht, was zwischen und unter den Wurzeln der Waldbäume für Schätze liegen? Nein, es geht hier nicht um Gold und Edelsteine, es geht um vergessene oder verschwundene Kulturen, Begebenheiten oder auch Zerstörungen. Und was könnten uns Bäume über deren Vergangenheit erzählen? Wenn du jetzt neugierig geworden bist, dann solltest du dieses Buch lesen! Du wirst in eine Welt hinab- und hinaufsteigen, die nur der Wald und seine Bäume konservieren kann.

ISBN 978-3-7565-4867-5

www.epubli.de